नारायणं नमस्कृत्य नरं चैव नरोत्तमम देवीं सरस्वतीं चैव ततो जयम उदीरयेत
लोमहर्षणपुत्र उग्रश्रवाः सूतः पौराणिको नैमिषारण्ये शौनकस्य कुलपतेर
दवादशवार्षिके सत्रे समासीनान अभ्यगच्छद बरह्मर्षीन संशितव्रतान
विनयावनतो भूत्वा कदा चित सूतनन्दनः तम आश्रमम अनुप्राप्तं
नैमिषारण्यवासिनः चित्राः शरोतुं कथास तत्र परिवव्रुस तपस्विनः अभिवाद्य
मुनींस तांस तु सर्वान एव कृताञ्जलिः अपृच्छत स तपोवृद्धिं सद्भिश
चैवाभिनन्दितः अथ तेषूपविष्टेषु सर्वेष्व एव तपस्विषु निर्दिष्टम आसनं भेजे
विनयाल लोमहर्षणिः सुखासीनं ततस तं तु विश्रान्तम उपलक्ष्य च अथापृच्छद
ऋषिस तत्र कश चित परस्तावयन कथाः कुत आगम्यते सौते कव चायं
विहृतस तवया कालः कमलपत्राक्ष शंसैतत पृच्छतो मम [सूत] जनमेजयस्य
राजर्षेः सर्पसत्रे महात्मनः समीपे पार्थिवेन्द्रस्य सम्यक पारिक्षितस्य च
कृष्णद्वैपायन परोक्ताः सुपुण्या विविधाः कथाः कथिताश चापि विधिवद या
वैशम्पायनेन वै शरुत्वाहं ता विचित्रार्था महाभारत संश्रिताः बहूनि संपरिक्रम्य
तीर्थान्य आयतनानि च समन्तपञ्चकं नाम पुण्यं दविजनिषेवितम गतवान
अस्मि तं देशं युद्धं यत्राभवत पुरा पाण्डवानां कुरूणां च सर्वेषां च महीक्षिताम

ॐ

インド神話譚

姑射若氷
Hakoya JYAKUHYO

まちごとパブリッシング

インド神話譚

目次

त्वा स नागेन्द्रः पितामहवचस तदा सर्पान वनूत्र जरत्कारी नित्यपुक्तान समादधत जरत्कारुर यदा भार्यान इच्छेद वरयितुं परभुः शीघ्रम एत्य ममाख्येयं तत नः शरेयो भ

ॐ
रामायण
Ramayana
第1篇　ラーマーヤナ物語

अध्याय १ ダシャラタ王

アヨーディヤーというコーサラの都は、「誰も勝つことができない（無能勝）」というその名の意味が示すように、当時、もっとも美しく、かつ壮観をきわめたものであった。

街区は広く、著名の寺院、緑濃き並木道、壮麗《そうれい》な宮苑《きゅうえん》、清く澄んだ泉水などがいたるところに華美《かび》を添え、珠玉《しゅぎょく》で輝いている宮殿のまわりには高楼《こうろう》が甍《いらか》をならべ、それぞれの門には軽やかに旗がたなびいていた。バラモン僧の『ヴェーダ』読誦《どくじゅ》の声と楽人《がくじん》が謳《うた》う歌謡《かよう》、詩の声が絶えず、美しい音楽の調べとともに、都の隅々《すみずみ》までも響き渡っていた。

この時、アヨーディヤーの主は、ダシャラタという老王であったが、この国君はきわめて快活《かいかつ》で、博学多能《はくがくたのう》、徳高く、行いもすぐれていた。そのため万人の敬愛を一身に集め、また『ヴェーダ』の聖典やその註釈《ちゅうしゃく》にまで精通《せいつう》していた。また王は宰相にも恵まれ、大聖人リシャスリンガには自分の王女サンターを与え、他の人々もすべての事柄で真摯《しんし》に、熱心に王を補佐するという風であった。

けれども、この境遇《きょうぐう》の王の身に一つの不幸があった。それはほかでもない跡継《あとつ》ぎとすべき王子のないということであった。そのために、王は非常にこれを憂《うれ》い悲しんだ。というのは古代インド人の信仰で、死後の葬儀《そうぎ》の世話を営む跡継《あとつ》ぎがないと、来世で長い苦難を受けなくてはならないからである。

王は、一つにはこの悩みをまぬがれるために、また一つには自分の愛を注ぎこむものを見出すために、「王子を得よう」と焦った。臣民もまた「この王家が久しく栄えること」を望んでやまなかった。そして、

「それには神の助けを借りるほかはない」

というので、華々しい祭儀を整えて神々を祭った。技に優れた工匠、舞踊者《ぶようしゃ》、占星者、劇場の管理人などが、多くの僧侶たちを助けて、さまざまの生きものを供えた。そして、ついには意を決して最大の捧げもの、馬の犠牲祭をすることが決まった。

王はこの馬の犠牲祭を行うため、必要な命令を発しておいて自分の宮殿へ帰り、三人の后妃《こうひ》カウサリヤー、カイケーイー、スミトラーにこのことを話した。この時、王妃たちの顔は喜びに輝き、ちょうど初夏の蓮華《れんげ》のそれのようであったということである。

犠牲祭で献上する馬は、一年間は思うままにさまよわせておくのだが、満一年を経過してこの馬が帰って来た時、リシャスリンガとヴァシシュタは祭儀を整えて献供《けんく》の作法を行った。その結果、リシャスリンガは王に跡継《あとつ》ぎとして、四人の王子が誕生することを予言して、王を大変、喜ばせた。

अध्याय २

ヴィシュヌ、ラーマおよびその兄弟として生まれる

その時に天上で神たちが相会《あいかい》した。そして、この祭儀の盛大なのと、祈りの敬虔《けいけん》なのとに心動がされて、

「この王に王子を得させるようにしよう」

と、意見がひとつにまとまった。けれどもこれを授ける手段に関して、神たちは心を悩まさねばならなかった。

それはある時、ラーヴァナという大羅刹《だいらせつ》が、長い間の苦行を終えた報酬《ほうしゅう》として、創造神ブラフマーに一つのご加護を願ったことがある。その時、ブラフマーは神も、悪魔も、ガンダルヴァも、彼の生命を奪うことのできないような力を彼に許した。

それ以来、ラーヴァナ羅刹《らせつ》はこの力をもって、ほしいままに悪行をし、神と人とを悩ませていた。

それで今度も神たちが、「王に王子を授けよう」としていることを知ったら、「必ずや何かの障害《しょうがい》が起きるに違いない」というのであった。そこで神たちはブラフマーに、

「この害あってよいことのない、ラーヴァナを殺す方法を考えてください」

と懇願《こんがん》した。ブラフマーはしばらく考えていたが、

「邪悪の固まりであるこの魔敵《まてき》をふせぐには、ただ一つの道しかない。彼はかつて『悪魔からも、神からも、ないし精霊からも、その命を奪われないように』と私に祈った。そこで私はこれに応じて、その願いを許した。けれども、あの獰猛《どうもう》なおごりたかぶった巨人は、あなどった心から、女性から生まれる『人』を数に入れなかった。**そのため他の何者をもってしても彼の生命を奪うことは不可能だが、ただ『人』だけはこの魔敵《まてき》を倒すことができるであろう**」

と言った。これを聞いた神たちは大いに喜んで、『人』の力を借りて、この羅刹《らせつ》を倒そうと思った。その時、ちょうど大神ヴィシュヌが、紅の衣をつけ、ガルダに乗り、手に鎚矛《つちほこ》、輪宝《りんぽう》、法螺貝《ほらがい》などを持って現れた。

そこで神たちはヴィシュヌ神に敬意を表し、そして、

「この狡猾《こうかつ》でとめることのできないラーヴァナを倒すために、ダシャラタの四人の王子となって生まれてくださるように」

と切願《せつがん》した。ヴィシュヌはこれを承諾《しょうだく》し、身を四つに分けて地上に降り、たちまち王のささげた供物《くもつ》の火炎のうちにおごそかな姿を現した。その時、怒った虎のような姿で王に

挨拶をし、神の使者であると自称し、天の食べものと飲みものをいれた黄金の壺を王に渡して、

「これを受けとれ。そして、それを妃たちに分配して食べさせよ」

と言った。

ダシャラタ王は非常に喜んでこれを受けとり、一部をカウサリヤーに、一部をスミトラーに、一部をカイケーイーに、第四の部分を再びスミトラーに分け与えた。やがて妃たちはヴィシュヌ神の化身を宿して、四人の子を生んだ。すなわちカウサリヤーからラーマ、カイケーイーからバラタ、スミトラーからラクシュマナとシャトルグナが生まれたのである。そして、これらの命名はすべて、聖僧ヴァシシュタによるものであった。

同時に神たちは、勇敢で、叡智《えいち》で、迅速《じんそく》に変化し、かんたんに殺戮《さつりく》しがたい無数の猿軍を創造して、この英雄児が羅刹《らせつ》と戦う際の伴侶《はんりょ》とした（強力な援助者とした）。

ダシャラタの四王子は、早くも成人して大人となった。なかでももっとも多くの甘露《かんろ》を口にした妃の腹にできたラーマは、他の王子たちにすぐれた神性と勇力を備え、いつか一大英雄児として羅刹《らせつ》たちを駆け悩まし、悪鬼王ラーヴァナを倒し、神の意向をなしとげる資質《ししつ》があざやかにその身に輝いてた。

それで人々から人気を博《はく》し、父王の寵愛《ちょうあい》を受けるにいたった。ラーマは、また『ヴェー

ダ』に明るかった。のみならず、象や馬を御《ぎょ》する法、馬車の乗りかたまでも熟知《じゅくち》していた。

四人兄弟のうちで、ラクシュマナは一身《いっしん》をぬきんでて、ラーマに仕えた。それゆえに、この二人は、常に離れないでいて、ますます親密となった。影の形にしたがうとも形容できるほどだった。自分のものなら何でもいっしょに共有し、稽古《けいこ》にも、狩りにも、ともに出かけた。同様にシャトルグナはバラタに仕えた。

このようにして、ついにラーマは十六歳となった。

अध्याय ३ ラーマの初陣

その頃、ヴィシュヴァーミトラという賢明《けんめい》な聖者がいた。

この人はもとクシャトリヤすなわち王族の一人であったが、前代未聞の過酷《かこく》な修行をして、神からバラモン聖者の身分を得たのであった。

彼はシッダーシュラーマというサイバの草庵《そうあん》に住んでいたが、二羅刹《らせつ》マーリーカとスパーフが悪鬼ラーヴァナの後ろだてによって、ヴィシュヴァーミトラや森の中の聖者たち

の瞑想《めいそう》や供養《くよう》の聖火などを汚辱《おじょく》、妨害するのを怒っていた。そして、

「ラーマの手を借りてこれを滅ぼすほか、道はない」

と思い、ついにダシャラタ王の宮殿を訪れた。

王はヴィシュヴァーミトラを歓迎して、

「その望みは何なりとも遂《と》げさせよう」

と約束した。しかし、王は自分のもっとも寵愛《ちょうあい》している王子ラーマを「恐ろしく危険な役目に」と懇求《こんきゅう》された時、思い悩んで苦しみ、ほとんど死んだ人のようであった。

しかし、一人の侍臣《じしん》がヴィシュヴァーミトラの法力の強大なことを説いて、

「**聖者は必ず王子の身に災いのかからないようにするに違いないでしょう**」

と言ったので、王はその言葉にそむくこともできず、ついにラーマとラクシュマナを十日間だけ、その聖儀に参加させることとした。

期間は短かったが、このことは彼ら王子にとっては、成人してはじめてのことであり、愛と戦いのはじまりであった。

聖者はラーマの勝利の疑いないことを、彼に語って王の心を喜ばせた。こうして父王の祝福に受けながら、ラーマはヴィシュヴァーミトラ、ラクシュマナとともに悪魔退治に出かけた。

一陣の微風が一行の顔に心地よく吹き、空からは思いがけない花びらの雨が、よい香りをただよわせながら降りそそいだ。しかし二人の王子には、従者《じゅうしゃ》もいなければ、日常生活に必要な品物も備わっていない。ただ一介の聖者に案内されて、荒涼《こうりょう》とした山河をたどるのである。

それゆえに聖者は、法術《ほうじゅつ》の力で疲労と病気が王子たちの身を襲わないようにしなければならなかった。二人の兄弟はただ弓と剣とを携え、美しい玉飾りと、とかげ皮の手袋をつけたのみでヴィシュヴァーミトラにしたがった。

目的の草庵《そうあん》に到着したので、ヴィシュヴァーミトラおよび他の僧侶たちは、ただちに祭祀をはじめた。すると、たちまち羅刹《らせつ》は幻想の術を使って、砂塵の雲をあげ、巨石の雨を降らせながら、恐ろしい姿でやって来た。

ラーマは弟を励まして激しい矢を射かけた。矢と石とは空でぶつかって火花が散る。やがて二羅刹《らせつ》マーリーカ、スバーフはラーマの矢先《やさき》にかかって倒れた。王子はなおも、夜の放浪者《ほうろうしゃ》である他の悪魔たちを殺戮《さつりく》した。こうして、このシッダーシュラーマの祭祀の日も終わったので、王子は聖者に向かって、

「まだ他にすべきことはあるか？」

と聞いた。

अध्याय ४
ラーマとシーターとの結婚

初陣に成功したラーマ兄弟は、なおも羅刹《らせつ》を探しながら、ヴィシュヴァーミトラとともに、昼でも暗い森から森へとさびしい放浪の旅を続けた。

しかし、この森の中で出会うものは、ただ二種の生きものであった。ヴァールミーキがいった『市街、村落の外の世界』は実に不可思議の世界である。暗い冷たい大地に座って沈黙の苦行にふけり、「超自然の力を得よう」と求める多くの隠者《いんじゃ》と、その瞑想《めいそう》を破り、彼らの祭祀をさまたげ、供物《くもつ》を汚し、血の出るような彼らの努力を水泡《すいほう》に終らそうと焦心《しょうしん》、苦慮している悪魔、羅刹《らせつ》が住んでいるばかりである。

それでラーマ一行はある時は、これら隠者《いんじゃ》の好意で、その庵《いおり》で一夜を明かし、乳や木の実を分けてもらい、太陽や火や水に祈りを捧げ、ある時は羅刹《らせつ》を探し出して、これと戦いを試みてはみな殺しにした。

このようにラーマはいたるところで悪魔を倒して、聖者たちの修行の邪魔するものがほとんど滅びかけた頃、ヴィシュヴァーミトラはミティラーの王ジャナカが大犠牲祭を行おうとしていることを告げて、

इति सयायावरस्तेजस्वी नियतेन्द्रियः तस्य पुत्रो जरत्कारोर उत्पत्स्यति महातपाः आस्तीको नामधेयं स परतिषेत्स्यति तं तदा तत्र मोक्ष्यन्ति भुजगा ये भविष्यन्ति धार्मिकाः ।

「あそこへ行こう。そして驚くべき不思議な大弓《おおゆみ》を見よう。この弓こそは、昔、シヴァ神が世界の破滅を企てた時に、使うはずだった恐ろしく大きなもので、ずっと大昔からこのデバラタ王家に伝わっているのである。が、神でもガンダルヴァでも阿修羅《アスラ》でも、羅刹《らせつ》でも、また何人《なにびと》でも、これを引きしぼることができない。すでに数多くの王や王子がこれを試みたが、ついに無駄であった。それでこの弓は、今や神として尊ばれている。この弓とジャナカの大祭祀とは、ぜひとも見物すべきものである」

　と、述べた。

　そこで一行は、シッダーシュラーマに住んで苦行を積んでいる鳥や獣をともなって、ミティラーに出発した。その道々で、聖者はラーマ兄弟に昔話、とくに『ガンジス河出生譚《しゅっせいたん》』などを物語った。

　ジャナカ王はこれらの禁欲道者を尊敬して迎え、その身分にしたがって着座《ちゃくざ》するように案内した。そのとき、二人はあたかも人中の獅子や象でもあるかのように、威風堂々《いふうどうどう》としていた。王は、

「神のようにも見えるこの二人の兄弟は、そもそも何人《なにびと》であるか？」

　と尋ねた。そこでヴィシュヴァーミトラはラーマの誕生の譚《はなし》から、シッダーシュラーマで羅刹《らせつ》退治を遂《と》げたことなどを物語って、ついで、

「この度、例の有名な弓を拝見すべく参った」

ということも申し述べた。

あけて翌日、ジャナカ王は兄弟たちに弓を見せるため、二人をあらためて招待した。そして、重ねてその故事来歴《こじらいれき》を語り、最後に付け加えて言った。

「私に一人の姫がある。名をシーターというが、これは人から生まれたのではなくて農事の際に、鋤《すき》にあたって畦《あぜ》から突然飛び出した、誠に貞淑《ていしゅく》な心、正しい美しいものである。ところで、この先祖伝来の弓を引きしぼることのできる者に、姫を贈ることにしている。それで、すでに幾多の王や王族が、渾身《こんしん》の力で腕をつくしてこれを試みたが、ついに駄目《だめ》であった。今、あなたがたにもこの弓をお目にかける。**ついては、もしどなたでもこの弓を引くことができたなら、シーター姫を差しあげよう**」

この時、大弓《おおゆみ》は八個の荷車で、五千人の若者に引かれて持ち出された。

ラーマはこの弓と美人とを見て、少なからず興味をもった。彼は、なんら躊躇《ちゅうちょ》することがあろう。ラーマはたちまち、その巨弓に手をかけた。そして、いともたやすく満月のように引きしぼったが、力あまって、弓は雷の響き渡るような音をたてて、二つに折れた。集まった人々はその響きに驚いて、ヴィシュヴァーミトラ、ジャナカ、ラーマおよびラクシュマナをのぞくほか、ことごとく地上に倒れた。

王はラーマを非常に賞賛《しょうさん》し、ただちに約束を果たすため、廷臣《ていしん》にはそれぞれ、

「婚儀の準備をするように」

と命令を下し、アヨーディヤーには使臣を遣わして、ダシャラタ王に、

「この婚礼を許し、かつ祝福してもらうように」

と申し込ませた。

準備が整って二王は相会《あいかい》し、そしてジャナカ王は、ラーマにシーターを与えた。同時に二女ウルミラーをラクシュマナに与え、バラタとシャトルグナには姻戚《いんせき》クシドワジヤの姫マンダビヤとスルタキルチーを与えた。

こうして四組の結婚式が同時に行われることとなった。

王子たちはそれぞれその花嫁の手をとりながら、祭壇《さいだん》に燃える聖火の前に立った。儀式の進行の僧は浄水《じょうすい》をそそいでこれを清め、次に聖火の周囲を七度巡行して、めでたく夫婦の契《ちぎ》りをかわした。

その式場には王および他の聖者たちも参列し、神たちは天花を降らし、美しい音楽は優雅な音、快調の響きと調和して鳴り渡った。

この儀式が終わると、王、王子、および新婦は多くの人々に伴われて、アヨーディヤーの王宮へと帰り、聖者ヴィシュヴァーミトラも北の方へ山深く分け入って、再び木の下や

石の上で静かな瞑想《めいそう》の苦行を続けることとなった。

その後、ラーマは、父王にも、人民にも、もっとも寵愛《ちょうあい》され、尊敬されることとなった。

彼は何事にもすぐれていた。しかも性格はおだやかで、どんな場合でも怒ることも、おごることもなかった。彼は人の親切な行為は、ささいなことでも忘れず、百千の危害が身に降りかかろうとも恐れることはしない。

ラーマは前述のように『ヴェーダ』に通じ、文武の両技にも達し、身体、政才、議論、作詩などの道から、象馬を御《ぎょ》する法、さては弓術《きゅうじゅつ》にいたるまで、熟知《じゅくち》しないものはなかった。彼は万人の幸福を祈り、とくに弟たちのために自己をも犠牲にするという風であった。

そしてバラタとシャトルグナとは、叔父のアシュツバチといっしょに他の都に住むこととなっていた。

अध्याय ५ ラーマ皇子となる

ダシャラタ王は自分が長年、王位にあって政務を執ることに飽きてきたので、早くラーマに譲位《じょうい》して余生《よせい》を悠々《ゆうゆう》と過ごそうと考えた。

　そこである日、隣国の王や王子および顧問、大官の連中を集めてそれを実行しようとした。これはアヨーディヤー国における習慣であったのである。

「彼らの知る通り、わしは長い年月この国に君臨《くんりん》した。今まで自己の安楽は少しも考えないで、ひたすら古くからの国法のもとにその日を費やしてしまった。**しかし、今や長子ラーマを皇子に立て、一切の政務を彼に一任《いちにん》しようと思うのだが、皆の思いはいかがであろうか？**　よく審議《しんぎ》せられよ」

　王子たちは王の言葉に喜び、孔雀が雨雲を見て舞踏《ぶとう》するようであった。バラモン、クシャトリヤ、市民および国民たちはこの計画を聞いて非常に満足し、都市は装飾に充ち、終夜、祝宴《しゅくえん》を催すありさまであった。そして、このように答えた。

「おお老王！　我々は早くラーマ王子が皇子の位につかれ、そうして象にまたがりつつ、天蓋《てんがい》のもとに立たれた堂々の雄姿《ゆうし》を見てみたいものであります」

　そこで王は再び、

「なにゆえに皆は、ラーマをそのように支配者として得たいのか？」

　と、質問した。彼らは答えた。

「王子はたくさんな徳を備えておられます。王子は実に天中のインドラのように人中にあって、塔のごとく高くそびえておられます。ラーマの度量の広さは大地のごとく、討論に際しては木星のごとくです。ラーマは人民の幸福を祈るのにいそがしい。ラーマは音楽に巧みです。ラーマの目は美麗です。ラーマのわずかな表情の変化も注目に値するほどです。ラーマは威厳《いげん》はあっても猛々《たけだけ》しくはありません。ラーマは都市、国のために戦いに出て、勝利を得ずに帰ってきたことはありません。**ラーマは万民から愛される。世界はことごとくラーマが王であってほしいと望んでいます**」

そこで王はヴァシシュタ、バーマディヴァおよび他のバラモンたちを招いて、譲位《じょうい》に関する準備を命じた。

やがて黄金、白銀、宝石、式器、穀物、甘い菓子、清浄《せいじょう》なバター、最上のヨーグルト、おろしたての衣服、武器、皇子用の輿《こし》、象、金角ある牛、虎皮、王笏《おうしゃく》、傘蓋《さんがい》、盛米、凝乳《ぎょうにゅう》などが整えられた。旗は揚げられ、道は水を撒《ま》かれ、各門戸には目の覚めるような鮮やかな花環《はなわ》で飾られた。騎士は甲冑《かっちゅう》に身をかためて警護の任にあたり、舞踊《ぶよう》者、歌謡《かよう》者はその技に夢中であった。

こうして王はラーマのもとに使いを遣わしたので、ラーマはただちに群衆を押し分けて王のもとに来て、その足元にひれふした。あたかも秋空に群星が輝き、明かりの煌々《こうこう》たる一輪の満月が浮かび出たかのようであった。

この時、王はラーマの手をとって、設けた座に着かせた。この席は金銀七宝で飾られて、玉座のそれのようであった。そして老王は今しがた衆議一決《しゅうぎいっけつ》して、「ラーマを跡継《あとつ》ぎにつかせること」を物語った。そして、なお大切な助言をもした。

「ラーマは天性、徳に満ちている。しかしわしは愛のあまり、またラーマのため、ここに一言する。以後も一層《いっそう》大なる温和と抑制を実行せよ。貪欲《どんよく》と怒りを避け、武庫と宝庫を監視し、ラーマのためにも他の人々のためにも、自ら政務に親しみ、万人の尊敬するようにまったく公平に審判《しんぱん》せよ。つとめて用意周到《よういしゅうとう》であれ。そうすればラーマの進む道が開けよう」

ラーマの母カウサリヤーは、友からこのことを残らず聞いて、その知らせの御礼として、黄金、牝牛《めうし》、および宝石を与えた。人々は皆、満面に喜びをたたえて家に帰り、各々、神に祈りを捧げた。

この時、王は再びラーマのもとへ使いをやり、自分と面会するよう求めた。王は言った。

「皇子よ。わしは明日、お前に譲位《じょうい》しよう。わしはもはや大分、年老いた。そして、不吉な夢をみた。占星家は言う。わしの運命の星は、太陽や羅刹《らせつ》らに脅迫《きょうはく》されている、と。それゆえお前は日没からシーターとともに精進し、身を清め、よき友に護衛されているがよい。徳の心ですら、自然の愛着の影響で変化することがあるし、また何人《なにびと》と言えども、まさに起ころうとしてることを知らないのだから」

ラーマは王のもとを辞して、母の部屋へと赴《おもむ》いた。

母は「我が子の行先に幸あれ」と寺へ詣《もう》で、神に祈願《きがん》をこめていた。そこにはラクシュマナにシーターもいた。

ラーマは母に向かって、

「自分とシーターが夜の断食のために必要なもの。その品々を準備してください」

と願った。それからラクシュマナの方へ振り向いて、

「**お前は、私といっしょにこの世界を治めよ。それはお前のためでもあり、私のためでもある。**私はお前のために、この生命と王土をつくそう」

と、言った。そしてシーターと自分の部屋へ行き、ヴァシシュタも断食を祝福するためにやって来た。

その夜、アヨーディヤーの街は、隅《すみ》の隅《すみ》まで華やかに湧き返った。

あらゆる通りはきれいに清められ、花環《はなわ》は飾られ、大小の旗はひるがえり、光の灯はかがりの上に置かれた。

道行く人の顔つきには緊張した興奮の陰影《いんえい》がみなぎってきた。騒擾《そうじょう》の声は、満月の夜の大洋の波音のようであった。そして寺院にも、公道にも、音楽の響きが美しく流れ渡った。

ラーマの名を、人々が口にし、万人ひとしく翌朝を待ちわびていた。

　この時、ラーマは静かに断食をしていた。

अध्याय ६
カイケーイーの陰謀

　この時、バラタの母カイケーイーは、王からその計画を聞いたのではなかった。

　カイケーイーは妃の中でもっとも若く、感情的で、また非常に美人であった。彼女は生まれつき思いやりがあったが、親切でも、賢明《けんめい》でもなかった。それで自分の曲がった望みで、鼓舞《こぶ》され、偏重《へんちょう》される傾向があった。

　それに彼女には、悪魔の性を受けた一人の侍女《じじょ》が奉仕《ほうし》していた。侍女《じじょ》の名はマンサラーといった。このマンサラーが今、ラーマの即位の噂、万人の歓声を聞きつけて、急いでカイケーイーに、

「ああ何と落ち着かないことでしょう。どうして、あなたはそんなに呑気《のんき》に満足しておられるのでしょう。あなたの目の前には今、非常な不幸が落ちかかっているのに」

と言った。その時、王妃は静かに「何事が起こったのですか？」と聞いたので、侍女《じじょ》マンサラーは怒りの面持《おもも》ちで答えた。

「**ああ、あなた。恐ろしい破壊が、あなたの幸福を奪おうとしています。**そのために、私は測り知れぬ恐怖に襲われ、悲しさに苦しめられています。私は火の燃えるようになって、あなたをお探しいたしました。あなたは真にこの世の女王であります。しかし、王がなんと仰せられようとも、王は内心邪心《じゃしん》であります。そしてあなたに害を与えるでしょう。王の求めておられるのは、カウサリヤーの幸福であって、あなたの幸福ではありません。どのような甘言《かんげん》をあなたに仰せられようとも、それは決して真実ではありません。バラタは遠くに追いやられて、ラーマは王位につくでしょう。実際、あなたは王のために一匹の毒蛇を養っておられる。今すぐにそれをお活《い》かしあそばせ。そうすれば、あなたのためにもバラタのためにも、そして私のためにもなる、ただ一つの手段が見つかるでしょう」

しかし、侍女《じじょ》の話を聞いて、カイケーイーは非常に喜んだ。彼女はラーマの王位につくことを聞いて喜び、侍女《じじょ》には玉飾りを与えて言った。

「この知らせをもたらしたお前には、どんな礼物を遣わしましょうか。私はこの話を聞いて、真に嬉しい。ラーマも、バラタも、私にとっては非常に親しい仲です。私は二人の間に区別を見ません。ラーマが王位につくことはまったくいいことです。お前の知らせに感謝します」

その時、侍女《じじょ》マンサラーはますます怒り、玉飾りを捨てて言った。

「自分の不幸を喜ぶなんて、まったくあなたは気が狂っておられます。他妃の王子の昇進を聞いて喜ぶとは、どんなお人好しでしょうか？　あなたは言わばカウサリヤーの奴隷《どれい》となるのです。したがってバラタはラーマの下僕《げぼく》となります」

しかし、なおカイケーイーには嫉妬心《しっと》が起こらなかった。そして、言った。

「なぜラーマの幸福を悲しむのですか？　彼はまったく王に適しています。国土が彼のものであれば、それはバラタのものでもあります。ラーマは自分の弟を、自分自身のように考えているのだから」

その時、マンサラーは表情を変えて、王妃に答えた。

「あなたは自分の不幸を幸福と考えて、ほとんどことの理解をなさっていません。あなたは他姫の昇進を聞いて、私に報酬を賜わります。ごらんあそばせ。ラーマが王位に昇れば、すぐにバラタは遠国か、他の世界へ放逐《ほうちく》されてしまいます。バラタはラーマの生まれながらの怨敵《おんてき》であります。なんのために彼は、他に競争者を残しておくでしょうか？　あなたはバラタを征服しようとしているラーマから、バラタを助けなくてはなりませぬ。ラーマが世を治めると、あなたの運命は悲しむべきものとなります。あなたは時の過ぎないうちに、バラタを王位につけ、そしてラーマを放逐《ほうちく》しなくてはなりません」

このようにして、カイケーイーの自負心と羨望心《せんぼうしん》はおだてられた。

そこで、ついに王妃の心も、悲しみと、怒りと、ねたみとでいっぱいになった。そして、マンサラーに答えた。

「本日、即座にラーマを放逐《ほうちく》し、かつバラタを跡継《あとつ》ぎにしなければならない。が、お前はこの私の願望を成就させるなんらかの方法を知っているのでしょうか?」

この時に侍女《じじょ》マンサラーは、王妃に昔あったことを思い起こさせた。ほかでもない王が、王妃に対して言った約束の言葉である。

ダシャラタ王は、その昔、羅刹《らせつ》と大戦闘をしたことがある。その時、非常な痛手を負って、まさに殺されようとした。王妃は単身、王のそばにかけ寄って、昏睡《こんすい》に陥《おち》っている王をその戦場から救い出し、いろいろ手厚き看護の結果、ようやく王はその命を取りとめたのだった。この時、王は王妃に向かって、

「**望むがままに二つの事柄を遂《と》げさせよう**」

と言った。

王妃はいつでも欲する時に、この二つの望みを叶えてもらうこととなっていた。この時のことを、マンサラーは王妃に勧めた。

「今、この二つの願いを王から遂《と》げてもらいあそばせ。一つはバラタ王子を王位につかせること、一つはラーマ王子を十四年間、森林中に追放すること、この二つを要求あそばせ。その十四年間にバラタは王位をまっとうして、ラーマを恐れることのないよう人民を御《ぎょ》することができましょう。ついては、あなたはあの『怒りの間』にお入りになり、衣を飾る珠玉《しゅぎょく》をかなぐり捨て、長い髪を振り乱し、王にまみえることも、言葉を交わすこともお断りあそばせ。あなたは王の一番のお気に入りであります。王はあなたの望みを拒むことはできません。また、あなたの悲しんでおいであそばすのを、見殺しにはなさいません。王はあなたに多くの宝をもお与えなさいましょう。けれども決してそれらに目もくれず、ただただ前の二つのことをのみお願いあそばせ」

　こう言われてカイケーイーは、ついに悪魔の所為《しょい》を「もっともいいことだ」と考えるようになった。マンサラーの言葉に困惑《こんわく》して、あたかも夢魔のように悪魔の道を進んで行くこととなった。

　妃は侍女《じじょ》に感謝して、バラタが王位についた時には「十分な謝礼をする」と約束した。そして美しい衣服も宝玉も破棄してしまい、『怒りの間』にだらしなく打ち倒れて叫び出した。

「見よ、見よ。ラーマは追放されて、我が子が王位に昇る。もしそうでなければ、私は死んでしまう。ラーマが森へ行かなければ、私はベッドも、美しい衣服も、薬も、食べものも、飲料も、ないし生命までも、惜しいとは思わない」

星の輝いていた空がたちまちにして黒雲におおわれるように、王妃は見る間に陰気《いんき》になって毒矢に射られた鳥のようであった。

अध्याय ६ ダシャラタ王の落とし穴

明け方近くになってダシャラタ王は、ラーマのことを王妃カイケーイーに物語ろうと考えて、亭と彼の部屋に訪ねても会えなかったので、ついに『怒りの間』に行ってみた。すると、王妃はそこに網にかかった牝鹿《めじか》のように倒れて、気が狂ったように泣き叫んでいた。王は驚いて優しく、

「病気なら医師を呼ぼう。欲しいものがあるなら、何なりと言うがよい」

と言葉をかけ、いたわり慰《なぐさ》めた。けれども、侍女《じじょ》に智恵づけられた王妃は、

「ほかの望みは一切ありません」

「ただただラーマを放逐《ほうちく》することと、バラタを王位につけることが願いです」

と王に強く求めた。

これは例の「二つの望みはなんでも遂《と》げさせる」という王の誓いの言葉を盾にとってのねだりで、いかに有徳の老王も誓いを破ることの恐ろしいのと、もっとも寵愛《ちょうあい》している美姫の願いをしりぞけかねて、とうとうラー マを十四年間、森の中に追放することにした。

ダシャラタ王は悲しみのため、ラーマ王子は喜びのため、眠れぬ一夜を過ごした。

日は早くも明けて、荘厳《そうごん》な授任式の行われる日は来た。晴れの儀式の装いに身を飾ったラーマは、父王のもとへ出向いた。

この時、ラーマは名誉ある恩命に接することと思っていたが、

「**十四年の間、（ラーマを）南国の林間に放逐《ほうちく》する**」

という寝耳に水の厳命《げんめい》を受けた。この沙汰《さた》が都中に知れ渡った時、老いも若きも、男女貴賤《だんじょきせん》ことごとく驚き悲しみ、怒り罵《ののし》った。

（広く見開いた銅のような目と、蓮のような青黒い長い腕と、白象のような歩容《ほよう》を備えた、無類の弓の達人で、勇敢、信実、謙譲《けんじょう》の徳をそなえ、バラモン教徒を尊重する）ラーマは、宮廷にあっても民衆においても、尊敬、憧憬《どうけい》の的であっただけに、それだけ彼が罪もなく配流《はいる》の地の月を見なければならないのを聞いた、人々の悲憤《ひふん》や思いやるべきであった。

けれども雄々《おお》しいラーマは父を敬愛する心から、その命令を心静かに受けとめて、彼が最高の責務《せきむ》として、

「父の命にしたがおう」

と気高い覚悟をかためた。

そして愛するシーターのもとに帰ったが、これを耳にした姫の驚きと悲しみはよほどと察して、心から胸を悩ませた。しかし、話さないわけにはいかないので、やむなくこれを物語った。

が、意外にもシーターは、

「貴い王位を失った不運も、行末長い年月をさびしい辺鄙《へんぴ》にさまよって日陰で暮らす生涯のいたましさも、あなたとともにある限りは、自分にとってなんら意に介することではありません」

と、かえってラーマを慰《なぐさ》めるほどであった。

अध्याय ८
シーターの決心

シーターは、このように言った。

「妻は夫の運命をともに負うもので、夫の行く道なら、どこまでもともなわれていくのが妻の務めです。夫と離れては天国の住居もなんでありましょう？　夫に棄てられた妻の身は、いたましい死体に等しいものです。**この世だけでなく、次の世も、その次も、影の形に添うように私はあなたにしたがいます。**あなたは私の王であり、道しるべであり、唯一の隠れ家で、また私の神であります。あなたがイバラの草むらにさまよう時は、私は先に枝をかき分けて道をつくりましょう。トゲの木陰も、絹の衣服の心地です。さびしい住家もあなたさえいれば、華やかな宮殿、楽しい天国にもまさります。あなたの腕に守られれば、神も、悪魔も、人々も、私を害し得ることはないでしょう。木の根、果実に飢えしのぐことになっても、あなたの手さえあれば、私の生命を支えるのに十二分の糧となります。さすらいの朝晩に千年の長きを送っても、私は一日のように過ごします。あなたのそばにさえいられるなら、地獄の炎も空の雲のたなびく姿のように眺めることができます」

ラーマは驚いて諭《さと》したり、驚かしたりしてみたが、ここまでの誠心から燃える愛と、身を断つような嘆きに心を動かされて、ついにシーターの随従《ずいじゅう》を許した。

先に羅刹《らせつ》退治をともにした兄思いのラクシュマナも、「護衛のために」と、放浪の苦を味わうことになった。

カイケーイーは自分の一言がこんな悲劇を生んだことに気も留めていなかった。そればかりか、ラーマ一行の放浪を早めようと思って、彼らの着るみすぼらしい隠遁者《いんとんしゃ》の衣服を整えるに忙しかった。

絹の衣をまとった姫は、落とし穴を眺めておびえてる牝鹿《めじか》のようにふるえ、恐れながら、ゆくゆくは自分が着なければならないこの木の皮の衣に眼差《まなざ》しを落とした。

やがて王妃からその衣を受けとって、ラーマのそばに行き、

「森の中の隠者《いんじゃ》たちは、どうして森の衣を着るのでしょう?」

と、尋ねた。そして訴えるような悲しい面持《おもも》ちで、そこに立ちながら、一つの衣を手にとり、一つを首の周りにまとった。けれども、まだ着たことのないこの衣にいくたびも、いくたびも着惑《きまど》った。

それを見てラーマは、姫のそばに寄って、粗い木の皮の外套《がいとう》を、姫のまとってる絹の衣に結びつけた。そばにあった婦人たちは、目に涙をたたえて声高《こわだか》に泣き叫んだ。

अध्याय ९ ラーマの追放

仕度は整ったので、ラーマ一行は泣き悲しむ父母や廷臣《ていしん》、それから残忍なカイケーイーにも温かい別れを告げ、住みなれた都を後にした。

ラーマ一行は粗末な装いで裸足のまま、まずプラヤーグ（アラハバード）へと向かった。車が三人を最寄りの森に運ぶため大門を出ると、群衆は声を挙げて慟哭《どうこく》し、家を捨ててどこまでもついて来る。

そしてある森に着くと、車を停めてそこで一夜を明かすこととなった。けれどもラーマはついて来た群集のまだ眠っている隙《すき》に、そっと車を駆ってガンジス河のほうに道を急いだ。ガンジス河の岸に来ると車を降りて、『追放の子（ラーマ）』からの真心こめた言葉を託して、御者《ぎょしゃ》を父王の館へ帰した。

いよいよラーマたちの隠遁《いんとん》生活がはじまる。

河を隔《へだ》てて真っ黒く突っ立っているチトラクタの大森林に分け入る前に、道者服を着け、それから河を渡って森に入り、雨をしのぐための草屋をつくった。屋根は木の皮で、壁は木の幹をならべただけである。しかし、家はみすぼらしくても、森の眺めは絵のように美しかった。

三人は木の根と果実で命をつなぎ、静かな悠々《ゆうゆう》とした隠遁《いんとん》生活の面白みを豊かに味わった。このチトラクタの森の奥で涼しい緑陰《りょくいん》、香りのよい花、日光にきらめく渓流の水、悠揚《ゆうよう》たる河、およそこれらの美は不十分ながらも、父母や、友だちや、華麗な宮廷から追放された心の痛手を忘れさせる力となった。

अध्याय १०
ダシャラタ王の悲しみと死

ラーマの追放は、いたく老王を悩ませた。彼は自分の愚かな心から、罪もない我が子に配流《はいる》の苦を嘗《な》めさせることをしみじみ悲しんだ。カイケーイーとは距離をとって、ラーマの母カウサリヤーとともに悲嘆《ひたん》やるせない月日を過ごしていた。

しかし過ぎゆく月日も、宮殿の華美も、彼を慰《なぐさ》めるに充分でなくて、『子牛からもぎ放された牡牛』のように、日ごと夜ごと泣き悲しんだ末、ついに憂愁《ゆうしゅう》に胸を蝕《むしば》みつくされて、朽木《くちき》のように倒れた。

廷臣《ていしん》たちは急使《きゅうし》を立てて、母方の祖父母のもとにいたバラタを呼び戻した。浮き足立ちながら、馳《は》せ帰ったバラタは、留守中の出来事を聞いて、狂える蛇のように嘆いて地に倒れた。そして、心から母の残酷《ざんこく》な仕打ちを憎み責めた。弟のシャトルグナは、カイケーイーに悪謀《あくぼう》を勧めた侍女《じじょ》を息の絶えるほど、つかんで苦しめた。

しかし、今となってはなすすべもない。**やむなくバラタはラーマに代わって、父王の葬儀を盛大に執り行なった。**

おごそかな行列をつくって、王の屍《しかばね》を河畔に運び、多くの犠牲を供えて、荼毘《だび》に付した。財宝、土地、家屋、ヤギなどが、父王の冥福《めいふく》を祈るべく、おびただしくバラモン僧に恵み与えられた。

अध्याय ११
バラタの摂政

葬儀が終わると廷臣《ていしん》たちは、バラタに即位を勧めた。

けれども、彼は正義の子であった。彼の心には尊い謙遜《けんそん》があった。気高い憤りで、毅然《きぜん》とそれを斥《しりぞ》けた。
そして兄ラーマを隠遁《いんとん》生活から迎えて、国政を執らせるため、自ら大衆を率いて迎えに行くことにした。廷臣《ていしん》や官女たちも「我も、我も」と、これにしたがった。追放の中心になって動いたカイケーイーまでも、悔いることを知らないような顔つきをして、この一行に加わった。

やがて一行は、チトラクタの森林に着いた。方々を探しまわって、やっと彼らはラーマを見つけた。

ラーマは頭髪を編み上げ、ボロボロになった樹皮の衣を着けて、小屋の中で正座していた。ラーマは弟の口から、父王の死を聞いて、斧で切った盛りの木のように地に卒倒《そっとう》した。

シーターや弟たちが急いでその顔に水をそそいだので、ラーマはまもなく蘇生《そせい》して、身をふるわせて慟哭《どうこく》した。そしてやや気が鎮まると、清水と果実とを供えて、うやうやしく亡父の霊を祭った。

それが終わるのを待って、バラタは誠意をこめつくした言葉で、ラーマに隠遁《いんとん》生活をやめて王位につくように願った。

「兄上、都では皆が兄上の姿を見ようと焦《あせ》っています。父上崩去《ほうぎょ》の上は、一刻も早くお帰りください」

「皆の気持ちは嬉しいが、私は帰れない」
と、ラーマは強い口調で言い放った。
「どうしてですか?」
と、廷臣《ていしん》たちはいっせいに心配そうに額を曇《くも》らせた。

「十四年の月日がまだ過ぎていないからだ」

バラタは廷臣《ていしん》らと力をあわせて、さまざまにラーマの決心を動かそうとしたが、彼は亡父への誓約《せいやく》と自分の決心を破ることを恐れて、どうしても森林を出ることを承諾《しょうだく》しなかった。

そこで、せめてもの慰《なぐさ》めに、バラタはラーマのはいていた履物《はきもの》をもらって、力なく王城へ帰っていった。そしてその履物《はきもの》をラーマの象徴として王座に据《す》え、その上に王者の傘をさしかけた。

こうしてラーマの名のもとに国政を執りながら、早く追放期の十四年が経過してしまうことを願った。

अध्याय १२
森林生活

ラーマは、妻と、弟と、森で十年間、生活した。

あちらこちらで、あるいは一か月、あるいは一季、あるいは一年と滞在していたが、ついには南の方に放浪してダンダカの森林にわけ入った。

ある時、不意に血塗られた大きな悪鬼にぶつかった。悪鬼は大きな口を開いてラーマに飛びかかりさま、たちどころにシーター姫をつかんで、

「俺はこの森の主ヴィラーダという者である。俺は隠者《いんじゃ》の血をすするのが大好きなのだ。この女は俺の妻とし、お前らは俺の餌食《えじき》とする」

と叫んで、ラーマの目の前に立ちはだかった。

ラーマは最愛の妻を奪われて、強い苦しみを覚え、嘆き悲しんだ。ラクシュマナはこれを見て、もだえ悲しむ兄を激励《げきれい》して、悪鬼を倒すように勧めた。

英雄児ラーマの情熱と勇猛心《ゆうもうしん》は、この言葉に炎々《えんえん》と燃え上がった。

ラーマは猛然《もうぜん》として躍《おど》りたった。そして、弟とともに悪鬼に打ってかかった。悪鬼はシーター姫を捨てて、これに応戦する。

激しい戦いののち、悪鬼は大きな腕をさし出して、勢いよく二人をつかみ、小山のような両肩に載せて連れ去ろうとする。二人は懸命《けんめい》にもがいたが、なんの効果もない。

シーター姫は蒼白《そうはく》になって、

「悪鬼よ、私を殺し、そして夫たちを許してください。お願いです」

と言った。

悲しみと怨《うら》みがこめられた彼女の声は、二人の英雄児の心に呪文のように響いた。そこで二人は、獅子のように踊りくるって悪鬼を襲った。そして、ついにこの手ごわい怪物を大地にうち倒した。

ラーマは悪鬼の喉《のど》を踏みつけながら、ラクシュマナに大きな穴を掘らせ、それができあがると巨木のような悪鬼の体をその中に投りこんだ。

悪鬼は断末魔《だんまつま》の苦しい息の下から、かすかな声で、

「ある隠者《いんじゃ》に呪われて、こんな姿に変わってしまった。けれども、その呪咀《じゅそ》はラーマという英雄児の手によって解ける」

と、説明するや否や、霊魂がするすると悪鬼の体から脱け出して、天へと昇っていった。

またある時は、大力を有する秀鷹《はげたか》にも出会った。しかし、それは彼らの味方であった。秀鷹《はげたか》は自分を「ジャターユである」と名乗り、「ラーマの父の友である」と語った。

そしてジャターユは、ラーマに「その保護者であろう」と約束し、ラーマとラクシュマナがともに国外に出て行く時には、「シーターを守護しよう」と誓った。

それやこれやでシーター姫は、しみじみと羅刹《らせつ》を恐ろしく感じた。彼らの凶暴さは夫や自分たちの命を縮めると知って、言いようのないほど不安に思い、心配した。彼女はしとやかに夫を諫《いさ》めて、

「むやみに悪鬼たちと争わないように」

と願った。そして

「弓矢を手にしていると、自然と戦いたくなるから、放浪中はそれを捨てるように」

と勧めた。

ラーマは妻の優しい忠言を、心からけなげで可憐《かれん》だと思った。それだけでなくめぐる春秋の間の、わびしい森の漂泊《ひょうはく》に影のようにつき添って、かよわい身なのに苦を苦とも思わないで、真心から夫をいたわる妻の身を思って、おのずと感謝の涙があふれた。けれども、

「彼女の言葉を受け入れられない」と思って、

「悪魔の圧迫から隠士たちを救うのは自分の義務であること、騎士は弓矢を携えて、世間から尊敬される存在でなければならないこと」

を、言葉優しくシーターに言い聞かせた。

अध्याय १३ カーラの憤激

シーター姫の心の奥に起こった不安は、いたずらな不安ではなかった。

悪鬼の王をラーヴァナと呼んだ。

ラーヴァナには多くの弟と一人の妹があった。妹はシュールパナカーといってとても醜《みにく》い女鬼であった。彼女は森の中でラーマの姿を見て、

「是《ぜ》が非でもその妻になろう」

と、強く思い込んだ。

そこでシュールパナカーはラーマのそばに来て、艶《なま》めかしい言葉を使って、その心を誘惑しようと努めたが、ラーマはすでに妻のあることを楯としてこれを拒んだ。そして、

「弟のラクシュマナと夫婦の契《ちぎ》りを結んだらいいだろう」

と勧めた。そこで女鬼は続いてラクシュマナの誘惑にとりかかった。けれどもラクシュマナもまたその醜《みにく》い姿に困り切って、

「**あなたのような美しい乙女は、ラーマの妻となるのがふさわしい**」

と、言葉たくみに逃れた。

このようにして恋に破れた女鬼は、自分を顧《かえり》みないで、ただ一途《いちず》に、

「シーター姫さえいなければ、うまく行くのに」

と思いつめて、やがて「姫をなきものにしよう」とたくらんだ。

気性の荒いラクシュマナはたちどころに女鬼を捕らえて、その鼻と耳をもぎとった。彼女は這《は》いながら逃げ出し、兄のカーラのもとに来て、

「この憎い仇《かたき》に復讐《ふくしゅう》してくれ」

とせがんだ。

そこでカーラは雲霞《うんか》のような大軍を率いて、ラーマのもとに押し寄せた。けれどもラーマは少しも驚かない。シーターを弟に託して、とある穴の中に待機させ、自分は一人で心静かにカーラの軍兵に戦いを挑んだ。

この時、「ただならない見物である」というので、天上の神たちも熱心に戦いを注視していた。

一万四千の悪鬼たちは、いっせいに矢と岩と樹木の雨をラーマの上に降らせ、さらに棍棒《こんぼう》、投槍《なげやり》、輪索《わなわ》などをふるって激しく攻撃する。ラーマは敵にとり囲まれて多くの傷を受けたが、少しもひるまないで陽の光りが暗くなるほど、矢つぎ早に矢を飛ばした。そこで弦声《げんせい》に応じて、悪魔たちはばたばたと倒れた。

さしもの大軍も今や残り少なくなったので、カーラは『太陽のように輝く戦車』を駆ってラーマに近づいた。そして稲妻のような矢を飛ばしてラーマの手から弓を射落とし、そのきらめく鎧《よろい》の紐《ひも》を切り離し、またたく間に千筋の矢がラーマの身に放たれた。

けれどもラーマは少しもひるまないで、ヴィシュヌ神の弓をとって黄金の羽の矢を続けさまに飛ばした。**きらきらと光輝きながら空を流れる矢は、カーラの大旗《たいき》を倒し、それからカーラの首と腕を貫き、最後にその戦車をも砕き、馬をも倒した。**

カーラは憤怒《ふんぬ》その絶頂に達し、すぐに戦車から躍《おど》り出で、見るからに恐ろしい形相《ぎょうそう》で、

「岩をも砕けよ」

と、矛《ほこ》を投げかけた。星が流れるように飛んできた矛《ほこ》は、ラーマが放った矢のために二つに折れて力なく地に落ちた。

カーラはますます怒って巨樹を根ごと引き抜いて投げつけた。けれども、これもまたラーマの矢に射砕《いくだ》かれた。そしてさらに炎のような一本の矢が、この凶暴な巨人を地に射倒《いたお》した。

その時、天空の神たちはおごそかに鐘と太鼓を鳴らし、香る天華を降らして、英雄児ラーマの勝利を祝福した。

やがて、シーターとラクシュマナが洞穴《ほらあな》から出てきた。

अध्याय १४ ラーヴァナの憤怒

そこから逃れた一人の悪鬼は、大王ラーヴァナ羅刹《らせつ》のもとに駆け込んで、みじめな味方の敗北を報告した。

それを聞いてラーヴァナが歯ぎしりしているところへ、妹のシュールパナカーが鼻を切り落とされて駆け込んできた。羅刹《らせつ》大王ラーヴァナは、身を焼きつくすような憤怒《ふんぬ》をみなぎらせ、ラーマ兄弟への復讐《ふくしゅう》の意思を固めた。

しかし、大王ラーヴァナはさすがに考えが深かった。彼はラーマのような勇猛な戦士に対するには、「周到《しゅうとう》に思慮《しりょ》をめぐらさなくてはならない」と思って、軽率《けいそつ》に立とうとはしなかった。

からかわれて、しかも恋に破れたシュールパナカーは、蛇のような執念《しゅうねん》で胸を焦がし、王の悠々《ゆうゆう》たる態度がもどかしくてたまらなかった。そこで苦しまぎれに一計を案出した。彼女は、ありったけの言葉で姫の美しさを説いた。

「**月のような顔つき、豊かに膨れた胸、ほそく、すらりとした腰**」と、次第にシーターの艶《あで》やかな姿を述べていった。この時、ラーヴァナの目は怪しくきらめきはじめた。そこで、妹はますますその美を説いた。

ついにラーヴァナは意を決して、シーター姫をラーマの手から奪うことにした。

美しい乙女は華麗をきわめた彼の宮殿を飾るのにふさわしいばかりでなく、命にかけて愛している妻を奪うことは、妻の夫ラーマに対して、「もっとも過酷《かこく》な復讐であるに違いない」と考えたからである。

अध्याय १५
黄金の鹿

ラーヴァナはシーター姫を奪取《だっしゅ》するのに際して、羅刹《らせつ》族がもっている変身の能力を利用することにした。彼はひそかに一人の悪鬼マーリーカを呼んで意を伝えた。

悪鬼マーリーカは、その日から姿を王宮に見せなくなった。

それと同時にパンチャーバチのラーマの草庵《そうあん》近くに、一匹の黄金の鹿が突然と現れた。銀の斑《まだら》は美しく全身にちらばり、脇腹はめずらしい花のようで、下腹は青玉に輝き、豊かな額は玉のような角で上品に飾られていた。

シーターの心はたちまちこのめずらしい生きものに奪われた。シーターはまったく何かに魅せられたように、じっと美しい鹿を見つめていた。

そして、ついに彼女は思い迫ったような声で言った。

「ああ、私の夫ラーマよ！　あの美しい鹿を私のものにしてください。私はあれが可愛いくて、可愛くてなりません」

「お望みならば、捕まえてこよう。しかしラクシュマナ、そなたはジャターユとともにいかなることがあってもシーターのそばを決して離れてはならないぞ」

こうしてラーマは弓矢をとって、このめずらしい鹿を捕らえようとして追いかけた。ラクシュマナは、

「**これは悪鬼の仕業である**」

と注意したけれども、ラーマは耳を貸さなかった。

鹿は陽の光に角を輝かせながら、ある時は消えたり、ある時は現れたりして、ラーマを遠く遠く導いていった。

ラーマは疲れて一度は地に倒れたが、再び勇気をふりしぼってついに炎の矢を放って鹿の胸を射ぬいた。たちまち、鹿は地から離れて、棕櫚《しゅろ》の木に躍《おど》り上がりつつ、元のマーリーカの姿に戻り、ラーヴァナの命令を物語りながら、急にラーマの声色《こわいろ》を使って、

「ああ、シーター！　ああラクシュマナ！」

と、断末魔《だんまつま》をあげた。この声を聞いてラーマは非常に恐れ、マーリーカの死体をそのままにパンチャーバチのシーターのもとに急いで帰っていった。

これより先、（ラーマの声をした）悪鬼の断末魔は、木の葉を渡り、水を越えてふるえながら、シーターの耳に響いた。「夫の身に凶変《きょうへん》が起こった」と思った姫は、体をばたばたと動かして、

「一刻も早くラーマのもとに駆けつけるように」

とラクシュマナに頼んだ。ラクシュマナは、

「それは幻覚のせいで、ラーマは決して負けはしない」

と言ってシーターの心を鎮《しず》めようとしたが、シーターはどうしても聴かないので、やがて、

「あなたは悪魔のよう」

などと、ラクシュマナの悪口を言って、

「自分の身の安全を考えて、ラーマのことを助けようとしないとは情けないことです」

とまで口走ったので、ラクシュマナもやむを得ず、後ろを振り返り、シーターのことを気にかけながらラーマのほうへ向かった。

अध्याय १६
シーター捕まる

シーター姫が小屋の前で泣いていると、ラーヴァナは隠者《いんじゃ》の姿で現れた。

森はよくこれを知っていた。木々はことごとく静まり、風も枝を吹かなくなった。隠者《いんじゃ》は姫に、

「あなたは実に美しい。河の流れが岸を流れ去るように、あなたは私の心を奪い去った。羅刹《らせつ》や野獣の行き交う森の中は、女神のようなあなたにはふさわしくない棲《す》み家である。私が案内するから、一刻も早くこの暗い森を去られるがよい」

と薦《すす》めた。

シーターはこれを真の隠者《いんじゃ》と思い込んでいるので、夫のことが気になりながらも、その足を洗ったり、食物を供えたりして親切に歓待《かんたい》した。

そこで隠者《いんじゃ》はさまざまに言葉をつくして姫の耳に愛をささやいていたが、それにシーターは応じないので、隠者《いんじゃ》はついに、

「自分はラーヴァナであること」

「宮殿楼閣《ろうかく》の美しいこと」

गन्धमादनम् आसाद्य मद्वर्ा च तपो रतः गोकर्णे पुष्करारण्ये तथा हिमवतस तटे तेषु तेषु च पुण्येषु तीर्थेष्व आयतनेषु च एकान्तशीली नियतः सततं विजितेन्द्रियः तप्यम

「侍女《じじょ》たちをたくさん抱えていること」

を述べた。けれども、シーター姫はこれに応じようとはしない。

「私はラーマに仕える身です。**ラーマは人中の獅子で、落ち着いてどんなことにも動じない大きな山のようで、広大なことは大洋、放つ光はインドラのよう。**あなたは獅子の口からその歯を奪い去ることができますか？　重い岩を首にかけて海を泳ぐことができますか？　ラーマはあなたほど大きくはない。けれども、その差は獅子と猿、象と猫、大洋と細流、黄金と鉄のようです。インドラの妻なら、あなたが奪いとっていっしょに住むこともできるでしょう。けれど、ラーマの妻である私を連れ去ろうものなら、あなたの命はないものと思いなさい。そんなことになったら、私もまた死んでしまうでしょう」

と、はねつけた。

そこで彼は突然、十個の頭と二十本の腕を持ったすさまじい悪鬼の形相《ぎょうそう》を現した。

そして、両手で姫の髪をつかみ、多くの手で足を持って姫を抱いた。その途端、黄金の車が出現したので、ラーヴァナはそれに飛び乗り、車は多くのロバにひかれて、するすると空中を走っていった。

シーターは車の中にいて、ラーマやラクシュマナに助けを求めた。心臓も張り裂けんばかりに叫んだ。そして、

「ああ、森！　花咲く樹々！　林の神、野獣、鳥、誰でもいい。私がラーヴァナに奪われていくことを夫ラーマに知らせておくれ」

と、祈り求めた。

このシーターの声がふるえるように伝わって、六千万の齢をとった禿鷹《はげたか》ジャターユの耳に入った。

鳥王は大きな翼をひろげて飛んできた。そして、ここで禿鷹《はげたか》と悪鬼王ラーヴァナとの激しい戦いが起こった。

この時、車は砕け、車の屋根は破れて、ラーヴァナとシーターは地上に落ちた。禿鷹《はげたか》もラーヴァナに翼をもがれ、致命傷《ちめいしょう》を受けて動けなくなった。この間に悪鬼王は、再び空を駆けていくと、シーター姫が髪にまとっていた花は、ばらばらとこぼれた。

この時、すべての自然はこれを悲しんだ。蓮花はしぼみ、太陽は光をおおい、山はふるえ、森も悲しみ、若い鹿は涙を流し、他の生きものは嘆き悲しんだ。

しかし、ブラフマー神はシーターの運び去られるのを見て、喜び叫んだ。

「ああ、自分のするべきことはここに終わった！」

それは、ラーヴァナの死を予知していたからである。

また隠者《いんじゃ》たちは、悲しみと喜び、両方の感情をもった。それはシーターを悲しみ、ラーヴァナの死を喜んだのである。

シーターは、とある山の頂に五匹の猿を見つけて、

「私の災いを夫に知らせる便りになって！」

と祈りながら、黄色の衣ときらびやかな飾りをそっと彼らの上に落とした。

ラーヴァナはこれには気づかず、白く光る海と、青く黒ずんだ山々を越えてひたすら行く手を急いだ。

そしてまもなくランカー（スリランカ）の自分の宮殿に着くと、姫を壮麗な一室に入れ、ほそい腕や足を自分の頭に載せるなどして、一生懸命《けんめい》、シーターの愛を得ようとした。

अध्याय १७
ラーマの憤怒

ラーマは、自分を助けに来たラクシュマナとともに、急ぎ帰ったが、シーターのいなくなったことを知った。

それからというもの、彼は時にもだえ狂って、木に、水の流れに、森の鹿に、空の鳥に、

荒々しく姫の行方を訊ねた。時には憤怒《ふんぬ》の炎に胸を燃やして、三界をことごとく破壊しようとまでした。

兄思いのラクシュマナはずっとそのそばにいて、言葉優しく彼をなだめて、責務《せきむ》を守り、威厳《いげん》を保ち、やさしい元の心に返らせようと努めた。

こうしながらも、二人は姫を尋ねてさすらい歩いた。

そのうちに痛ましさのたとえようもない、傷ついた鳥王禿鷹《はげたか》ジャターユや、そのそばに残っている黄金の車と大傘《おおがさ》の破片を見つけた。

そして、この瀕死《ひんし》のジャターユからシーター姫が奪取《だっしゅ》されるありさまを聞き、大地に転げて嘆いた。が、やがて禿鷹《はげたか》は死んだので、二人は丁重にその死骸《しがい》を葬って、そこを立ち去ると、まもなく今度はカバンダーと呼ぶ怪物に出会った。

この怪物は自然の法則を超越したほどに高く、首も頭もなくて、さながら空まで届く丘のようだった。両手両足はあらくて剛毛におおわれ、腰の下に大きな口が開いていて、声は暗い雷雲《らいうん》のようであった。そして暗くてけわしい長いまつ毛のもとに、ただ一個の目が火炎を噴き出すように輝いていた。

が、ラーマ兄弟は満身の勇をふるって、最後に怪物の両腕を斬り落とした。怪物は苦しい息の下から、

「自分がもと麗《うるわ》しい勇ましい男であったこと」

「森の中の隠者《いんじゃ》たちを脅《おど》かすために時々、怪魔《かいま》の姿を装ったこと」

「一人の隠者《いんじゃ》が憤って、自分を呪って怪物の姿から元に返られないようにしたこと」

「この呪咀《じゅそ》はラーマの手によって解いてもらえること」

などを物語った。

そこでラーマは木を積んで、その上に怪物を載せて火をつけた。大きな体は見るまに焼けたが、灰の中から天衣をまとった麗しい男が現れて、

「**シーター姫を探し出すには、猿属のスグリーヴァの援助を求めるとよい**」

と教えて、天はるかに昇っていった。

「スグリーヴァは猿属であるからといって失望なさるな」

と、彼は言ったのだった。

「スグリーヴァは非常に強大で、勇気があり、大衆を率い、武術にも熟知している。そして羅刹《らせつ》の巣窟に関して、とてもくわしい。聖火を証明者として、彼と同盟を結び、友の誓いをするがよい。スグリーヴァの助けを得れば、シーターを取り返すことは間違いないだろう」

これを聞いた二人は、ただちにここを立つことを決めた。ラーマはカバンダーへの別れ

をしながら、スグリーヴァのいるリシャマーカへの道へ向かい、マタンガの草庵《そうあん》のそばを過ぎて、その教えられた方へ進んで行った。

अध्याय १८ ラーマ＝スグリーヴァの同盟

ラーマとラクシュマナはやがてリシャマーカに到着して、スグリーヴァに会った。

スグリーヴァはラーマと同じように『追放された英雄児』であった。彼の兄バリ王から本国を追われ、愛妻と別れて、ただ一群の忠実な猿属に伴われて森から森へと漂泊《ひょうはく》していた。

ラーマがここに来たことを受け、

「今回もバリ王がまたもや自分を征服によこしたのではないか?」

と怪しんだ。が、よくよく話を聞いて、ともに同じような不運の境遇にあることがわかって、ラーマの援助の求めに対して、快く承諾《しょうだく》した。

スグリーヴァは、ラーマを助けてシーターを捜し出すことを誓い、ラーマはバリ王を破ってスグリーヴァを王位につかせることを約束した。しかし、バリ王は広く世間に知れ渡った猛者《もさ》であるところから、スグリーヴァはラーマに、

「バリ王を破ることができるという力を見せてくれ」

と言った。

頼まれたラーマは、やがて弓に矢をつけてヒューと射た。

天下屈指の弓矢の達人の放った矢は、鉄のように堅い棕櫚《しゅろ》の七つの幹を貫き、一つの丘に穴をあけ、またさらに大地の下にある六つの国を通り抜けて、再び射手の手に返ってきた。

これを見たスグリーヴァは非常に喜んで、ただちにバリ王征服に着手した。

彼らはバリ王の都キシュキンダーに来た。スグリーヴァはバリ王に一騎打ちの勝負を申し込んだ。狂気にとりつかれた王のこと、ためらうことなく、

「おう」

と答えて、柵の中では、たちまち火の出るような戦闘が行われた。

が、スグリーヴァのだんだんひるむのを見て、そばに潜んでいたラーマはバリ王に一本の矢を放った。矢は流星のように空を飛んで、王の胸板《むないた》を貫いた。王はラーマを罵《ののし》りながら、地に倒れた。

そこでスグリーヴァは、兄に代わって猿属の王となった。

अध्याय १९ シーターの捜索

ラーマの誓いは、遂《と》げられた。今度はスグリーヴァが約束を果たさなくてはならない。彼は白、黄、緑、さまざまの猿と熊を遣わして、シーター姫の行方を探させた。彼らは思い思いの方角を探したが、その中のある一隊が、ふと鷹の王ジャターユの弟のサンパティにめぐりあった。

サンパティは、非常に大きな翼を羽ばたかせて、大空を上へ上へと舞いあがったことがある。その時、風を切って人の住んでいないところを飛ぶ面白さにおごって、思いがけず太陽に近づき無残にもその翼を焦がした。サンパティは驚きあわてて舞いおり、とある山頂部に傷ついた体を休めていた。

そして鋭い目で四辺を眺めていると、鮮やかな乙女を抱えて空を翔ける悪鬼王ラーヴァナの姿が視界に入ったのだった。それで猿の捜索隊に会ったとき、このことを知らせてやった。

　神の寵愛《ちょうあい》を受けている英雄児ラーマに対して、本人が知らない間にもっとも有益な役割を果たしたので、太陽の怒りも和らいで、見る間に先に焼けただれた傷は癒《い》え、ジャターユの翼は再び美しい羽毛におおわれた。

　このようにして、シーターの居場所は知られ、**その時、「ランカー島に連れ去られた」とわかったのだった。**

　しかし姫を取り返すには、まず第一にこの羅刹《らせつ》城の様子を知らなくてはならない。それなのに、城はインド大陸から遠くはるかな海を隔《へだ》てた孤島にあるので、船をもたない彼らは非常に心を痛めた。

　そこで体の身軽な猿神の中から、もっとも自由に身をこなすことのできるものを、敵軍の様子をひそかに探らせることとした。

　これには風の神の子ハヌマンに勝ったものはなかった。そこでハヌマンは、これに選ばれることとなった。

　けれどもこの大陸と孤島との間に横たわってる深海の中には、多くの怪物が棲《す》んでいて、ハヌマンが城に到着する前、「波上を踊り越えようとするハヌマンを捕らえよう」と、ひしめいていた。

真っ先に現れたのは、蛇属の王スーラサであった。彼は大きな目を見はって、

「海を越えるものは、まず自分の口に入らなければならない」

と、憎く憎くし気に言った。

機智に富んだハヌマンは一策を案じて、自分の身体を段々膨張して雲に達するような大男となると、蛇王もそれを飲もうと焦って、次第に広くあごを開いた。

その時、たちまちとしてハヌマンは親指ほどに体を縮めて、あっと言う隙《すき》に怪物の口に飛び込んで、また躍《おど》り出した。

蛇王は、

「しまった」

と思ったが、自分の口にした言葉を覆《くつがえ》すわけに行かないので、しょんぼりと身を退いた。

次にはシンヒカという悪龍が現れた。彼は波間に身を潜めて、不思議な力によって水に映る影を捕らえるのであるが、影を捕らえられたものは、どうしても海を越えることができないのだった。

それでシンヒカは、ハヌマンの姿を見るなり、その力を使うため青黒い波の間からぬっと首をもたげた。

その途端、ハヌマンは今度も身を縮めて、洞穴のような怪物の口に躍《おど》り込み、散々に内

臓を荒らしまわった。すると、さすがの悪龍も息が切れて、大きな体がうねりを打って波の上に漂った。

「しめた」

とハヌマンは、しかとその上に足を踏まえ、ぱっと空中に飛び上がって、難なく孤島へ渡ってしまった。

अध्याय २० シーター、ランカーで発見

ハヌマンはここで姿を猫に変えて、月夜の晩、悪鬼王ラーヴァナの城に忍び込んだ。えんえんとして城をめぐる黄金の壁、その高さで雲に入る数々の楼閣《ろうかく》、月の光を浴びてきらめく壮麗さ。キシマキンダーの華美な眺めに見慣れたさすがのハヌマンも、思わず深い深いため息をついた。そして、彼は足音を忍ばせて、するすると女官の部屋へ忍び込んだ。浮彫《うきぼり》の天井で美しい壁画のある広々した奥の部屋へ入ると、そこは水晶《すいしょう》の床、玉の階段、金銀、瑠璃《るり》などを飾りつけ、目も驚くばかりであった。いたるところ、とこしえの春の桜

花たけなわで、白鳥の銀の翼がきらめき、羽毛から発する輝きは沈香《じんこう》の香煙を漂わしていた。ハヌマンは嬉しそうにあちらこちらを見まわしながら、

「ここはインドラの宮殿であろうか？　それともあらゆるの神の住居か？　また永久の天の恵みを受けた高楼だろうか？」

　と、驚嘆していた。

　眺めるにも、その上を歩くにも、心地よさげなやわらかな絨毯《じゅうたん》が広げられて、その上に戯《たわむ》れに疲れ、睡魔に襲われた幾多の美女が横たわっていた。

　夜はふけて、酒の宴も歓楽《かんらく》の音もひっそりして、身につけた輪を鳴らす足も動かなければ、さやさやと鳴る帯の音も聞こえなくなった。

　鳥は自分の巣に安らかに沈まり、ミツバチも静かに憩うということの時。あでやかで美しい百合も、湖の上に眠って、朝日の光の接吻《せっぷん》を受けるまで、うたた寝の覚めないように。数知れないほどの星に飾られて、ゼリー状の和らかな部分のように。この広間は暗闇をしりぞける、生きた星で照り輝いていた。そこでハヌマンは再び、

「この女たちは星だ。秋の夜ごとに地にやってきて、華やかな姿でここに現れ、くらべるものもないような光華で輝く星のようだ」

　と、叫んだ。

そして、ハヌマンは驚きの目であでやかな姿をひとつひとつ打ち眺めた。一人の女は後ろ向きに頭をうなだれ、白雲のような腕もあらわに、帯もだらしなく、額の花環《はなわ》は他の一人の女の腰のあたりに垂れ、かわいらしい足には踵飾りが照り輝いていた。

また女王のような一人の乙女が派手な衣服を装って眠っていると、一人は腕の帯をゆるめてまどろんでいる。他の一人はあらゆる珠飾《たまかざ》りを投げ出して、あたりに気もとめないで優雅な姿で横たわって、まるで狂象に踏みにじられて、花は飛び、葉はもがれたまま大地に捨てられたつる草のようであった。

さらに一人のまどろんでいる女は、死んだように静かに横たわって、ただ薫《かお》りゆかしい呼吸が眠った顔をなで、また衣服の端を揺らしている。恋に悩んだ一人の乙女は深く眠って、花びらのさざれに休んで、頭を垂れた百合《ゆり》のように鏡にうなじを写している。黒い目の乙女は、自分が朝に夕にあこがれの愛する人の美しい両腕にからみついたように、ぷくぷくと高まってる胸にしっかりと琵琶を抱いている。さらに一人はいじらしくまどろんで、両方の腕に銀の花瓶を抱いているのは、鮮やかで、優美で、しとやかで、ちょうど花瓶をおおって垂れた花のまとわりのようである。

一群の女たちはこのように、舞踊《ぶよう》に、遊びに、また歌曲に退屈して、美しくも隙《すき》のある姿で横たわっていた。

まったく羅刹《らせつ》の恐ろしい形などは、夢にも思いも寄らないありさまであった。

けれども、ハヌマンはこれらの『美しく眠ってる女』の中に、シーター姫を見出すことができなかった。

彼は広い広い果てもないような宮殿の中を部屋から部屋へとあちこち探しまわった。すると、ある部屋にラーヴァナの后妃《こうひ》のマンドダリが、多くの侍女《じじょ》にかしづかれていた。ハヌマンはてっきり、

「これこそシーターだ」

と思い込んで勇み立った。嬉しさのあまり彼の腕は波立ち、彼の尾ははねまわり、鳴いたり、舞ったり、果ては黄金の柱をよじのぼったり、降りたりした。

しかし、ふとハヌマンは反省して、その間違いに気がついた。

「シーターはラーマといっしょでなければ、飲食も、睡眠もまた身の飾りなどもしないはずだ。それなのに、こんなに幾多の侍女《じじょ》にとり囲まれて、嬉々《きき》としている以上は、これは他人に違いない」

と言いながら、またもや各所を探しまわったが、ついに見あたらない。そこで彼は、

「もうシーターは、多分ラーヴァナに食い殺されたのであろう」

と思って、力なく城外へ出てしばらく呆然《ぼうぜん》として考えにふけった。しかし、この時また、

「もしシーターを発見しないで帰ったら、これまでの骨折りは無駄になる。いたずらに疲れたままだ。そして帰ったとき、スグリーヴァに向かって何と言おう？　ラーマおよび猿軍に対して何と言おう？　これを聞いたら、ラーマとラクシュマナは悲しみのあまり死んでしまうだろう。そしてバラタも、シャトルグナも、母后も、これを追うかもしれない。これを見たラーマの友スグリーヴァはどうなることか？　猿后のアンガダおよび他の猿属はどうなるであろう？　もはや森の中にも、山にも、洞窟にも、猿の貴族たちはいなくなるだろう。ただ怨《うら》みの声だけが聞こえて毒を飲んだり、険しい高い山から身を投げたりして、命を亡くしてしまうだろう。**だから何ももたずに帰るわけには行かない。それなら、むしろ死んだ方がましだ。**自分が帰ったために多くの貴族が死んでしまうのはよいことではない。どうしてもここに留まって、もっともっとランカー中を捜さなくてはならない。この森のかなたのアイカの森までも探してみよう」

　と、独り言を言いながら、ラーマとシーターに誓った。シヴァにも、インドラにも、死の神にも、風の神にも、また月にも、火にも、スグリーヴァにも誓った。

「必ず自分の一心でもって探し出す」

　と、誓ったのだった。

　このように決心しつつ、とある美しい森に来た。すると、そこに姫が泣きくずれながら座っていた。

姫のまわりには、数々の怪しい龍女がいた。ある者は耳が欠けたり、ある者は足まで届くような耳をもったり、また一つ目、長い首、水牛、犬、豚の頭を戴いた者などがいて、鋭く光る目を見開いていた。

シーター姫を見つけて天にも上るほど喜んだハヌマンは、またもや猫に変身して、そっとそばの樹上によじ登って、葉の陰に身を隠しながら、ただひたすら姫と言葉をかわす機会をねらっていた。

अध्याय २१
ハヌマン、シーターと語る

すると、やがてラーヴァナが多くの美女に囲まれて、楽の音とともにしずしずとやって来た。

シーターはラーヴァナを見て、風に揺れるオオバコのようにふるえていたが、顔をそむけてすすり泣きを続けていた。ラーヴァナはいろいろ誘惑を試み、富、力、楽しみなどを餌《えさ》に、シーターを何度も口説いた。けれども、あくまで夫ラーマを慕《した》っている姫の心はすこしも動かなかった。ただ嘲笑《ちょうしょう》をもって、その誘惑に報いるばかりであった。

大王ラーヴァナはついに怒り出して、

「この上、意地を張るなら体を八裂きにして、食卓に上《のぼ》らせるまでだ」

と、おどした。

それでも姫は「ラーヴァナの恋を受ける」とは言わない。さすがに執拗《しつよう》なラーヴァナも責めあぐんで、今度は悪龍たちの手を借りてなびかせようと、その旨を伝えてその場を立ち去った。

後で悪龍たちは手を代え、品を替え、脅《おど》しつ、仕向けながら、王の意にしたがわせようとしたが、

「貞操《ていそう》を破るくらいならむしろ死を選びます」

と決心している姫は、これらの言葉に耳を貸さなかった。

そしてハヌマンがよじ登っている木の下へと歩み寄ってきた。

ハヌマンは、シーターに自分の使命を告げるのは「今だ」と思った。けれども、また考えた。あまりだしぬけにラーマのことを話しては、いたずらに姫を驚かすばかりでなく、悪龍たちの注意を引き起こして、ひいては自分たちの身の破滅になる。たとえ羅刹《らせつ》軍を打ち破る

ことができるとしても、もしそのために疲れたら、大洋を渡ることができなくなる。

そこでハヌマンは枝上に静止しながら小声で、しかも姫にだけ聞こえるように、ラーマの徳と行いをたたえた。

姫は、はじめてこれに気がついた。けれども、「これもまたラーヴァナの変身ではないか？」と恐れた。ハヌマンは徴《しるし》の指輪を示すなどして、自分がラーマの味方であることを証明して、ようやく姫と言葉を交わす機会を得た。

ハヌマンは「ラーマの軍兵が、やがてシーターを救いに来ること」を知らせて、姫の胸を歓喜に踊らせたのみならず、

「姫さえ許すなら、姫を背負ってこの孤島から逃れよう」

と言った。

けれども姫は、「途中、ハヌマンの背から海に落ちたら」とか、「羅刹《らせつ》軍に追いかけられたら」などと危惧《きぐ》し、また「夫以外の男に故意に体を触れてはならない」と思って、これを辞退した。そして、

「夫の華々しい救助と、羅刹《らせつ》軍を倒してくれるように」

と願った。

ハヌマンは彼女のかしこく、つつましやかな態度を賞讃《しょうさん》した。そしてラーマに対する徴《しるし》

（シーターとラーマしか知らないこと）を求めた。

そこで彼女は以前にチトラクタで起こったことで、自分とラーマしか知らないカラスとの冒険談を物語り、髪飾りの宝石をあたえた。

ハヌマンはこれを手にして、姫に誓約《せいやく》しながら出発した。

अध्याय २२
ハヌマン、ラーマのもとに帰る

ハヌマンは出発前に火を放って、ランカーの一城を焼いた。が、しばらくしてその早まった行為を悔いた。そして「**姫が火に焼かれて、死にはしないか？**」とまで心配した。そこで反省して、

「ランカーを焼いたのはささいなことだ。しかし、これでもしシーターを失きものにしたら、千日の功を一挙になげうつに等しい。帰るよりは、むしろ死んだほうがましだ」

と、考えた。しかし、また思い返して、

「幸福な姫は、ご自分の徳で助かったかもしれない。自分を焦がした火も、あの優しい姫

は焼かないだろう」

と、独り言を言いながら、再び海波の上を踊り越えて、主人の城に帰ってきた。そして主人とラーマにくわしく、ことの次第を物語った。

そこで、ただちに二人は多くの猿軍を率いて、まっしぐらに南へ進んでいった。この時、ジャンバヴァーナに指揮された多くの熊軍も、この一行に味方した。

山や森をいくつも過ぎて、ついに大海のほとりのマヘンドラに来た。ラーマたちはそこに野営を張ってしばらくとどまり、いろいろとランカーへ渡ることについての協議がされた。

अध्याय २३
ビビシャーナ羅刹から走る

ランカーではハヌマンの来たことの一部始終《いちぶしじゅう》を知って、今後の防備を講ずるための御前会議《ごぜんかいぎ》が開かれた。

その時、意見の衝突《しょうとつ》から、悪鬼王の弟ビビシャーナは四人の侍臣《じしん》をともなって、ランカーの城を逃げ出した。そしてちょうど対岸に陣営を張っているラーマのところにやって来た。
彼らは、

「兄王ラーヴァナがラーマにあたえた凌辱《りょうじょく》の報いは、必ず受けなくてはならない」

と覚悟していたので、かえってラーマのもとに身を投じた。そして、ビビシャーナはその地の案内に通じ、思慮《しりょ》もあったので、おおいにラーマの軍を助けることとなった。

अध्याय २४
アダムの橋

けれども、どうすることもできないのは目の前に横たわっている大海原である。ビビシャーナやハヌマンにはそれを躍《おど》り越えることができるけれども、ラーマと猿軍とにはそれができない。

ラーマは眉《まゆ》をつりあげて怒りを顔に出しながら、うねる海の波をじっとみつめていた。が、いらいらした心の動揺に堪えかねて、弓をとって勢いよく数々の矢を射込んだ。矢は幾重の波を貫いて、海底にどよめき渡り、そこに棲《す》んでいる魚鱗《ぎょりん》の宮殿を驚かした。

ラーマはさらに一筋の炎の矢をつげながら、声を荒らげて、

「私の行く手を遮《さえぎ》る海よ！　すぐに私のために道をつくればよい。**そうでなければ、私はこの一矢で海の水をことごとく乾してしまい、そして堂々と軍兵を進めるから覚悟しろ**」

と、言った。

　これを聞いて『自然』はふるえおののき、闇の色がたちまちに海と陸をおおい尽くし、燦爛《さんらん》たる流星がしきりに暗い空をきらめき流れ、悪魔の手のような雷が大地を突いて、山々がおびえるように鳴動《めいどう》した。

　と、たちまち海原の王が、輝く海蛇たちをしたがえて、湧きかえる波の上に、おごそかに姿を現して言った。

「火と、地と、空気が、自然の法則にしたがうように、水もまた自然の心にあわせて流れるものである。それを乾しつくすことはさすがのあなたの力でもできまい」

「それでは、どうしたらこの海を越えられるだろう？」

　と、ラーマがキッとなる。すると海王はなだめるように、

「ここにいい手段がある。それは海を越える、長い橋を架けるのが一番である」

　と言って、さらに、

「猿軍の一将ナーラにその役を言いつけたら、必ず橋が完成する」

と教えた。

ナーラは神の建築師ヴィシュヴァカルマの子で、父に似て工事がうまかった。そして、まもなく虹のような長い橋が、えんえんとインド大陸から悪鬼の島へ横たわった。猿軍はラーマに率いられて、歓喜のうちにこれを渡って進んだ。これこそ『アダムの橋』と名づけるものである。

अध्याय २५
ランカー攻囲

橋ができたのでラーマ軍は続々、侵入していく。

それなのに何事も知らない悪鬼王ラーヴァナは、なおもしつこくシーターを口説いていた。そして彼は部下の魔術師に言いつけて、「ラーマの首」と「ラーマが日夜持ち慣れていた弓矢」とまったく同じものをこしらえさせ、その首と弓矢を姫の目の前にならべながら、

「ラーマは陣中で眠っている間に首を掻《か》き切られた」

と、あざむいた。姫はそれを真実と思い込んで、狂うように慟哭《どうこく》して、息が絶えそうになっていた。

ちょうどその時、一人の使いが息を切らしながら駆けてきて、

「ラーマの軍勢が押し寄せてきた」

と報告した。悪鬼王はあわてふためいて、足を空にして駆け出し、防御の備えに急いだ。

その時、後に残った一人の侍女《じじょ》がその隙《すき》に乗じて、

「ラーマの首と弓矢は偽物で、姫の心を乱すための妖術の幻である」

とシーターの耳にささやいたので、姫もかろうじて気をとり戻した。

一方、ラーマ軍のほうでは、ビビシャーナの四人の侍臣《じしん》がランカーへ赴《おもむ》いてラーヴァナ軍の情勢をすっかり把握した。

そこでラーマは、ランカーの四門から同時に攻撃するようにした。猿軍のナーラは、羅刹《らせつ》の大将プラースタの守っている東門に向かい、アンガダはマハーバルシュワの西門に、ハヌマンはインドラジット王子の南門に、ラーマ自身はラーヴァナの北門に向かって攻撃をはじめた。

まず第一に、ラーマはアンガダを使いに送って、ラーヴァナに挑戦を申し込んだ。ところがラーヴァナは使いを相手にせずに、これを殺そうとした。アンガダは驚いて、家根裏《やねうら》

を破って逃れ、ラーマのもとへ帰ってきた。

　そこでいよいよラーマ軍は、整然と威厳《いげん》をもってラーヴァナ軍と砲火を交えることとなった。そして戦いは、誠に激烈なものであった。

　猿軍が、木や岩を礫《つぶて》として攻めかけると、悪鬼軍は刀と槍と弓矢でこれに応じる。とくにラーマは矢つぎ早に雨のように矢を飛ばして、ばたばたと悪鬼を倒す。そこで悪鬼王の子インドラジットは妖霧《ようむ》を起こしてひそかにそのそばに寄り、蛇の矢を放って彼とラクシュマナを射る。蛇はたちまち、その体で二人にからみついてぐんぐんと絞めつける。その時、インドラジットは雨あられのように、投槍《なげやり》や弓矢を送ってついに兄弟を射落とした。

　戦いはまさに羅刹《らせつ》軍の勝利に帰しようとした時、怪鳥ガルダが飛んできて、兄弟から蛇の矢をとってくれた。ラーマは、

「(彼が)何人《なにびと》であるか？」

　と聞いた。すると、

「**私はガルダという者で、あなたの味方です。**あなたがインドラジットの妖術に悩まされている、と聞いて助けに来ました。次は妖術に迷わされないで、かつ自分の来たことも気にせず一心に戦うべきです。勝利は必ずやあなたたちに訪れるでしょう。すべては最後に明らかとなるでしょう。あなたはきっとラーヴァナを倒して、シーターを取り返すでしょ

う」

と、言った。

この言葉を聞いて、ラーマとラクシュマナは勇気を回復し、さらに獅子のように荒れ狂って、敵を恐れさせるほど、形勢を変えつつあった。ラーマ軍は思わぬガルダの来援に力を得たが、反対に悪鬼軍の旗色《はたいろ》は段々悪くなってきた。

そこでラーヴァナ軍も一策を案出した。

ラーヴァナの弟のクンバーカルナの援助を求めることを決めたのである。クンバーカルナは神にも人類にも恐れられていた。彼は生まれてまもなく、一千の人類を食った。そしてなおもむさぼり食おうとするので、インドラがこれを制止しようとした。が、インドラはかえって散々にうち悩まされて、ブラフマーのもとに逃げてきた。ブラフマーはインドラをかばって、クンバーカルナには六か月間眠り続けるように厳命を下した。

それで彼は、ある時は六か月、ある時は八か月、または十か月と一時に眠り、起きては飽食《ほうしょく》し、また眠りを繰り返していたのである。クンバーカルナは今もすでに九か月眠っている最中であったが、大王に起こされて、またまた飽食《ほうしょく》すべく、この戦いに招かれ、喜び勇んでこの戦場にやってきた。

クンバーカルナの姿をひと目見て、猿軍は体が縮むように感じた。

クンバーカルナは大きな腕で、猿たちを勢いよくつかんでは、小石のように自分の口にほうり込んだ。そして剣のような歯で噛《か》み砕いてしまう。ただ若干の猿が、大きな鼻孔《びこう》や耳からくぐり出たばかりであった。

しかしスグリーヴァは勇気を出して、傷つきながら大いに戦い、ラクシュマナもこれを援助した。

この時、ラーマはインドラの矢をつがえてヒューと射た。この矢が命中して、ついに大怪魔クンバーカルナも倒れるにいたった。

अध्याय २६
ラーヴァナの死

こうしているうちに猿軍は夜の暗闇に乗じて、潮が満ちるようにランカーの都に押し寄せ、激しい戦いのなかで華麗をきわめた宮殿に火を放った。

地球最後の日が来た時のように、火は楼門から楼門へ、宮廷から塔へと燃え移って、さすがに華やかな美を誇ったランカーも今はただひとかたまりの火炎の海となった。そして、ありとあらゆる岬でも、岩でも、湾でも、山でも、百里の彼方までが照り輝くほどだった。

ラーヴァナは一億五千万の戦車と、三億の象と、十二億の馬と、ロバとを率い、炎々《えんえん》と天を焦がす火炎の隙《すき》をぬって、大河を破ったように駆け出した。そして想像するだけで恐ろしい戦いとなった。

けれどもインドラがまたもや天から降りてきて、自分の戦車をラーマに与えた。

ラーマはこれに乗ってラーヴァナと一騎打ちの勝負をした。戦闘は長く続いた。が、ブラフマーの授けたラーマの矢がラーヴァナの胸を貫いたので、彼は地響《じひび》きを鳴らして大地に倒れた。さすがの羅刹《らせつ》王ラーヴァナも、ここに最後を遂《と》げ、また一方、英雄児ラーマは母の胎内《たいない》にある頃からの使命をついに果たすこととなったのである。

ラーヴァナは死んだ。

ランカーはその後、ラーマに降っていた弟のビビシャーナが兄ラーヴァナに代わって、これを治めることになった。

अध्याय २७ シーターの冤罪

悲しみに泣きくずれている間も、ただひたすら夫ラーマを恋慕《した》っていたシーターは、さしもに獰猛《どうもう》なラーヴァナに打ち勝った、その光栄に輝いている夫にまみえようとして籠《かご》に乗って、頑丈そうな羅刹《らせつ》たちに担がれて、しずしずと現れてきた。

猿たちは彼女の姿を見ようとして籠《かご》のそばに駆け寄ったが、籠《かご》を守る羅刹《らせつ》たちに手荒く突き戻された。そこでラーマは、自分のために身命《しんめい》を惜しまないでくれた猿たちの情けに報いたいと思って、シーターに「籠《かご》から下りて歩いて来るように」と言った。

シーターはラーマのそばに来た。

シーターを失って嘆き悲しみ、彼女を再び自分のものにするため、奮闘してきたラーマは、シーターの姿が目に映るなり、すぐに彼女をその胸に抱擁《ほうよう》すると思われた。が、予想はまったく外れ、「長い間、悪鬼王の館に抑留《よくりゅう》された」という理由から、冷ややかに彼女を拒絶した。

のみならず、「シーターを悪鬼王ラーヴァナから奪い返そう」と苦しみに耐えたのは、シーター姫に対する愛情からでなく、

「凌辱《りょうじょく》された自分の名誉を回復するためであった」

と言った。

長い間のさびしい放浪のあいだも真心こめて夫を慰《なぐさ》め、恐ろしい悪鬼王の囚《とら》われの身となってからも、あらゆる脅迫《きょうはく》と誘惑をしりぞけて、ひたすら夫を慕《した》っていた貞操《ていそう》の権化ともいうべきシーターが、やっと夫に会って受けた最初の言葉は、こんなに冷酷《れいこく》なものであった。

あまりの思いがけなさに、彼女はやるせない思いを両の目にこめ、

「自分の献身《けんしん》的な愛情は全然、あなたの記憶から消え失せたのでしょうか？」

とラーマに尋ねた。

けれどもラーマはこの痛ましい言葉にも耳を貸さなかった。

シーターは胸も裂けんばかりに悲しんで、「この上は聖火に身を投じて、この苦しみから脱しよう」と覚悟して、ラクシュマナに、

「**火葬用のたきぎを用意してください**」

と依頼した。

ラクシュマナは驚いてラーマの顔色をうかがい、ラーマは黙っていたが、目は、

「姫の言うがままにまかしたらよかろう」

と語っていたので、ラクシュマナは準備に着手した。

不当の疑いの犠牲となったあわれなシーターは、

「この火で濡れ衣を乾されるか？　または、身を焚《や》きつくされるか？」

その是非は彼女の過去の行い一つで、分かれるのであった。今、その裁判が行われることとなった。

山のように積み上げられた火は、燃え立った。危機は迫ってきた。

そこでシーターは聖火をめぐり、火神アグニに身の潔白《けっぱく》を訴えて、やがて身を躍《おど》らしてうずまく炎のなかに飛び込んだ。

うめくような悲嘆《ひたん》の声があたりにざわめいた途端、多くの神たちがブラフマーを先頭にして、群衆の前に現れた。そして、

「ラーマは人の子ではなく、ヴィシュヌ神の化身である」

ということを告げた。

これと同時にアグニは炎のなかからシーターを救い出して、群衆に向かい、「姫の身の潔白《けっぱく》」をおごそかに宣言した。

ここにラーマも心が和らいで、歓喜の胸に彼女を受けた。

अध्याय २८

シーターの再難

シーターはその身の潔白《けっぱく》が認められて、再び夫婦で仲良く暮らす幸福を得た。夫妻は忠勇《ちゅうゆう》なハヌマンならびに猿族の軍兵に守られて、華々しくアヨーディヤーの都に凱旋《がいせん》し、バラモン僧の手によって王冠を受けた。

ラーマの留守に国政を預かっていた弟のバラタも歓喜《かんき》してこれを迎え、自ら望まなかった仮の王位を返した。そして幾春秋の放浪と戦いの後、ラーマは国王の栄誉をいただくことになった。

そしてラーマは、一万年の長い間、アヨーディヤーの都を治めた。

その間にシーターは妊娠した。その時、ラーマはシーターに、

「何か望みはあるか?」

と聞いた。シーターは、

「ガンジス河のそばに暮らす聖者の草庵《そうあん》を訪れたい」

と答えた。そしてラーマは、

「それでは、訪ねたらよいだろう」

と言って、その訪問を明日と決定した。ところがその夜、意外なことが起こった。ほかでもないラーマが近臣を集めて話している時に、

「市民や国民は、シーターや弟やカイケーイーらを何と言っているか？」

と、尋ねた。すると一人は、

「彼らは絶えず王のラーヴァナ退治の功績をたたえている」

と答えた。しかし、ラーマは「もっと確実な噂が聞きたい」と思った。その時、ある一人の顧問官は、

「人民は王の大功績をたたえている。王の猿族や熊軍および羅刹《らせつ》軍との同盟を賞賛《しょうさん》している。**しかし、王がシーターが長年間、ランカーにいて、ラーヴァナに肌を許したにもかかわらず、これを復縁したことには不平を言う者がいる。**したがって彼らは、『王の例にならって、自分たちの妻の不義も許さなくてはならない』などと噂している」

と、答えた。ラーマは非常に失望して、なおも顧問官や弟たちを招き寄せて、今はじめて知った事柄を物語って、その善後策《ぜんごさく》を講じようとした。

「私はこれらの醜聞《しゅうぶん》に困っている。私は華やかな家庭の一人である。シーターも貴族の生まれでない訳ではない。それにシーターはあなたたちの目の前で、身の潔白《けっぱく》を証拠立て、火の神、風の神および多くの神たちもこれを承認した。今でも自分の心は姫を非難すべき

でないと信じている。しかし人民の非難は、自分を八つ裂きにする。こんな悪評《あくひょう》を立てられるくらいなら、自分はむしろ死んだほうがましだ。ついてはラクシュマナ！　もはや疑惑を起こさないで、今、彼女が話した望みを満たすようにとりなして、明日は彼女をガンジス河のほとりにいるヴァールミーキの草庵《そうあん》にともなってくれ。どうか、この決心から自分をひるがえそうなどとはしてくれるな。そのような人々は、自分は仇敵《きゅうてき》と思うだろう」

と言って、その目に涙をたたえ、あたかも傷ついた象のように自分の部屋へと入ってしまった。

ラクシュマナは「嘆かわしい」と思ったが、まっすぐな兄の心を慰《なぐさ》めかねて、翌朝、姫をつれてタンダーカの森の奥深くわけ入った。そして、そこに姫をただ一人残し、別れに臨んで彼は言った。

「私はここで何もかも告白します。ラーマは市民の悪い噂に堪えかねて、『あなたをここで見棄てるように』と命じたのです。しかし悲しまないでください。私はあなたの潔白《けっぱく》はよく知っています。またここには、私たちの父の友人であったヴァールミーキも住んでいる。あなたはラーマを忘れないで神に仕えてください。神は必ずあなたを祝福するでしょう」

これを聞いて、姫は倒れた。けれどゆっくりと身を起こして、痛ましくも訴えた。

「ああ、私は前世で罪をつくったに違いありません。それで罪がないのに、今あなたが、

夫ラーマから私を引き離すのでしょう。ああ、ラクシュマナ！　以前は森中の生活が私にとってさほどの困難ではありませんでした。それはラーマに仕えていたからです。しかし、今はどうしてまったくひとりで暮らすことができるでしょうか？　『どんな罪があってこのような生活をしているのですか？』と尋ねる人があったら、私は何と答えればいいでしょうか？　私はこの水に身を投げてしまいたい。しかし、夫ラーマの妻である身のあさましい亡骸《なきがら》を衆人の目にさらしたくはありません。あなたはラーマの命の通りにしました。そして、今またこの伝言をラーマに伝えてください」

「ああ、ラーマ！　あなたは私の罪のないことも、私があなたに愛を捧げたこともご存じでしょう。あなたがこの度のことをただちに語ってくださらないのも、国民の誹謗《ひぼう》を避けるためというのもわかっています。私がここでもあなたに仕えるというのは、妻たるものの本分です。夫は私の神です。国民が私を非難したために起こった今回のことを悲しみはしません。とラーマに告げてください」

こうしてシーター姫は、ただ一人そこに残された。

अध्याय २९ シーターの最後

無限の悲しみと寂しさを抱いて、シーター姫は痛ましくも暗い森陰に漂泊《ひょうはく》していた。しかし、やがて（『ラーマーヤナ』の作者である）聖者ヴァールミーキに見出されて、森の聖女たちに優しく歓待《かんたい》されることになった。

そして、まもなく双子の子を生んだ。これはラーマの子である。

聖者ヴァールミーキは、姫から長い悲しい物語を聞いて、同情と興味が心に湧いた。彼はこれをたくみにおもしろく記述しようと準備していた。

ある時、これらの出来事を繰り返し繰り返し、頭の中に展開しながら、水浴しようとして、とある河畔に来た。岸辺の樹陰に二羽の美しいアオサギが、迫り来る危険を知らないで楽しそうに戯《たわむ》れていた。と、たちまち一筋の矢が飛んできて、ぐさっと雄鳥《おんどり》の体を射ぬいた。それを見た雌鳥《めんどり》はおずおずと雄鳥《おんどり》の屍《しかばね》のそばを飛びまわって、やるせない鳴き声を立てた。

ヴァールミーキはその様子に感動して、胸に湧きかえるはかりしれないほどの感慨《かんがい》、すなわち雄鳥《おんどり》の死を傷む思いと、残忍な猟師に対する怨《うら》みの念を思わず言葉にほとばせた。

すると不思議なことに、彼の発音はおのずと旋律《せんりつ》の流れとなっていた。

深い思いに沈んで、自分の庵《いおり》に帰り着くと、万物創造の神ブラフマーが突然、彼の前に現れて、彼が今思いがけずスローカ（韻律《いんりつ》の調子）をつくり出した理由を告げ、そして、

「ラーマの驚くべき生涯は、あなたに啓示《けいじ》されるだろう。あなたが霊感によって得た韻律《いんりつ》で、それをつづって一つの聖詩とせよ」

と命じた。ヴァールミーキはこの霊験《れいげん》を受けて大詩篇『ラーマーヤナ』をつづり、それを生まれた二王子に暗誦《あんしょう》させた。


シーターは年老いた後、ひそかに二王子を宮廷にともなった。

そして二王子は、アヨーディヤーの大祭にラーマ王の前でこの詩篇を歌った。王はすぐに我が子に気がついて、シーターを森の中から呼び寄せて、衆人の前でその身の潔白《けっぱく》なことの証言を立てさせようとした。

シーターは身に深紅《しんく》の衣をまとって、人々の前に現れた。そして合掌《がっしょう》して頭をうなだれて涙につまる声でいった。

「心にすらラーマより他の人を思わなかった証拠に、地の女神マンダーヴィよ、私に一つ

の隠れ家をお恵みください」

　すると、たちまち大地が二つに裂けて、照り輝くあまたの龍が頭を現わした。頭の上の華麗な神壇《しんだん》には、マンダーヴィが礼儀正しく座っていた。そして、

「**美しい、愛しい女よ！　こちらへ**」

と言って、マンダーヴィは玉のような腕をさし延べて、姫を神壇《しんだん》に移し、自分のそばに座らせた。

　その途端に、龍がするすると頭を引っ込めると、大地はその懐《ふところ》にシーターを受けいれて元のように一つになった。

अध्याय ३० ラーマの最後

　今やラーマは、心は疲れて、シーターがいなければ、全世界も空虚《くうきょ》で闇のようであった。そして、なんらの値打ちのない疑念を後悔した。

　ただつまらなく国政を執っていたが、一日冥界の主ヤマがブラフマーの命を帯びて王

ラーマの宮殿に現れた。

そして、

「もはやラーマのするべきことは終わった」

「もとのヴィシュヌ神の姿に返る時が来た」

ということを告げた。

ラーマはその審判にしたがって、ガンジス河の支流スールジア聖流の河畔にいたり、三人の弟とともに現身を棄て、ヴィシュヌの姿を現し、ブラフマーに迎えられて風に吹かれるように空に昇っていった。

そしてヴァールミーキはこれを、

「山々の峰のあるかぎり、
河々の地上に流れるかぎり、
永久に、この『ラーマーヤナ』は
人々のなかに生きて残るだろう」

と、予言した。
それで今でも、この物語は語り伝えられているのである。

सैतैश्च चापि चक्रेर आदित्यरूपिभिः नानाशस्त्रविसर्गैश्च वध्यमानः समन्ततः कुर्वन सुतुमुलं युद्धं पक्षिराण न चचकम्पत विनर्दंश्च इव चाकाशे वैनतेयः परतापवान पद

Mahabharata

ॐ

महाभारतम्

第2篇　マハーバーラタ物語

अध्याय ९ パーンダヴァ族

バーラタス国のハスティナープラ（今のデリーの東北）の都にバラタ王という者がいた。そして、その後裔のヴィヤーサ王は兄の寡婦《かふ》と結婚してドリタラーシュトラとパーンドゥという二人の王子を生んだ。ところが兄は盲目《もうもく》であったため、弟のパーンドゥが王位にのぼって立派に国を治めていた。

が、しばらくするとパーンドゥ王は政事に飽きてきたので、二人の后妃《こうひ》を連れてヒマラヤ山中に隠遁《いんとん》して、静寂な森陰に心ゆくかぎり自由と狩猟を味わっていた。

ある日、王が森の中をそぞろ歩いていると、二匹の鹿が楽しそうに戯《たわむ》れながら近づいてきた。王はただちに弓とり直してこれを射止めた。矢はしくじらないで、二匹の鹿の体に突き立った。

ところがこれは真実の鹿でなくて、バラモン聖者が自分の妻といっしょに、仮に鹿の姿となって興じ戯《たわむ》れていたのであった。けれども、もはや仕方がない。王の矢によって深手を受けたバラモンは、断末魔《だんまつま》の苦しさのなか、王を呪咀《じゅそ》した。そして、

「呪われた王！ あなたはもはや情愛を享楽《きょうらく》することのできない身となった。もし一度で

も后妃《こうひ》を抱擁《ほうよう》することがあれば、その時、あなたの息は絶えるだろう」

と言って死んでしまった。

王は山中に隠遁《いんとん》はしているものの、跡継《あとつ》ぎとすべき王子をもっていなかった。それなのに今、この呪いを受けて、「今後、后妃《こうひ》に近づくことができない」となれば、王子を得る道がない。

それに跡継《あとつ》ぎのないということはインド人の非常に恐れることだった。それはこの世ばかりでなく未来までも、苦しみを受けなくてはならない原因となるものと信じられていた。そのため王の悲嘆《ひたん》は、非常なものであった。

そこで王はこれをある一人の聖者に相談した。聖者は、

「(妃の一人なる)クンティーの手で跡継《あとつ》ぎをつくるのがよかろう」

と教えた。

クンティーはまだパーンドゥ王の妃とならない処女であった頃、あるバラモンの聖者を心から手厚く歓待《かんたい》したことがあった。聖者はその好意に感じいって一つの呪文を授けた。この呪文を唱えると天上から自分の好きな神たちを呼び降ろして、ほしいままに恋の歓楽《かんらく》にふけることができるのであった。

クンティーはこの呪文を授かって非常に喜び、かつて黄金の髪を朝空の風に吹きなびか

せる美しい太陽神スーリヤを呼び迎え、ともに恋の甘きに酔って、まもなくカルナという男の子を生んだことがある。けれどもこのことはパーンドゥ王に対しては、胸の奥深くに秘めて語ったことがなかった。

このようなことのあったと知らない王は、聖者が「クンティーの手によって、跡継《あとつ》ぎをつくるがよかろう」と言ったことを話して、

「それをどのように実現すればよいのか？」

と聞いてみた。そこで妃はくだんの呪文の話をはじめて物語った。

妃はここに呪文を唱えて祈願《きがん》をこめ、天界からダルマ、ヴァーユ、インドラの三神を呼び降ろして、ユディシュティラ、ビーマ、アルジュナという三人の男の子を生んだ。

けれども王はこれだけでは満足しないで、その呪文の力を借りて今一人の妃マードリーにもナクラ、サハデーヴァという二人の男の子を生ませた。

この五人の兄弟を、パーンダヴァ族というのである。

अध्याय २
クル族

盲目《もうもく》の兄ドリタラーシュトラの妻ガーンダーリーは、クンティーのように、ある時、聖者に心をこめて供養《くよう》した。**その時、聖者から返礼として、百人の男の子を生む力を授かった。**

ガーンダーリーはこのことを夫にも物語り、ともに子供の誕生を楽しみにしていた。ところが、待ちに待って生まれたのは思いもよらない一塊の肉片であった。

ガーンダーリーは当然のこと、夫もともに驚きと、失望と、はては怨嗟《えんさ》にもだえていると、どこからともなく前に供養《くよう》した聖者が現れて、くだんの肉塊《にくかい》を百一個に切り砕き、一つ一つ奇麗なバターを入れた壺の中に詰めた。

そしてしばらく見ていると、壺の中から出てくるのは皆、美しい男の子であった。こうして百人の男の子と、一人の女の子が誕生した。

この中でドゥルヨーダナ、ドゥフシャーサナ、ヴィカルナ、チットラセナの四人が選り抜きの猛者《もさ》であった。これらの者たちをカウラヴァ族もしくはクル族というのである。

अध्याय ३

パーンドゥ王の最後

隠者《いんじゃ》に呪われたパーンドゥ王は、悲劇的な死を遂《と》げねばならなかった。麗《うら》らかな春のある日、王は姫をともなって森陰の花野をさまよっていた。

鳥歌い、花笑う、自然の光景のなかで、春の光に催されてか、王はそぞろ心地になって、ついに両の手に妃を抱擁《ほうよう》した。

この時、たちまちあの呪いの効果が発現して、王はパタリと地に倒れてこと絶えた。

王が死んだので、盲目《もうもく》の兄ドリタラーシュトラが政務をとることとなった。

そこで彼は、弟の五人の子（パーンダヴァ族）を自分の宮殿に呼び寄せて、自分の百人の子（クル族）らといっしょに育てることにした。

अध्याय ४
王子らの習射

王の祖父ヴィーシュマは、

「（この両族の）王子たちに武術を教える適当な人はいないか？」

と絶えず心にかけて師になる人を探していた。

ある時、王子たちがハスティナープラ付近の森の中で毬遊《まりあそ》びをしていたが、誤って毬《まり》を古井の中に落とした。そこでいろいろと苦心したが、誰もこれを取り出すことができなかった。

いろいろの試みが水の泡となって、毬《まり》はほとんど発見できないもののように見えた。そして王子たちの憤激《ふんげき》が最高潮に達した時、さきには気がつかなかったバラモンがそばに立っていた。バラモンは日々の修行を終えて休んでいるように見えた。

一団となってバラモンを取り巻いている若者たちは叫んだ。

「おーい、バラモン！　あなたは私たちの毬《まり》を見つける方法を知っておられますか？」

バラモンは笑いながら言った。

「一体どうしたのだ？　王家の公達《きんだち》よ！　あなたがたには毬《まり》を射ってとることができない

らしい。それなら私に夕食をもてなす約束をするなら、毬《まり》ばかりでなくこの輪もとって進ぜよう」

と言って、草の葉でこれを射止めて、毬《まり》を王子たちに返した。

これがその縁となって、バラモンの存在は王子たちの後見役ヴィーシュマに知られ、ついに弓射《きゅうしゃ》の師となった。バラモンの名はドローナといった。

अध्याय ५
両族の不和

パーンダヴァ族とクル族とは従兄弟《いとこ》の間でありながら、常に折り合いが悪かった。そして、争いが絶えず起こっていた。

ドリタラーシュトラ王は同じように育てていながら、パーンダヴァ族の猛者《もさ》ビーマの勇猛なのが憎たらしかった。

そして、ひそかにその手足を縛《しば》ってガンジス河の流れにほうり込んだことがある。ビーマは水底に沈んでいったが、そこに棲《す》んでいるナーガ（蛇）属に助けられて無事に帰ってきた。

そしてその事件を兄弟たちに話したので、パーンダヴァ族は火のようになって怒った。

こうして両者の反目《はんもく》は次第、次第に強くなった。

अध्याय ६ 試合

戦国の常として、パーンダヴァ族の面々も、クル族の連中もともに武芸を励んでいた。

王子たちに二つの党派はあっても、これを教える師範は例の一人のドローナであった。ドローナはいずれかが劣らぬよう、双方に等しく公平に導いていた。**そして彼らの技の上達したのを見はからって、日を定めて勝負の試合を催すことにした。**

当日、都は興奮と騒擾《そうじょう》に湧き返った。遠くから近くからおびただしい観客が押し寄せる。

試合場の周囲には高い見物席がずらりとならんで、風に流れる装飾幕が時ならぬ花で彩るようである。王も出御《しゅつぎょ》されるというので、玉座が設けられて、まばゆいほど立派に日の光に照り輝いていた。

大鼓の音、らっぱの音が打ち響く間に、ドローナは白衣を着けて、試合の席に現れた。ついでパーンダヴァ族とクル族の面々が、師の後について入場して来る。実に晴れの試合であった。

日頃からにらみ合っている彼らは、自分の優れた技を見せて、

「敵を倒すのは、今この時だ」

と、腕によりをかけて控えていた。

両族の面々は、

「どんっ」

と響く合図に「狂った象」のように激しく闘った。

ドローナはそのものすごい気配を見てとって、これはただごとでないと心配した。試合が高潮に達して、まさに火花が飛ばんばかりに熱し切っている両軍の戦いの中に、ドローナは躍《おど》り込んで、ようやくのことこれを引き分けた。

こうして試合は、まず無事に終わった。

अध्याय ७ クル族の計略

パーンダヴァ族の五人兄弟の最長者のユディシュティラは、王に迫って跡継《あとつ》ぎとなった。王は自分の王子たち、すなわち「クル族の一人に王位を譲りたい」と思った。けれども順序や人望からいって、どうもそうすることができず、しぶしぶユディシュティラを跡継《あとつ》ぎとしたのだった。

クル族はこれを見て、ますます怨《うら》みと妬《ねた》みを深くして、**ついには王と計《はか》って「パーンダヴァ族をみな殺しにしよう」と決心した。**

そのうちにバラナバラタに大きな離宮《りきゅう》がつくられた。「その地は非常に眺めはよし。建物は立派。まことに住みよさそうだ」との噂が、いつとなしに宮廷の誰かれの口にのぼった。

するとある日、王はパーンダヴァ族の王子たちに勧めて、

「休日にこの離宮《りきゅう》に行って、一日をおもしろく愉快に遊んで過ごしたらどうだ?」

と話した。パーンダヴァ族を誘い出して閉じこめ、ことごとく焼き殺そうという計画であったのである。

五人の兄弟はこの計画をすぐに探知した。それでそのはかりごとの裏をかいて、別荘の

つくられる時、一人の職人を説き伏せて、家の中から外に通じる大きな穴道をひそかに掘らせておいた。

こう根回ししているので、王が外遊を勧めた時、パーンダヴァ族の王子たちは快くこれに応じた。

いよいよ休みの日となった。

王は別墅《べっしょ》行きを促した。兄弟は母のクンティーとともにそこに出かけて行った。王のまわし者も、一人その一行に加わった。

一同はバラナバラタの離宮《りきゅう》に到着すると、大勢のバラモンたちを招いて、華やかな饗宴《きょうえん》を開いた。宴もたけなわな頃、一人の身分の低い女が、五人の子を連れてしのび込んだ。そして無闇と酒を煽《あお》る。バラモンたちの帰る頃には、賤女も息子もまたまわし者も皆、酔いつぶれた。

バラモンは、一人残らず帰っていった。

クンティーは兄弟ともに合図して、かねてつくられた穴道からそっと抜け出した。そして戸をかたく打ちつけておいて、家に火をつけた。すると家の中に残っていた泥酔者たちは、無惨《むざん》にも焼死《しょうし》をとげた。

クル族の人々は、焼け跡を見分《けんぶん》して黒焦《くろこ》げになった六つの屍《しかばね》を見つけたので、

「これこそ五人の兄弟と母のクンティーのものに違いない」

と思って、はかりごとのうまくいったことを喜んでいた。

अध्याय ८ 婿選びの試合

パーンダヴァの五人の兄弟たちはこの危機からは逃れたが、なおも発見を恐れて、ことごとくバラモンの姿へと身を変えた。

そして母とともに都を逃げ出し、野を行き、山を行き、河を越えていった。そして行き疲れると、ビーマが母と四人の兄弟を肩の上に載せて、象のような大きな足で、薔薇《ばら》でも、何でも、ぐんぐん踏みにじって進んだ。ついにエカチャクラというところへ来て、ここでしばらく世を忍ぶ仮の住居を定めた。

するとパンチャーラ王ドルパダが、

「王女ドラウパディーのために婿選《むこえら》びの試合を催す」

という噂が五人の耳に入った。ドラウパディー姫は『目は黒くて蓮の葉のように大きく、顔色は暗く、髪は青くて巻きあがり、爪は美しくまるく膨れて綺麗に磨いた銅のようで、眉は半月のごとく、胸はふくらみ、体から発する青蓮《しょうれん》の香りは一里の遠方からでもわかる』ほどであった。

　パーンダヴァ族の面々はただちにパンチャーラに出向いた。

　そして貧しい陶器師の家に泊まって、ただひたすら試合の時を待っていた。

　広い平原の真ん中に演技場は設けられた。黄金の甍《いらか》であちこちに宝石をちりばめ、美麗で香りのよい花環《はなわ》を飾った七階の宮殿がこれを取り巻いている。そして、真っ白で雲間にそびえてるカイラスの峰のような数々の建物の中には、試合に招かれた諸国の王や王族が起居していた。

　こうして準備は整って、いよいよ試合の日となると、演技場をめぐる客席には、わずかな隙《すき》もないほど隅々《すみずみ》まで観覧者が詰めかけた。この群衆の中に、パーンダヴァ族の五人兄弟もバラモンの姿に変装してまぎれ込み、固唾《かたず》を飲んで控えていた。

　平原の一方に高い柱がすくっと立てられ、黄金の鯉《こい》と輪がそれに結びつけられてあった。パンチャーラ王が選んだ弓に弦《つる》をかけて、五本の矢の一つで、見事輪を貫いて、鯉《こい》の目を射あてたものの手に、美しい姫の体が落ちるという仕掛けであった。

　ここに巨大な弓を持ち出され、いよいよ演技の時が近づいて、太鼓の音、らっぱの響きが場内に鳴り、やがて華やかに着飾った姫が座についた。そして姫が、火神アグニへ捧げる黄金の皿と姫をかち得た幸福者に与える花環《はなわ》を携えて進み出で、捧げものを炎の中に投げ入れると、姫の兄がおごそかに試合の掟を皆に知らせた。

待ち構えていた王子、王族は、「我こそ」という面持《おもも》ちで、代わる代わるその技を試みたが、何人《なにびと》も、あの弓を引きしぼることさえできなかった。彼らは羞恥《しゅうち》と失望で首をうなだれて退場した。

ドリタラーシュトラの王子らもこの中に加わっていて、「あの重い弓を引こう」と全力をつくしたが、少しもそれができないばかりか、跳ね返る弓の勢いに自身が地上に飛ばされ、群衆のもの笑いとなった。

最後に現れたのは、インドラの子のアルジュナであった。

彼はしばらくたたずんでおもむろに弓をあらため、渾身《こんしん》の力をこめて弓を取った。そして四周に敬意を表し、神に祈念し、たちまち満月のように引きしぼって放った。

飛箭一発《ひせんいっぱつ》、的はおちた。

山をも揺るがすようなときの声が場内に響きわたり、空をつんざいて天界に達すると、空からは花環《はなわ》が舞い下りて、晴れの勇者の頭を飾った。アルジュナの勝利を告げる太鼓とらっぱとは、場内にその音をみなぎらせた。

こうして五人の兄弟は姫を擁《よう》し、騒ぎにまぎれて宿に帰っていった。姫の父は驚いてその行方を探したが、ついに勇者の素性もわかって大いに喜び、盛大な儀式を挙げて、結婚を祝った。

けれども姫は、アルジュナ一人の妻となったのではなかった。

兄弟が若く美しいドラウパディー姫をともなって家へ凱旋《がいせん》した時、ちょうど母のクンティーはその居間にいたが、「彼らが大きな賞品をもたらしてきた」と聞いて、ただ何気なく、

「兄弟間で分配せよ」

と言った。

後でクンティーは姫に会って、自分の失言《しつげん》にあきれもした。けれど、母の一言にそむくことができないので、姫はついに五人の共有の妻となった。

父王はこの風変わりな結婚にはもちろん反対の立場であったが、兄弟たちの神がかり的な性質を理解して、これを承認した。

そして姫は、二日間ずつそれぞれの兄弟の家に泊まることにきまり、

「彼らの一人と室内で楽しい語らいをしている時は、他の者は決してそこへ入ってはならない」

「もし禁制をやぶったものは、十二年の追放に甘んじねばならない」

という約束が皆の間に成り立った。

五人兄弟の噂は、ついにクル族の耳に入った。

落伍者《らくごしゃ》となったクル族の失望はここに憤怒《ふんぬ》となり、戦闘にもなりそうだった。けれども彼らは、

「到底、五人兄弟と戦えるはずがない」

と、ついに講和を申し込み、インドラプラスタ（今のデリー）の地をゆずった。

五人兄弟はここに広大な都を建設して、心のどかに暮らすことになった。

अध्याय ९
アルジュナの漂泊

パーンダヴァ族の五人の兄弟は、インドラプラスタに国を建てた。

けれども、その平和は長くは続かなかった。

ある日、一人のバラモンが彼らの家に駆け込んで来て、

「盗賊たちに家畜を奪われたから、取り返してくれ」

と頼んだ。

「よろしい」

と、アルジュナは元気よく引き受けたが、ふと気がつくと自分の武器がユディシュティラの部屋にしまってあった。その部屋では今まさに長兄がドラウパディーと楽しいひとときを過ごしているのである。

部屋に入れば十二年の追放であるし、入らなければバラモンへの言葉が反古《ほご》になる。どうするべきかとしばらく迷ったが、結局、その部屋へ駆け込んで武器を取り、賊を追いかけてバラモンの家畜を取り戻してやった。

けれども、誓約《せいやく》はいかんともすることができない。

アルジュナは、ついに十二年の放浪生活をよぎなくせねばならなくなった。

अध्याय १०
雨の神と火の神の戦い

アルジュナは、追放中にいろいろの冒険に遭遇《そうぐう》した。また恋物語もあった。が要するに、つらい旅を続けたのであった。

そして、この旅から帰ってくると、まもなく今度は神々の間に争いが起こった。

火の神アグニがあきるほど供物《くもつ》のバターをなめたため、顔が青白くなって炎の輝きがうすれてきた。そこで食物を変えて健康を回復しようと思って、炎の舌でカンダヴァの森をペロペロとなめた。

すると炎々《えんえん》たる猛火が、大地一面をはいまわった。それを見た雷神インドラは滝のような雨を降らせて、これを消し止めようとした。

快漢アルジュナはアグニの味方として飛び出して、無数の矢を放ってカンダヴァの森をおおった。この火神と雨の神の戦いはカンダヴァの森中の生物をほとんど殺しつくしたほど長く続いたが、ついに火神アグニの勝利に帰した。

この時、生き残ったのはマヤと四羽の鳥とだけであった。

अध्याय ११
マトゥラー征服

マヤは偉大な建築家である。彼はカンダヴァの森の中で命を助けられたお礼に、パーンダヴァ族のために、世界に比類のないほど立派で不思議な邸宅を建築した。

五人の兄弟は、この館を拠点として片端から四隣の地を征服した。

そして多くの国々を自分たちの足元にひざまずかせ、彼らはラージャスヤの儀式（天下に帝王たることを知らせるための儀祭）を挙行しようとした。

この時、ジャラーサンダーという王者が、都マトゥラーに勢力をおいて彼らをにらみつけていた。意気軒昂《いきけんこう》たるパーンダヴァ族はこれを聞きおよんで、

「式を挙げる前にまずマトゥラーを征服しなくてはならない」

と言って、アルジュナとビーマ、および親戚にあたるクリシュナの三人が、またもバラモンに変装してマトゥラーの都を訪問した。

そしてジャラーサンダー王の前に出ると、彼らは変装をといて名乗りを上げた。

「おお、人中の獅子！　クシャトリヤ種族は天の命によって戦闘に従事することを知れ」

そして、

『ヴェーダ』の読誦《どくじゅ》、偉大な名声、禁欲の苦行および戦死は、皆ともに天に昇るべき行為である。けれども前の三者によって昇天することは、時に不確かなこともある。**しかし戦闘において討死《うちじに》することは、疑いもなくその好結果、すなわち昇天をもたらすものなのだ**」と、つけ加えた。

クシャトリヤの心持ちをもっている好戦的な王ジャラーサンダーは、ただちにこの挑戦に応じた。

そこで老若男女の前で、王とビーマは一騎打ちをすることになった。この勝負は十三日間続いて二人ともに休まず食わず、激しい戦いが繰り広げられた。

が、ついにビーマが勝利し、王はビーマに組み抑えつけられ、膝頭《ひざがしら》で背骨を押しつぶされた。この時、王の叫びとビーマの叫びが相交《あいまじ》わり、すさまじく大きな震動《しんどう》となって、あらゆる生物の心のうちに恐怖を与えた。

五人兄弟は、もはや誰に遠慮することもなく、心ゆく限り盛大に、ラージャスヤの祭儀を挙げた。彼らの胸は勇気と誇りに膨れあがった。

अध्याय १२ はかりごとの賭博

クル族の王子たちは、実力で敗れた怨《うら》みを奸計《かんけい》をもって報いようとして、相手に賭博《とばく》を勧めた。

兄弟中の最長子ユディシュティラは性格は感心されるものだったが、ただ賭けごとを好むのが欠点であった。ドゥルヨーダナはこれを利用したのである。

ある日、ドリタラーシュトラが方一里にわたる水晶宮《すいしょうきゅう》をつくって、

「賭博《とばく》をしよう」

と言って、パーンダヴァの人々を招いた。五人はその心の底を読んだが、

「挑まれて応じないのは卑怯者だ」

と思われるので、こぞって出かけた。

その時、ドゥルヨーダナは巧妙老練《こうみょうろうれん》なる賭博《とばく》師の叔父サクニに頼んで、ユディシュティラとすごろくの遊びをさせた。

そして連戦、皆ユディシュティラの敗北に帰した。

あらゆるもの、王国、財宝、宮殿、軍隊、兄弟たちをだんだんに失い、ついには自分の

身も、最愛のドラウパディー姫までも失うこととなった。

勝ち誇ったクル族の面々は、パーンダヴァ族の誇りであるドラウパディー姫を広間に呼び出すことにした。姫はそれを拒んだので、狂暴なドゥフシャーサナが姫の髪をつかんでずるずると引きずり込んだ。

そして皆の前で姫の衣をまくったり、自分の太股を露出《ろしゅつ》したりして、言葉に絶えない侮辱《ぶじょく》を加えた。兄弟は憤怒《ふんぬ》の炎を煮えたぎらせたが、すでに相手の所有となった姫にはどんなことがあろうとも指一本触れることができない。しかし、猛々《たけだけ》しくまっすぐなビーマはこらえかねて、相手をにらみつけ、

「非道と言おうか、残忍と言おうか、さても私たちに対してあてつけがましく、無礼至極《ぶれいしごく》の振舞い。**お前たちが、こうするからには、私たちの腕にも骨がある。**ドゥルヨーダナ！お前の股を微塵《みじん》に打ちくだいてくれよう。ドゥフシャーサナ！　お前の血を残らず、すすってくれよう」

と、叫んだ。

この光景を見た老王ドリタラーシュトラはさすがに思慮《しりょ》深かった。

そのままにしておくことはできないので、事態を収拾《しゅうしゅう》するために姫に向かって、

「ドラウパディー姫！　何か要求があるなら遠慮なく申すがいい。私が何でも叶えて進ぜ

よう」

　姫は答えた。

「それでは夫のユディシュティラを放免《ほうめん》してくださいませ」

「よろしい。承知した。そのほかには？」

「他の四人の夫も許してくださいませ」

「それもよろしい。それから？」

　その時、姫は毅然《きぜん》と、

「王さま！　五人の夫さえ自由の身となれば、世界はもはやこちらのものであります。五人の力でどんなことでもできるものとご承知くださいませ」

　と、言い放った。

　自由になった五人の兄弟は、煮え返るような復讐《ふくしゅう》の念を胸にしまって、姫といっしょに水晶宮《すいしょうきゅう》を立ち去ろうとした。しかしクル族の面々は、

「虎を野に放ったら枕を高くして眠られない」

　と心配して、彼らを呼び止めて、再度の賭博《とばく》を申し込んだ。

　そして、今度の賭けの条件は、

「**勝負に負けた者たちは十二か年間、森の中で放浪生活をすること**」

「この期間が終わると各自変装して、適当な都市で一年を送ること」

「そして、その間に真の姿を見やぶられたら、またさらに十二年の放浪生活をなすこと」

などであった。

やがて賽《さい》の目は、投げられた。そして勝利は、再びクル族に帰した。

ドゥフシャーサナはこれ見よがしに、

「これでドゥルヨーダナ家もいよいよ安泰《あんたい》である」

と言うと、人の言いなりになるのを激しく嫌うビーマは冷然として、

「喜ぶのはまだ早い。自分が生きている以上、お前の血をすする者はいなくならないのだから」

と言った。しかし約束は仕方がない。

パーンダヴァ族の五人兄弟は、鹿の皮を身にまといながら、泣き崩れてるドラウパディーを擁《よう》して、長い長い放浪の旅に出かけなくてはならなかった。

अध्याय १३ クル族の失敗

パーンダヴァ族の一行は、森から森への放浪の間に、人心を驚かせるような多くの冒険や、古の伝説そのままのとてつもない事件に遭遇《そうぐう》した。

ある時は、アルジュナが「復讐《ふくしゅう》に使おう」と考えて、特別な武器を得るために『両腕をあげ、何物にももたれないで足の爪先で突っ立つ』ような苦行を続けたので、シヴァ神はこれに感動して鋭利《えいり》な武器を与えた。

ある時は、インドラ神に連れられて「インドラの羅網《らもう》（宝珠を連ねた網）」といって有名な光輝、華麗限りも知れぬ宮殿に案内され、そして帰りにはインドラ神の車に乗って、燦爛《さんらん》たる光華《こうか》のうちに天界から降りてきた。

地上に残ったアルジュナ以外の四人はヒマラヤ山にわけ入って、『黄金の壁に囲まれ、あらゆる珠玉《しゅぎょく》にきらめく黄金と水晶《すいしょう》との宮殿』と言われた富の神クベーラの住まいを訪れ、大聖者マルカンディヤからマヌの大洪水の話や、サヴィトリ（太陽神）の話や、また昔からの霊魂の話、運命の話などを聞いたりしていた。

一方、クル族では、絶えずパーンダヴァ族の様子を探っていた。

それればかりでなく、彼らは五人兄弟のもとを訪れて、そのみすぼらしい姿と自分たちの華美な服装とのいたましい対照を見せつけて、それを恥じらい怨《うら》む彼らの顔つきを見て楽しもうと考えた。それにはなるべく「大勢で行くのがよい」というので、数千の美女を美しく着飾らせ、無数の兵士を擁《よう》して、空に架せられた虹のように練り歩いた。

一行がパーンダヴァ族の草庵《そうあん》に近づくと、ガンダルヴァが現れてその行く手を遮《さえぎ》った。勢い盛んな一行は、「何のこしゃくな」とばかりに進もうとした。そこで双方意地を張り通したあげく、互いに剣を抜いて斬りあうことになった。が、さすがのクル族も神軍相手では歩が悪く、さんざん悩まされた末、ドゥルヨーダナと宮女たちは捕虜《ほりょ》となった。そこから逃れたクル族の雑兵らは、迷いながら五人兄弟のもとに駆けつけ、助けを求めた。

兄弟はこれまでの怨《うら》みはそっちのけにして、

「親類の恥、ことに弱い女の苦しみを見過ごしてはおけない」

と、クル軍の応援に出かけ、悪戦苦闘の末ようやくドゥルヨーダナと宮女たちを取り戻した。

ドゥルヨーダナは救われて、かえって非常な苦痛を感じた。堂々と打って出た自分たちがむざむざと捕虜《ほりょ》の憂《う》き目を見たばかりでなく、「自分たちの華やかさに比べて、みじめな姿を笑ってやろう」と目論《もくろ》んでいたその兄弟の手で、ようやく救い出されたと思うと、羞恥《しゅうち》と憤怒《ふんぬ》と怨恨《えんこん》が胸をかきむしるようであった。

彼は「穴があったら入りたい」と思って、人々の熱心な諫《いさ》めも耳にしないで、草の上に座り込んだまま、息を絶って天に昇ろうと決心した。

クル族にも、味方の神々があった。

それでこの神たちはドゥルヨーダナを殺すことをよしとしないで、その前に姿を現し、

「パーンダヴァ族との戦いには必ず助力を与えること」

「最後の勝利は、クル族に帰するよう骨を折ること」

などを説き聞かして、ドゥルヨーダナに自殺だけは思いとどまらせた。

一方、パーンダヴァ族に好意を持っているインドラ神も対抗して、

「十二年の漂泊《ひょうはく》さえ終われば、世界はパーンダヴァ族のものになる」

と、激励《げきれい》した。

अध्याय १४
変装の一年

パーンダヴァ族の放浪期十二年の月日は終わりに近づいた。

五人の兄弟は残りの一年を変装して送らなくてはならない。彼らは、

「どのようにして真の姿を発見されないようにしようか？」

と心を悩ませていた。すると不思議なことがきっかけで、この心配をまぬがれることとなった。

ある日、一匹の鹿が、とある隠者《いんじゃ》の火杖（摩擦《まさつ》して火をつくる棒、祭祀にもちいるもの）を角《つの》に引っかけて逃げ去った。隠者《いんじゃ》はこれを五人の兄弟に訴えて、取り返してもらおうとした。

兄弟は早速これを承諾《しょうだく》して、すぐ鹿の後を追いかけたが、いつの間にか鹿の姿を見失った。兄弟たちはあまりの勢いで走ったため息苦しくなり、道ばたの水たまりの水を飲もうとした。

すると空中から、

「その水に唇を触れてはならない」

という声が聞こえた。
けれども喉《のど》の渇きが強く、天の戒《いまし》めに耳を貸さないでこれを飲んだ。と、たちまち兄弟たちは地に倒れて息が絶えた。

そのうち、空中の声を不思議に思って水を口にしなかったユディシュティラだけが助かった。その時、空中から富の神クベーラに侍している、超自然力をもったヤクシャが降りてきて、ユディシュティラにいくつかの質問をした。

ユディシュティラはよどみなくこれに答えたので、ヤクシャは感心して、さきに地に倒れた四人を蘇生《そせい》させた上、「一年間の変装を誰も見破ることのできない力」を授けてくれた。

五人の兄弟は思いがけない力を授かったので、十二年の期限が終わると、それぞれ変装してヴィラタの街にやって来た。

そこでユディシュティラはそこの王者に賭博《とばく》の師匠となり、ビーマは調理人の監督となり、アルジュナは王女たちの音楽と舞楽の教師となり、ナクラは調馬師となり、サハデーヴァは牧夫《ぼくふ》となり、ドラウパディー姫は王妃の侍女《じじょ》となって、それぞれその職にはげんだ。

そして、ヤクシャに授かった不思議の力で、全員変装を見破られることをまぬがれた。

अध्याय ९५ ヴィラタでの功績

変装の一年が終わりに近づくころ、ドラウパディー姫の美貌《びぼう》が王妃の弟ケチャカの目にとまった。

ケチャカは折を見て、姫に近寄った。姫は驚いて逃げ出したので、ケチャカは真っ赤になって怒り出し、思いが強かった分より強く姫を憎み、王や宮人たちの面前で姫の髪をつかんで散々に蹴りつけた。

姫はその恥辱《ちじょく》と無念をビーマに語って、復讐《ふくしゅう》を頼んだ。短気なビーマはかっとなって、姫にケチャカをあざむいておびき出すように勧めた。で、姫はケチャカに対して、その恋を受け入れるような素振りを見せたので、ケチャカは人目を忍んで姫に会いにきた。が、その時、ケチャカの前に現れたのは美しくしとやかな姫でなくて、巨漢ビーマであった。

ここに二人の間に激しい格闘が行われた。

互いに劣らぬ猛者《もさ》同士のため、狂象のように揉《も》みあっていたが、やがてビーマは相手の体を力をこめてつかんで、「えいっ」と地に投げつけた。そしてそれだけでなく肉と骨をおしつぶして団子にして、王に食わせた。

王は後に、団子の正体を知って髪をむしって怒り立った。けれども相手の強い力を恐れてじっとこらえていた。

勇者ケチャカの死が伝わると、スシャルマンと呼ぶ王が、

「時が来た」

と、ヴィラタの都に攻めよせた。かねてより腕がなって仕方のなかったパーンダヴァ族の勇士たちは、

「さあ今こそ力を示すときだ」

と主人を助けて、これに応戦した。

この隙《すき》にクル族も、他の方角からこの都に攻めよせてきた。

ヴィラタの都はスシャルマン王の軍を防ぐために、この方面に軍の全力を傾けていた。都はほとんど空虚《くうきょ》で、五人兄弟のうち、アルジュナと王子が残っているばかりである。

王子は大波のように押しよせてきたクル族の軍勢を見て、真っ青になってふるえていた。

アルジュナは、

「このままではいけない」

と、王子を励まして、いっしょに馬車に飛び乗り、彼に馬を操らせて、自分は車の上か

ら散々に矢を射かけた。

アルジュナの弓はかつて神から授かったもので、弦声《げんせい》が空に高鳴るのを見ると、攻め寄せる軍兵はバタバタと倒れるのである。戦うことができず、さっと引き退いたクル族の面々は、「この勇猛な射手が何者であるか」を見破った。

けれども、この時はもう変装期限の一年が過ぎ去っていたので、さらに十二年の追放を強いることはできなかった。

अध्याय १६
十八日間の大戦闘

クル族の面々にとって、またもや心配が生じた。

どうかしてパーンダヴァ族の五人兄弟を倒さなくては、夜ごと夜ごとの寝覚めがよくないままだった。

「彼らは自分たちの血をすすろうとして歯を鳴らしている。どうしても生かしてはおけない」

と、ドゥルヨーダナは弟たちにささやいた。そして、手をつくして大戦闘の準備をはじめた。

それと見たパーンダヴァ族の面々も「一期《いちご》の大事」と、できる限りの力をつくして応戦の仕度をした。

こうして、長い間、牙を鳴らしてにらみ合っていた両族は、最後の運命を賭《と》して戦わねばならなくなった。

パーンダヴァ族はできるなら、親族の間で血を流すことを避けようとして、クリシュナを使節に立てて、ドリタラーシュトラに平和のうちの解決を申し入れた。

ドゥルヨーダナは冷ややかにこれをしりぞけたばかりでなく、ひそかに策を弄《ろう》してクリシュナを捕虜《ほりょ》にしようとした。

けれどもクリシュナはただの人間ではない。神人である。ただちにそのはかりごとを見やぶって、天にも響かんばかりの高い声で笑い出した。

その途端、その体からまばゆい光明がほとばしり出て、額からはブラフマー、腕からはルドラ、口からはマルツ、インドラなどの神々がいっせいに現れた。そして空には楽の音が響いて、天華がはらはらと降ってくると、大地もそれに呼応して、大波のように震動した。

しばらくして、クリシュナは元の姿に返った。

そしてドリタラーシュトラの前を去って、パーンダヴァ族のもとへ帰ってきた。

それから、クル族を助けているカルナが、勇猛無比《ゆうもうむひ》なことを知っているので、ひそかに彼を説いてパーンダヴァ族の味方に入れようと努力した。けれども義に強いカルナはそれに応じなかった。

クリシュナが、兄弟のもとに帰って、

「到底、平和の解決は尽きがたい」

ということや、派遣中に起こったことを物語ったので、パーンダヴァ族は早速、近国の王者と同盟を結んだ。パーンダヴァ族に加わったのは、パンチャーラス、マーチャス、カーチ、セディ、マガダなどの領主であった。

そしてクル族の面々も、これに応じて合同策を講じた。クル族のもとに馳《は》せ参じたのはコーサラ、ヴィデハ、アンガ、バンガ、カリンガ、サカス、ヤバナスなどの王者であった。

両軍は天をおおって、クルクシュトラの野に対陣した。

この時の軍勢は素晴らしいものであった。実にその数は、三十九万三千六百六十の戦車と、同数の象と、馬と、御者《ぎょしゃ》と、車上兵と、それから百九十六万八千三百の兵と、百十八万九百八十の騎兵とであった。

乾坤一擲《けんこんいってき》の大戦、まさに火蓋《ひぶた》を切ろうとした時、さまざまの奇妙な現象が起こった。

一、二の例をいうと、日蝕《にっしょく》と月蝕《げっしょく》が続いて起こり、大地は六種に震動し、海の水も河水もことごとく血となり、血と肉の雨が空から降ってきたり、妊婦は一度に五人の子を生んだり、生まれた五人の子は母胎《ぼたい》を離れるとすぐさま歌ったり、踊ったりした。

いよいよ戦いは、はじまった。

その戦いは十八日間続いた。

戦いに参加した者は誰も彼も驚くべき働きをし、そして不思議なほど自分の手傷には無頓着《むとんちゃく》だった。勇士の一人が空が暗くなるほど、矢つぎ早に矢を射かけると、敵も相手の猛者《もさ》に負けないようにと矢の雨を降らせる。両人の放った数知れない矢は虚空《こくう》で衝突《しょうとつ》して、矢じりから火花を散らして地に落ちる。

時としては雷のように剣をふるって飛んでくる矢を一つ一つ斬り落とす。時としては、うなりを生じて頭上に落ちて来る岩石を目がけて、一瞬の間に百千の矢を飛ばして、それを微塵《みじん》にくだく。

そして、彼らは自分の体にハリネズミのように矢をかぶっても平気で戦い続ける。棍棒《こんぼう》の一撃で数台の戦車を打ちくだき、単身で数千の兵をみな殺しにする勇者である。

このようなはげしい戦闘がしばらく続いたが、勝ちはついにパーンダヴァ族の手に帰した。そしてクル族の猛将はことごとく討死した。

五人の兄弟は老王ドリタラーシュトラと和解して、長兄のユディシュティラを王位につかせた。

こうして彼らはしばらくの間、ハスティナープラを治めていたが、やがて生に飽きてアルジュナの孫パリークシットに位を譲った。

そして五人とも森の中に隠遁《いんとん》して、静寂な生活を楽しんでいた。が、ほどなく神の山メルに登って、そこから妻のドラウパディーとともに天界に去ってしまった。

この大戦闘の終結とともに、「インドの黄金時代は去った」と、今もインド人に信じられている。

त्वयेशाय पुरंदराय ततः स एनं पुरुषः पराह परीतो ऽस्मि ते ऽह्नम अनेन स्तोत्रेण किं ते परियं करवाणीति स तम उवाच नागा मे वशम ईयुर इति स एनं पुरुषः पुनर उवाच

第3篇　クリシュナ物語

कृष्ण

Krishna

अध्याय ९
出産

月世界の王のヤドゥの末裔に、ヴァスデーヴァという聖者があった。

このヴァスデーヴァはすでにローハンの王女ローヒニーを娶《めと》って正妻としていたが、その後になってカンサという王が、自分の妹のデヴァキーを無理に娶《めと》らせて正妻とさせたので、ついに二人の正妻を持つこととなった。

この婚儀が終わると、まもなく天の一方に声がして、

「ああカンサ！　あなたの生命はあなたの妹の第八番目の子が奪い去ってしまうでしょう」

という予言が聞こえた。

（カンサ王があまりに暴虐《ぼうぎゃく》なため、地神が牝牛《めうし》の形となってインドラのもとにいたり、「悪の精霊が世界にはびこって、宗教も正義もすでに世を去ってしまった。それで自分たちもまた世界を棄てて、この世でない国に行きたい」と訴えた。この時、諸神といっしょにいたインドラは、ヴィシュヌ神にこの世界の整理を求めた。そこでヴィシュヌが自分の頭の毛から、「今からクリシュナという英雄児をつくろう」とする決心の声であったのである）

カンサ王はその天の声を聞いて、自分の大敵を生むであろうデヴァキーをすぐに殺そうとした。

しかしヴァスデーヴァがデヴァキーの生んだ子は、ことごとく王に献じるという条件をつけて、

「その命だけは」

と助けを求めた。やむなく王はこれを許し、その後、生まれる子を六人までいずれも生まれるたびに殺してしまった。

こうして第七回目となった時、ナーランダという蛇属が人の形となってデヴァキーに託胎《たくたい》した。**そして、この子を救助しようとして、ヴィシュヌが自分と同じ姿をもう一つつくって、これをマトゥラーに送った。**そしてデヴァキーの子宮に入って、その子をとり出してこれをロヒニーに与えた。

ロヒニーはゴクラの牛飼いのもとに避難して、まだ自分の子供を産んだことのないナンダとヤショダ夫婦に育てられることとなった。

ロヒニーの産み落とした子は、バララーマと名づけられた。

こうして子供の移植が終わったので、ヴィシュヌの使いがデヴァキーのところへやって来て、夢の中でこれを知らせた。そしてカンサ王には、

「子供は流産した」

と伝えさせた。

それからまもなく、聖クリシュナはデヴァキーに宿り、ヴィシュヌの分身はヤショダに宿った。同時に、同じ男の子が宿ったのである。

カンサは「デヴァキーが妊娠した」と聞いて、今度こそ生まれるとすぐその子を殺そうとして、厳重な番人を彼女の産室に待機させた。今度はあの天の予言に相当する第八番目の子であるので、大変恐れたのである。

そして、ついにクリシュナが生まれた。

それで天も地も喜んで、木々には花が咲き、実が結び、神は花の雨を降らし、ガンダルヴァは太鼓や笛で躍《おど》り舞った。

その時、クリシュナは父母の前にすくっと立ち上がった。その姿はクリシュナ自身の姿で、普通の赤子の姿ではなかった。

すなわち雲のような形の顔で、目は蓮のように、冠と玉飾りと黄色の絹衣《きぬころも》を着け、四本の腕には貝と輪宝《りんぽう》と笏《しゃく》と蓮華を持っていた。

そこでヴァスデーヴァも、デヴァキーも、クリシュナに頭を下げた。クリシュナはそれを見て二人に、

「**恐れないでください。私はあなたたちの不安をとり除きに来たのです。**私をヤショダのところへ連れて行ってください。そしてヤショダの娘をカンサに手渡してください」

と言いながら、もとの人の子の姿に返った。

が、さきの神のお告げは、まだ父母の頭に残っている。今、生まれたこの子を、

「どのようにカンサ王から助けたらよかろう?」

と心を痛めた。

デヴァキーは掌を合わせて夫にいった。

「この子をあのお告げの通りにゴクラに送りましょう。ゴクラには友情の深いナンダ、ヤショダに、それからあなたの妻のロヒニーもいることですから」

ちょうどその時、カンサ王がつけておいた足かせは自然と解け、門はひとりでに開き、しかも衛卒《えいそつ》は深い眠りに入っていた。

「今が好機!」

とヴァスデーヴァはクリシュナを籠《かご》に入れて頭に載せ、急いでここを立ち去って、ゴクラへ向かった。

途中にジャムナ河があった。

彼はどのようにこの河を通り越えるべきかを知らなかった。けれども彼は一意専心《いちいせいしん》に

ヴィシュヌ神を念じて、水中に入った。水はだんだん、深くなって、ついに鼻に達するまでになった。その時、クリシュナは、彼が困憊《こんぱい》しながらも足先で立っているのを見て、すぐにジャムナ河の水位を沈めた。

こうして、クリシュナたちはかろうじて無難でゴクラに着いた。

ゴクラではヤショダがちょうど女児を産んだところであった。ヤショダはその時、神の力で『忘却』を送られていたので、一切夢中であった。そこでヴァスデーヴァはクリシュナとヤショダの子（女の子）をとり替えてマトゥラーに帰った。

そして、以前の通りに足鎖を着け、門を閉じた。ちょうどその時、番卒《ばんそつ》は目を覚まし、赤子は泣き出した。

さっそく、このことが伝えられたので、カンサ王は剣を手にし、恐ろしい形相《ぎょうそう》して、妹の家にやって来た。すると、

「**お前の敵は生まれた。お前の死は確実である**」

と、聞こえた。

けれども、それが女の子であるとわかって、彼は妹夫婦を釈放し、従来の非道な行いも謝罪した。

しかしカンサ王の天への怒りははげしくなって、ついには「ヴィシュヌ神を殺そう」と

決心した。そして、その手段として彼は近臣にはかって、ヴィシュヌ、ブラーマナ、ヨギー、サニャーシスおよび聖者に奉仕《ほうし》する者たちをみな殺しにしようとした。

ただちに命を発して羅刹《らせつ》を遣わし、牛、バラモンおよびヴィシュヌの崇拝者を殺させた。

अध्याय २
乳児が羅刹を退ける

ナンダとヤショダに子供が生まれたことで、ゴクラは非常な喜びであった。

占星家は「この子はたちまち悪魔を滅ぼして『牧女の王』と呼ばれ、全世界から賞讃《しょうさん》せられるだろう」と予言した。

一方、カンサ王は聖クリシュナがどこに生まれたかがわからないので、あらゆる赤ん坊を殺そうとして、殺戮《さつりく》者を四方に派遣した。この中にプタナという羅刹《らせつ》がいて、これはナンダの子のことをよく知っていたので、美しい女の姿に変形し、毒乳を懐《ふところ》にもち、ゴクラにやって来た。

そしてヤショダに非常に親しく接して、ついにその子を膝に乗せ、毒乳を彼に与えようとした。しかし、クリシュナはそれを飲まないで、反対に羅刹《らせつ》に無理に飲ませた。羅刹《らせつ》は逃げようとしたが逃れられず、生命を落とし、もとの恐ろしい形相《ぎょうそう》を現した。

その時、ナンダがマトゥラーから帰ってきて、この様子を見て驚いた。群衆の一人はことの次第を語り、そして、その死屍《しかばね》を火葬に付した。

この後、まもなくクリシュナ誕生の祝いが挙行された。

しかし、あまりのうれしさのために、クリシュナは忘れられて、荷馬車のもとに放置された。その時、もう一人の羅刹《らせつ》がやって来て、彼が荷馬車にいるのを見て、

「(クリシュナ殺害に失敗した)プタナの仇《あだ》を返してやろう」

と思って、これを押しつぶそうとして、車の上に上った。

けれどもクリシュナは、ひと蹴りで羅刹《らせつ》を蹴りやぶってこれを倒した。車の破壊する音と乳の流れる音で驚いて、多くの子供たちが集まってきた。そしてクリシュナの安全であったのを見て、称賛《しょうさん》した。

クリシュナがまだ生後五か月しか経たないとき、他の悪魔がやって来て、クリシュナを運び去ろうとしたが、クリシュナは重くて重くてついにこれを抱くことのできないほど大きくなった。

また大嵐が来ても、クリシュナを害することもできなかった。しかし、ついには大きな

風車に乗せられて、空中に持って行かれて、その土地の人々は非常にこれを悲しんだ。けれども、クリシュナは最後にまた羅刹《らせつ》を亡ぼして、嵐も静まることとなった。

अध्याय ३
幼年時代の悪戯

クリシュナとバララーマとはともにゴクラで成長した。

そして遊び仲間はいずれもその辺のわんぱく者であった。彼らの髪は縮んでおり、衣服は青と黄で、その辺を這《は》ったり、おもちゃで遊んだり、小牛のしっぽを引っ張ってころげまわるのが常であった。

こんな様子で、どんな出来事がいつ起こるかわからないので、ロヒニーとヤショダは絶えずクリシュナから離れずに見守っていた。

しかし、クリシュナは非常ないたずら好きであった。何か高いものがあるとすぐその上に登って物を食べる。食べ残りはそこから投げたり、こぼしたりする。

仲間はいつもヤショダに告げ口して、

「（クリシュナは）バター泥棒」

などと言うのが常であった。ヤショダは、

「よその家から決して食べものをとってはいけない」

と諭《さと》したが、クリシュナは、

「他の子供たちが自分に何かを頼んだ代わりに、食べものをくれるんだ」

と言い返した。

ある日、クリシュナはバララーマと庭で遊んでいたが、その辺の粘土を食べているのを見つけられて、母ヤショダにひどく怒られた。

しかし彼は自分の口をぬぐって、まったくそれを否定した。ヤショダはクリシュナの口の中を見ようとして、口の中を開かせてみたら、そこに『全宇宙（三界）』があった。

驚いたヤショダは、

「私が三界の主の母である、と考えるのは何たる馬鹿者だろう」

と口にした。

三界の主（ヴィシュヌ）はすぐにクリシュナからその神性を隠したので、ヤショダはクリシュナを連れて家へ帰った。

またある日、クリシュナがバターを盗んだので、それを叱りつけるため、ヤショダが出かけると、クリシュナはバターを食べながら、また他の仲間にもバターを分けていた。

そして母を見つけてそばに駆けより、

「ああお母さん。誰かがバターをひっくり返してしまったのです。ご覧なさい」

と言うので、ヤショダも苦笑するほかなかった。

しかし母ヤショダは、クリシュナを家へ連れ帰って、大きな臼に縛《しば》りつけておいた。クリシュナはその臼を引きずって並木道へ出て、木の根などを荒らしまわっていた。これを知ったヤショダは、

「この子は何をしでかすかわからない」

と言って、ついにこのゴクラを去って、対岸のブリンダーバンへ行き、そこで平和な生活をはじめた。

अध्याय ४ ブラフマーの神隠し

クリシュナが五歳となったある日、家畜に草を与えようとして森へ入って行ったことが

ある。

その日、ちょうどカンサ王は悪魔を鶴の形に変えさせて、そこへ派遣し、自分は河岸で座っていた。仲間は非常に驚いたが、クリシュナは少しも動ぜず、大きな鶴のくちばしで自分を持ち上げることを許した。

そして鶴（悪魔）はクリシュナをくわえようとして大口を開いたので、彼は上あごを引っ張ってこれを裂いてしまった。

やがて仲間と家へ帰って、そのことを笑い興じて物語った。

またある時、カンサ王はアガスールという龍を送った。龍は大口を開いて森陰に身をひそめていた。子供らはそれを洞窟だと思って、そばに近づいた。その時、龍が息をしたので、皆が吸い込まれてしまった。そして危機に陥った皆は、叫び出した。

クリシュナはこれを聞いて、龍の口へ躍《おど》り込んだ。すると龍は口を閉じた。**クリシュナはそこで体をだんだん大きくして胃袋を破り、仲間たちを救い出した。**

ある時は、クリシュナは子供たちといっしょに森の中で笑ったり、話したりして遊んでいた。そして小牛のことは一切、忘れてしまった。そこでブラフマーが来て、小牛を盗んでいった。クリシュナはこれを探しまわったが、ついに見つからない。

やむを得ず、子牛と同じような形のもの（子牛）をこしらえて帰ってきた。すると、今度は他の子供たちがいない。そこでまた子供たちの姿をつくって、その晩、これらといっしょに家へ帰っていった。そして「本物の小牛がブラフマーによって、洞窟に隠されているのだ」ということは誰も知らなかった。

こうして、一年が過ぎた。

これは人にとっては一年であるが、ブラフマーにとっては一瞬に過ぎなかった。そしてブラフマーは、「自分の行いで、その後はどうなっただろう？」と思って、再びやって来た。すると子供も、小牛も洞窟の中に眠っている。そこでまたブリンダーバンに来てみると、そこにも彼らが眠っている。

そしてクリシュナは皆を神々と同じように、四つの手をつけ、ブラフマー、ルドラ、インドラの形にしてしまった。

これを見た創造神ブラフマーも驚いた。彼は我を忘れて、心もどこへか飛んで行ってしまった。ブラフマーは崇拝もされず、名誉もない石像のように悩まされて立っていた。

しかし、クリシュナはブラフマーを見て恐れを抱いた。そして自分とその綺麗な輝く姿を引っ込めた。その時、ブラフマーは彼の足もとに伏して、謝罪し、

「万物はことごとくあなたの輝きに迷わされてる。けれども誰があなたを混乱させることができるだろうか？　あなたは万物の創造者である。あなたの毛の中にでも、自分のよう

な者はいくらでもいる。あわれ深く、どうか自分の罪を許してくれ」と言った。クリシュナは微笑《びしょう》して、すべての子供たち、小牛たちを返してもらった。その時、子供たちは過ぎ去った間のことは何も知らないままだった。

　そして皆、家に帰った。

अध्याय ५ カーリーヤの鎮静

ある日、牧童《ぼくどう》たちは早朝、自分たちの家を出て、森中をさまよい、河に沿ってついにカーリーヤというところへ来てしまった。

　そこで彼らは少し水を飲み、小牛にも飲ませた。すると毒のために、牧童《ぼくどう》たちは段々膨《ふく》れあがって、ほとんど死にかけた。その時、クリシュナは蘇生薬《そせいやく》を彼らに振りかけて復活させた。

　このジャムナの対岸には、カーリーヤという龍神（もしくは毒のある十二頭の大蛇）が住んでいた。

そして、彼のいる四マイル四方というものは、その毒が湧き出で、泡立っていた。ここには鳥も獣も近よることができず、ただ一本の木がさびしく生い繁っているのみである。

カーリーヤの本当の生家はラマナカ・ドウパにあったが、蛇属の仇敵《きゅうてき》であるガルダを恐れて、そこからここへ逃れてきたのである。**ガルダはブリンダーバンのヨーギーに呪咀《じゅそ》されているので、死を冒《おか》してでなくてはここに来られないのである。**

それでカーリーヤはガルダの来ることのできない、このブリンダーバンに住んでいる。

クリシュナは、他の子供たちとここで毬遊《まりあそ》びをはじめた。そして例の岸にさしかかっている一本木のカダム樹に上りながら遊んでいると、毬《まり》が水中に落ちた。するとすると彼はたちまちそれについて水中に飛び込んだ。

カーリーヤは百十の頭を上げて毒気を吐き出した。子供たちは震えながら泣き叫び、子牛も鳴き出した。そして一人の子供が帰って、ロヒニー、ヤショダ、ナンダおよび村の人々にこのことを知らせた。

皆はただちにそこに駆けつけて、カーリーヤの毒水のそばに集まった。が、ついにクリシュナの姿を見ることはできなかった。ただバララーマだけは、他の者たちを勇気づけながら言った。

「クリシュナはすぐに帰って来る。彼は殺されるわけがない」

カーリーヤはクリシュナをその体で巻いて苦しめた。けれどもクリシュナは、カーリーヤが彼を放さなければならないほど大きくなった。

こうしてクリシュナは少しも怪我をしないで助かった。のみならず、彼はブラージの人々が非常に恐れているのを見るやいなや、ただちにカーリーヤの頭上に上り、全世界の重味を加えて、足拍子をとりながらその上で舞踏《ぶとう》をした。そこでカーリーヤは苦しみはじめ、頭をもたげ、舌を出し、口からは血を流した。そしてクリシュナにすっかり征服された。しかし、その時多くのナーガの妻が来て、カーリーヤを取り巻いた。中には彼の方へ手を延ばすものあり、足に接吻《せっぷん》しようとするものあって、

「どうか我が夫をお助けください。でなければ私たちをお殺しください。夫なしに生きているよりも、死んだほうがよほどましです。蛇に毒気のあるのは天性であることをお考えくださって、どうかお許し願います」

と、ひたすら懇願《こんがん》した。そこでクリシュナはカーリーヤの頭から下り、カーリーヤは彼を拝して、謝罪した。彼はこれを許してラマナカ・ドウパに帰らせることにした。

けれどもカーリーヤたちはガルダを恐れて、そこに行くのを躊躇《ちゅうちょ》した。そして、このことをクリシュナに言ったので、クリシュナは、

「恐れないで行け。ガルダがあなたを見ても、あなたに触れはしない」

と、答えた。そこでカーリーヤはラマナカ・ドウパに帰り、クリシュナは水上に浮かんだ。水上に出てきたクリシュナを見て、群衆は喜んだ。皆は今や非常に疲れていたので、その晩はカーリーヤのそばに夜を明かすことにした。

ところが真夜中頃になって恐ろしい火炎が燃え上がった。そして木も牛も人々をもまさに焼きつくそうとしたが、クリシュナが立ち上がってこれを滅ぼしてしまった。

やがて夜が明けて、皆ことごとく喜び、勇んで家へ帰った。

अध्याय ६
クリシュナの笛

今や暑い季節となった。

けれどもクリシュナのおかげで、ブリンダーバンでは永遠の春のようであった。

ある日、羅刹《らせつ》が牛飼いの姿をしてやって来て、他の者と遊んでいた。クリシュナはバララーマに合図してこれを殺させようとした。

そこでバララーマはまったく戯《たわむ》れのように見せながら、悪魔に自分を乗せて歩かせた。

やがて一定の隔《へだ》たりまで来た時、悪魔はバララーマを殺すために、自分の本来の姿を現した。すると「待っていました」とばかりに、バララーマは悪魔の頭を抑えてこれを殺した。

　こうしている間に、小牛はさまよいまわった。そのため、牧童《ぼくどう》たちはこれを見つけることができなくなった。

　そこでクリシュナは例のカダム樹に登って、彼の笛を吹きはじめた。すると小牛も、牧童《ぼくどう》も、皆あたかも川がことごとく海に流れるようにいずれもここに集まってきた。

　クリシュナは、常に森の中で笛を吹いていた。牛飼《うしか》い女《おんな》はこれを聞くと、ただちに出かけて行って彼を探した。しかし、彼らはついにクリシュナを探すことができず、朝、彼の帰るのを待つよりほかはなかった。それゆえに牛飼《うしか》い女《おんな》たちは道ばたで、クリシュナの笛の噂をしていた。

「あの竹の笛は、非常に名誉なこと。毎日、クリシュナの唇から神酒を飲みながら、雲のように響き、また喜びを奏《かな》でる。どうして笛は私たちよりも愛されているのでしょう?神ですら彼の吹奏《すいそう》の前には集まってきます。万物がそれに服従するというのは、どんな徳ゆえなのでしょう?」

　とある者が言うと、ある者は答えて、

「まず竹の幹となり、それから熱と、寒さと、水を忍び、ずたずたに切られて自分の燃やされる煙を忍ばねばなりません。こんな難行、苦行が続くでしょうか？　笛はこれを行って、今の身分をかち得たのでしょう」

と言うと、今一人の婦人は叫び出した。

「どうしてクリシュナは、私たちの笛を昼夜、彼とともに残しておかないのでしょうか？」

寒い寒い冬の日、牛飼《うしか》い女《おんな》がいっしょにジャムナ河に水浴に来た。そして彼らはデヴィ（天女）の像をつくり、花と、果実と、お香をこれに供養《くよう》して祈願《きがん》した。

「おお女神、どうか聖クリシュナが私たちの主《あるじ》であることを許したまえ」

牛飼《うしか》い女《おんな》たちは終日《しゅうじつ》断食し、身を清め、夜に入っては河のそばに寝た。それはデヴィに彼女たちの祈りを聞き入れてもらうためであった。

अध्याय ७

クリシュナ、牛飼い女の衣を盗む

ある日、牛飼《うしか》い女《おんな》は衣服を洗濯するために静かなところへ行って、岸にその洗った衣を広げておいて、水の中で遊んだり、ハリ（神）を讃美《さんび》する歌を謳《うた》ったりしていた。

聖クリシュナは木の根に座っていたが、ふと牛飼《うしか》い女《おんな》の謳《うた》うのを聞いて、静かに足音を忍ばしてそのそばに来て、そっとのぞき込んだ。

その時、かたわらに牛飼《うしか》い女《おんな》の乾《ほ》している衣服を見て、ある考えが胸に浮かんだ。そして、それらを盗んでひそかにカダム樹の上にのぼった。

やがて牧女が水から出てきたが、着衣が見つからない。

その辺をあちこちと探した末、一人の少女がやっとクリシュナを木の上に見つけた。着物はそこにひとまとめにしてあった。

彼は黄色の衣を着て、手に斧を持ち、花環《はなわ》も携えていた。そこで少女は他の牛飼《うしか》い女《おんな》たちを呼び、

「**あそこにいますよ。クリシュナが私たちの心と衣を奪ったのです**」

これを聞くと、皆は恥ずかしくなって、身体を隠すために水中に再び飛び込んだ。

そして、その中から彼に、

「衣服を返してください」

と願った。しかしクリシュナはそれを返さないで、

「あなたたちは出てきて、ナンダからそれをもらうといいでしょう」

と、言った。

牛飼《うしか》い女《おんな》たちは、その言葉を喜ばなかった。そして、

「それならいいでしょう。私たちはお父さまや、お友だちや、ナンダや、ヤショダたちのところへ行って、このことを話します。すると皆があなたを罰するに違いないから。こうして水浴して誓いを立てているのは、皆、あなたのためなのに」

クリシュナは言った。

「真にあなたたちが自分のために水欲して誓いをするなら、恥ずかしさを棄て去って、自分たちの衣服を受けとってみなさい」

そこで牛飼《うしか》い女《おんな》たちは、

「慎むべきはひとりだとクリシュナは言った。彼は私たちの身体も、心も、よく知っている。これになんの恥があるでしょう」

と独り言を言って、水から素っ裸で出てきた。

クリシュナは笑って言った。

「あなたたちは手をつないでここへ来て、着物を受けとれ」

「ナンダの寵人《ちょうじん》！　なぜあなたは私たちを欺《あざむ》くのですか？　私たちはほんのブラージの牧女に過ぎないのに」

けれども、牛飼《うしか》い女《おんな》たちは手をつないでクリシュナのところへ行き、そして衣服を受け

とった。

牧女は帰っていった。クリシュナも牧童《ぼくどう》や小牛といっしょに帰った。

しかしクリシュナは、道々またしても深い森のほうを振り返って、そして木の華麗なことを語り出した。

「見よ！　あの森を。彼らは世界に対して何をするのか。彼らは非常な辛苦《しんく》を忍び、そして庇護《ひご》する場所を他人へ与える。このような親切な森がここにいるのは、とてもよいことだ」

अध्याय ७
クリシュナ山を挙げる

ブラージの人々は、天の王、雨の神としてインドラを崇拝するように慣習づけられていた。

ある時、彼らがインドラに供養《くょう》を献上《けんじょう》した時に、クリシュナがやって来て、

「以後、この崇拝をやめよう」

と、力説した。

「インドラはそんなにすぐれた神ではない。たとえ彼は天の王であるとしても、彼は阿修羅《アスラ》を恐れている。そしてあなたがたが祈る雨も、繁栄も、それらは皆、太陽の恩恵《おんけい》をこうむっている。太陽は一旦、水を引き上げて、また再びそれを降らしてくれる。インドラは何をすることができるだろうか？　運命の決めるものは、ただひとりで来るものだ」

そしてクリシュナは、ブラージの人々に森、流れ、小山、とくにゴバルダーン山を崇拝するように教えた。

そこでブラージの人々は、花や、果実や、美味を山に供え、ナンダ、ヤショダは山の前に立って、その真心を捧げた時、クリシュナは山の神のような第二の姿に変形してその供物《くもつ》を受けた。そしてその形となっても、なおクリシュナの体はナンダとともに残り、山の王を拝していた。

するとと山＝クリシュナは受けた供物《くもつ》を食した。そしてブラージの人民は非常に喜んだ。

一方、インドラは自分の名誉と恩頼《おんらい》を失って非常に怒った。

インドラは雲の王のもとへ使いを走らせ、

「ブラージやゴバルダーンも一切、流してしまうほど雨を降らせるように」

と命令した。そこで雲たちはブラージの街を取りまき、滝のような雨を降らせた。

それは、まさに世界の終わりが来たように見えた。

その時、ブラージの全市民はナンダ、ヤショダとともにクリシュナのもとへ来て、言った。

「あなたがインドラ神を崇拝することをやめろと言ったから、こういうことになった。早くここに山を築いて我々を守ってくれないか？」

そこでクリシュナは、力をこめてゴバルダーン山を持ち上げた。

ブラージの人々は驚きながらその下に避難したので、七日間、大雨が降り続いたけれども、一滴にもひたされることはなかった。

インドラはクリシュナが味方していては、どうすることもできないと知って、戦いを中止した。

翌日、クリシュナはバララーマと、牛に牧草を与えるため、出かけながら笛を吹いたり、歌を謳《うた》っていると、インドラはアーラヴェタという白象にまたがって天から降ってきて、クリシュナに帰順した。

अध्याय ९
愛の舞踊

クリシュナが牛飼《うしか》い女《おんな》の衣服を盗んだ時、彼はカールチックの口の中で彼女たちといっしょに舞踊《ぶよう》するように約束した。それで彼女たちは一日もその時の早く来ることを切望してやまなかった。

そして、ついに秋が来た。風雨、時にしたがって、五穀は豊かに実り、万民は喜びに満ちた。そこである満月の夜、やさしい風が吹き、星はきらきらと輝き、森も、林も、静かに月光を浴びていた時、クリシュナは、

「あの約束を果たそう」

と、森の彼方から笛を吹きながらカールチックにやって来た。

ブラージの小娘たちはこの音に聞きほれていたが、ついには堪えかねて、自分たちの職務も忘れ、家事も放って、夢中でクリシュナのそばへやって来た。

そしてクリシュナを目指して、森を奥へ奥へと進んできた。そこで、クリシュナは牛飼《うしか》い女《おんな》たちの幸福を祈りながらも、彼女たちが家を捨て、夫たちを顧《かえり》みないでやって来たことをいたく非難して言った。

「あなたがたはこの深い森や、銀のような月光や、ジャムナの対岸の美しさを見たでしょう。これは自然にしたがったものです。その通り、あなたがたも早く帰って夫たちに仕えるべきです」

　この言葉を聞いて、牛飼《うしか》い女《おんな》たちは非常に失望し、涙を流して泣きながら言った。

「ああ、クリシュナ、あなたは大詐欺師です。あなたは私たちを笛で連れ出し、私たちの心を盗んだ。そして今、冷ややかに『帰れ』とは、私たちを殺すのも同様です。私たちは家族も捨て、家も、夫もなげうった。世のそしりを受けても構いません。**今はあなたよりほかに私たちを保護するものはないのです。あなたの愛のとりこになってる私たちは、どこに帰るところがありましょう？**」

　そこでクリシュナは微笑《びしょう》しながら、牛飼《うしか》い女《おんな》たちをそばに近づけ、彼女たちと舞踊《ぶよう》することを求めて、彼女たちを喜ばせた。

　そして、クリシュナはジャムナ河の沿岸に丸い黄金の高台をつくり、その周囲に樹木を植えて花環《はなわ》を飾った。

　牛飼《うしか》い女《おんな》たちはアーナサロワーという池に行って、頭から足まで綺麗に洗い、皆、美しい衣を着飾り、玉飾りも着けてきた。そして笛や太鼓で踊り、謳《うた》い、舞って、その真ん中には群星中の月のようにゴーヴィンダ（牛飼い＝クリシュナ）が立っていた。

このようにして、彼女たちはまったく理性も恥もなくなって愛に酔わされ、クリシュナをそれぞれが自分のものであるかのように感じていた。

しかし、クリシュナはひそかにラーダーの手をとってそこから消え去った。

牛飼《うしか》い女《おんな》たちはこれに気がついて驚き悲しみ、

「なぜクリシュナは私たちを見棄てたのでしょう? あなたに私たちはすべてを任せているというのに」

と叫びながら、あちらこちらを探しまわった。

そして牛飼《うしか》い女《おんな》たちは見るもの、聞くものことごとく、木にも、鳥にも、獣にも、クリシュナの行方を尋ねた。

すると、あるところにクリシュナの蓮の足の跡があった。そして、そのかたわらに女の足跡もあった。が、人影は見えない。

すると、今度は木の葉のベッドがあって、そのそばには鏡があった。彼女らは鏡に向かって、クリシュナの行方を尋ねた。鏡は何も答えないばかりか、彼女らとともに別離の苦しみを受けていた。

牛飼《うしか》い女《おんな》たちがこのようにしてクリシュナを探し求めている間に、ラーダーは悦《よろこ》びに満ちて、自分が世の中で一番偉いもののように感じ、ついにはクリシュナに、

「私を背負ってください」
と、せがむようになった。そしてクリシュナの上に乗ろうとして手を広げたが、その時、彼は消え去って、いたずらにラーダーがひとり、そこに立つのみであった。ラーダーはしばらく呆然《ぼうぜん》としていたが、やがて泣き出し、鳥、獣、木までも、彼女をいたわった。他の牛飼《うしか》い女《おんな》は、ラーダーを見つけて喜んだ。かわるがわる彼女を抱いて、ともにクリシュナを探しに森の中へ入っていった。

そして、月の光も届かない、暗い、道もないところへ来たので、やがて引き返した。そしてジャムナ河岸に座って、クリシュナの噂をしたり、その名を呼んでいたが、ついには疲れてそれすらできなくなった。しかし、クリシュナはまだ帰って来なかった。

こうして牛飼《うしか》い女《おんな》たちが愛のために、まさに消え入らんばかりになったのを見て、クリシュナははじめて姿を現した。そして皆々の喜ぶのを見て、
「自分はあなたたちを試そうとして、こんなことをしたが、どうしたらこの行いを十分償うことができるだろうか？」
と言いながら、彼女らと舞い、かつ謳《うた》った。

そして彼は自分の体をたくさんに分けて真ん中にいて、彼女らを輪にして、自分の周囲において踊った。

そのため、彼女たちはそれぞれが「クリシュナは自分のそばで、自分と手を携えている」と思っていた。**黒いクリシュナと綺麗なブラージの娘らとが一団となってるところは、ちょうど黄金と青玉との首飾りのようであった。**

こうしているうちに一人が突然、立ちどまって、手でクリシュナの笛を止めて、今度は自分で吹奏《すいそう》しはじめた。

クリシュナはまったく何事も忘れて、子供のようにそのありさまを鏡に写して見惚《みほ》れていた。ほかの者も同じように不思議がって見ていた。

そしてしばらく、そんな状態だったが、神々もこの舞踊《ぶよう》を見るために天から降って来て、風も、水も、静かに耳を傾けるようになった。

しかし、もはや牛飼《うしか》い女《おんな》たちの帰るべき時が来たことを、森の四方の見まわりが知らせてきたので、クリシュナは皆に向かって、

「あなたたちは、私が常にあなたたちのそばを離れずにいることを思っていてください」

と言った。

牛飼《うしか》い女《おんな》たちは満足して帰っていった。そして、何人《なにびと》も牛飼《うしか》い女《おんな》たちが出て行ったことを知らなかった。

अध्याय १० マトゥラーの旅行

カンサ王はクリシュナを殺害しようして、いろいろと企図をめぐらしてみたが、成功しない。そこで今度は、クリシュナをマトゥラーに呼ぼうと考えた。

そしてナンダのもとに使いをやって、牛飼いの子供を招いた。

「もちろんクリシュナも、バララーマもいっしょにマトゥラーに来て、シヴァ神のために献供《けんく》をして、遊戯や、祝典を見てくれるように」

と、伝えさせた。

招聘《しょうへい》に応じて、皆々が出かけた。が、ただ牛飼《うしか》い女《おんな》だけは残った。そしてヤショダとともに、一刻も早く皆が帰ってくるように願った。

ブラージの人々は、マトゥラーに到着すると、ただちにカンサ王に届け出をして、市外に自分たちの野営を張った。

クリシュナとバララーマとはその城壁、宮殿、庭園等の見事なのを見ようとして、街の中に入っていった。

するとと途中で釣りをする人に会った。クリシュナたちは、その美しい衣服を求めた。けれども釣り人は笑ってこれを拒んだので、二人はたちどころに腕力に訴えて釣り人の衣服を奪い、自分たちの身に着けて喜んでいた。

するとと、今度は猫背の一人の婦人に会い、婦人はクリシュナに、

「塗り薬をつけてくれ」

と頼んだ。そこで、クリシュナはその言葉を聞くなり彼女を引き起こし、指先であごを引っ張って、まっすぐにしてやった。そして、

「**カンサ王を殺した時、自分はここに来て、あなたといっしょになろう**」

と、クリシュナは言った。

अध्याय १९ マトゥラーの競技

二人の兄弟は、シヴァ神の弓の祀ってある試合場にやってきた。

弓は松の木のように大きなもので、非常に重いものであった。クリシュナは近よるなり

それを取り上げて、すぐに二つに折ってしまった。そして、それを大地へ投げ棄てたので大きな音がした。

　これを聞いたカンサ王は、驚きふるえて、「自分の死が近づいた」と感じた。で、人を遣わして、二人の兄弟を殺そうと試みた。

　けれども二人は王が遣わす兵士らをことごとくみな殺しにして、市外の野営へ帰ってきた。それでクリシュナは街のありさま、遊戯の様子を語った後、

「疲れて腹が減った」

　と言うので、ナンダは食を与えて、クリシュナを眠りにつかせた。

　一方、カンサ王は悪夢に襲われ、ただちに起き出して命令を発し、競技の準備をさせて集合のらっぱを吹かせた。そこでクリシュナたち二人も戯術者《ぎじゅつしゃ》に仮装して出かけた。そして、牛飼いたちはこれにしたがった。

　彼らが試合場の門の脇まで来ると、狂奔《きょうほん》した象がいた。この象は普通の象の一万倍の力があるので、クリシュナを殺そうとして、御者《ぎょしゃ》がここに縄をつけて待っていたのである。けれどもバララーマがそれを見ると、鉄拳を食らわせて一撃のもとにたやすくこれを倒してしまった。

　そしてクリシュナはいよいよ試合場へ現れて、今度はクリシュナ本当の姿を示した。レ

スラーは彼をレスラーと思い、神々はその主と思い、子供たちは友だちと考え、マトゥラーの娘たちは美しい人だと見て、カンサや羅刹《らせつ》は死の神のようにクリシュナを思った。

クリシュナは多くのレスラーと戦った。そして、その中のもっとも強者を殺した。それから王の上段の間に飛び上がり、王の髪をもってひきずり下ろして殺してしまった。これを見た人民も、神々も、聖者たちも非常に喜んだ。けれども王妃たちはこれを聞いて、出で来たり、慰撫《いぶ》しがたいほど悲しいんだ。

そこでクリシュナは、深い智慧で彼女たちを勇気づけた。

「母よ！　そんなに悲しまないでください。生きとし生けるものは誰でも、死をまぬがれるものはないのです。**何人《なにびと》も、父でもなければ、母でも、子でもない。ただただ絶えず生死の輪廻転生《りんねてんしょう》があるばかりです**」

こうしてカンサ王の葬儀は、ジャムナ河のかたわらで営まれた。そしてクリシュナがその火葬の薪《まき》に火を点じた。

クリシュナはバララーマとともにヴァスデーヴァとデヴァキーのもとに行って、そのかたわらで自由に座った。その時、ヴァスデーヴァたちは、その姿を認めて、クリシュナを神だと思った。が、やがて（神は）その頭を隠したので、やっぱり自分たちの子供だと思って二人を抱いて喜んだ。

クリシュナは王位にその祖父のウグラセナを昇らせ、ナンダにブリンダーバンに帰るよう頼んで、自分はマトゥラーに居住することにした。そこでブラージの少女たちは、

「もうクリシュナに会うことができない」

と言って、非常に悲しんだ。しかし、彼は使いを送って言った。

「**あなたたちは希望の光をあきらめてはならない。**そして、ただ献身《けんしん》してください。そうすれば私は決してあなたたちを見捨てないでしょう」

けれども牛飼《うしか》い女《おんな》たちは、クリシュナの笛の音や舞踊《ぶよう》を思うごとに、こんな言葉ぐらいでは決して心を静めることができなかった。

牛飼《うしか》い女《おんな》たちは祈祷《きとう》も、誓いも、自己節制も、寡婦《かふ》にこそ適当であろうが、心を献じた自分たちには不適当だと思った。

彼女たちは彼がマトゥラーに居住するのは、「自分たちよりももっと美人が、彼の愛を独占してるからだ」と考えた。そうでなければ、「クリシュナは牛飼いの生活よりも宮廷の生活が恋しくなったのだ」と推測した。

そこで、牛飼《うしか》い女《おんな》たちはクリシュナに使者を送った。

「ああ主！　私たちの間には常に『心をあわせる（協同）』ことがないのに、あなたはかつて精神上の協同のことを話しました。愛のために死のうとしている私たちのもとに帰って

きて、むしろ私たちを救済してください」

しかし、それに対してクリシュナは何も助けはしなかった。

ちょうどこの頃、クル族とパーンダヴァ族の事件が伝わってきた。そしてパーンダヴァ族が非常に苦戦しているということであった。

そこでクリシュナは使いを派遣して、その事件を明らかにさせた。使者はハスティナープラに行って、ことの真相を探り得て、帰ってきた。

अध्याय ४२
ドワールカーへ移住

カンサ王の養父にあたるジャラーサンダという羅刹《らせつ》が、大軍でマトゥラーに攻めてきた。そこでクリシュナは悪魔軍を破壊したが、次にはカーラヤバンという阿修羅《アスラ》が三十万という大軍を率いてマトゥラーを包囲した。

そこでクリシュナは「退くほうがよい」と考えた。そしてヴィシュヴァカルマを呼んで、海上に広さ十二マイルの大都市ドワールカーをつくる準備を命じ、そこへ不意にヤドゥ族の人たちを移住させることにした。そこでヴィシュヴァカルマがこの海上の都市へ、彼らをことごとく運んだので、皆は目が醒めると、「どうしてこのマトゥラーが海で取りこまれたか」を知らないので非常に驚いた。

その時、クリシュナはドワールカーに人々を残してマトゥラーに帰り、カーラヤバンを殺した。そしてジャラーサンダが彼を追撃したが、かろうじて逃れてバララーマとドワールカーに帰った。その間にジャラーサンダはマトゥラーを占領した。

その頃、クンダルバーにラージャ、ビーシュマタの娘ルクミニーが生まれた。その娘は非常に美しくてかつ温和であった。

聖クリシュナは、これを聞いて、夜も昼もこれに心を傾けていた。

それからルクミニーもまたクリシュナのことをいろいろ聞いた。

ある時、クンダルパーに二、三のバラモンがやって来て、クリシュナの行為や徳を讃美《さんび》し、また宮廷に来て、その話を物語ったので、彼女の耳にも達した。そこで愛の芽が彼女の胸にふくらんだ。そのため彼女はクリシュナのこと以外、何事も考えなくなった。

眠るときも、食べるときも、遊ぶときも、ルクミニーの心はクリシュナで満たされた。彼女はガウリー女神の像をつくって「ヤドゥの主（＝クリシュナ）を自分の夫にしてください」と願った。

こうしているうちに、ルクミニーは婚期に達した。そこで父や兄はその花婿たるべき者を探し求めた。そして長兄ルイマはチャンデリー王のシシュパーラを推したのに、父は聖クリシュナを推した。

ルイマは「クリシュナは牛飼いの子である」と嘲笑《ちょうしょう》して、シシュパーラとの結婚を決定して結納《ゆいのう》を納め、結婚の日を決めてしまった。

市民はことごとく悲しんだ。彼らはルクミニーが聖クリシュナと結婚することを望んでいたのである。

ルクミニーは、結婚が決まったのを聞いて答えた。

「**思慮《しりょ》でも、言葉でも、行為でも、ことごとく世界の主は私の主となる人です**」

その時、彼女はクリシュナのもとへ手紙を書き、ドワールカーのもとへバラモンを送った。

「あなたは心の探し手です。そして、すべての者の心を知っています。ところで私は今、何を求めているでしょう？　あなたは私の隠れ家です。私の名誉はあなたの手中にあります。あなたはそれを導いてください。そしてここへ来て、あなたのしもべにあなた自身の姿を示してください」

この手紙を受けとった聖クリシュナは、すぐにクンダルパーに出発した。

シシュパーラはすでにそこにいた。そして、結婚の式がまさに挙げられようとしていた。しかし、クリシュナはそこからルクミニーを連れ出して、バララーマとその他大勢にしたがわれて、彼女を車で運び去った。

シシュパーラはジャラーサンダとこれを追いかけたが、クリシュナが彼らを打ちのめした。そしてルクマをしばって花嫁を自分の家へ運んだ。

その子はカーマデーヴァの再生したプラデュムナであった。プラデュムナの子がアニルッダで、シャトルグナの再生であった。彼はチャルマチーと結婚し、祖父クルマはバララーマに殺された。

その後、アニルッダはヴァナースルの娘のウーシャーと結婚し、クリシュナはヴァナースルと戦って、その孫を助けた。この戦いにおいて、シヴァはヴァナースルに味方したが、ついにクリシュナに服従した。その時、クリシュナは彼を歓迎して言った。

「シヴァジー、あなたと私の間には差異はない。**私たちを欺《あざむ》こうと思うものは誰でも地獄に堕ちるのだ。**そして、助かることはない。しかし、あなたに祈る者はまた私からの恩恵《おんけい》も得るだろう」

クリシュナはミトラビンダ、サチバーマおよびその他とも結婚した。これらはいずれも偉大な行為でかち得たのである。

そしてある時、バウマースールという悪魔が数千の王妃を運び去って隠した時に、クリシュナは彼を追いかけてこれを殺した。そして、王妃たちを自分の家へ連れて帰った。そして、どの妃も、どの妃も、十人の男の子と一人の女子を持った。いずれも色はよく、月の顔、蓮の目で、衣服は黄と青とであった。ドワールカーの人々はヴリシュニ族として知られていた。

अध्याय १३

カーリンジーとの結婚

クリシュナがドワールカーを支配してた間に、ハスティナープラではドゥルヨーダナにパーンダヴァ族が圧迫されていた。そして、クリシュナたちの救いを得ようと望んでいた。そこでクリシュナはバララーマと、パーンダヴァ族の救助に赴《おもむ》いた。

そしてクリシュナがパーンダヴァ族の客であった間に、太陽の娘カーリンジーと結婚した。バララーマは、アルシタのレワット王の姫レワッチーと結婚した。

そしてある時、バララーマはブラージを訪れた。そしてハリーの行いをナンダやヤショダに物語った。そして牛飼いたちは音楽を奏し、舞踊《ぶよう》をしてこれを喜んだ。

　クリシュナの子のサムブは、ドゥルヨーダナの姫ラクシュマナと結婚しようと望んだ。しかし彼は捕われて虜《とりこ》となったので、バララーマが救助に赴《おもむ》き、ハスティナープラをガンジス河の岸に引きずり出して、人々を生かしておくようにした。彼はサムブをその花嫁といっしょにドワールカーに無事に運び出した。

　ある時、ナーラダ仙はドワールカーを訪れて、「**クリシュナが一千の妻女とともにどのようにして一家の主人ぶりをしているか**」を見に来た。

　彼は順次にルクミニー、サチバーマ、ミトラビンダおよび、その他のものの部屋へやって来てみると、どの部屋にもクリシュナがいたので、その魔力に驚いた。

　またある時、ナーラダ仙が来て、パーンダヴァで行われる大犠牲祭にクリシュナを招いた。この華やかな祭典においてシシュパーラは出席して、クリシュナに殺された。

अध्याय ४८ ヒラニヤカシプの選択

シシュパーラはヒラニヤカシプと同一の邪悪な王であった。

ヒラニヤカシプはかつてヴィシュヌの天で高い地位にいたが、ある時、非常な過失をしでかした。そのため、

「ヴィシュヌの仇敵《きゅうてき》として三個の形相《ぎょうそう》で地上に生まれるか？　七個の姿で彼の味方として生まれるか？」

二つに一つを選ぶことをよぎなくされて、ついに前者の仇敵《きゅうてき》のほうを選んだのだった。

ヒラニヤカシプはヴィシュヌに対して、和解しがたい憎悪を抱いていた。

ヴィシュヌは、宮殿の柱から半人半獅子の姿で飛び出してきて、ヒラニヤカシプをずたずたに引き裂いた。

ヒラニヤカシプは、神に反抗して神聖を汚したために死ぬこととなった。

अध्याय ९५
クリシュナの死

クリシュナは再びパーンダヴァ族を助けるために出かけて、大戦闘の中で彼らとともに戦った。

またこのクルクシュトラの野で、彼は『バガヴァッド・ギーター』を読んだ。彼はビーシュマの死を見て喜んだ。

そしてドゥルヨーダナの死後、クリシュナはその母の呪咀《じゅそ》を受けた。彼女は自分の子、友および仇敵《きゅうてき》の死を嘆いたのだった。

「三十六年後、クリシュナはひとり悲惨な最後を遂《と》げますように」

「ドワールカーは破壊されますように」

と呪咀《じゅそ》した。

そして、その影響が来る時が来た。

狂気がドワールカーの人民を襲い、彼らは互いに殺害しあった。クリシュナの子も孫も同様であった。ただ女と、クリシュナと、バララーマだけ生き残った。その時、バララーマは森へ行った。クリシュナは最初、クル市に使いを送って、

「ドワールカーの都市と女子を、パーンダヴァの保護のもとにおくように」

と伝えた。

そしてバララーマの待っている森へ、クリシュナ自ら出かけた。バララーマは森のはずれの大樹のもとに座っていた。クリシュナもまた修行者のようにそこに座った。するとと彼の口から、大きな蛇が這《は》い出した。それは千の頭をもっているアナンダで、大洋へと行ってしまった。

大洋も、聖河も、聖蛇も、自分でバララーマに会いにきた。こうしてバララーマは人界から離れて彼の兄クリシュナを見た。

クリシュナは森の中をひとりでさまよった。勢力に充満《じゅうまん》したクリシュナは、裸で大地に座り、ガレダーリーの兄、そしてそこに起こったすべてのことを考え、また自分の死すべき時の来たことを知った。

クリシュナはヨーガのうちに、彼の感覚を抑え、横たわった。

そこに猟師が来て、クリシュナを鹿と思い、矢を放って足を射抜いた。しかし猟師が近づいてみたら、黄衣を着したヨーガの行者（クリシュナ）であった。そこで「自分は犯罪者になってしまった」と思って、クリシュナの足に触れた。

その時、クリシュナは起き上がって、猟師を（気づかって）楽しませた。そして、昇天した。その時、空中は、光輝に満ちた。クリシュナはインドラの宮殿を通過して、自分の住居へ帰っていった。

一方、アルジュナは、ドワールカーに行った。そしてブリシュテの女や子供を連れ出して、クルクシュトラへ落ち着けた。途中で一団の軍隊が、一隊の人馬と衝突《しょうとつ》して、女子の多数を奪い去った。

アルジュナは、クリシュナの末裔をもりたてて新都市を建設した。

ルクミニーたち、クリシュナの多くの妻女は、自ら聖火の中に飛び入ってサティーとなった。その他のものは、隠遁《いんとん》者となり、女僧となった。**大洋の水は溢《あふ》れて、ドワールカーを浸して、人一人も残さず流し去った。**

शाक्य

Shakya

第4篇　釈迦物語

अध्याय १
誕生

カピラヴァストゥは周囲わずか百九十里ぐらいで、いたって小さく、そしてマガダとコーサラとの二強国の間に位置しているのであった。しかし、「文武の道」がともに行われ、相応《そうおう》に富み栄えていたので、独立した美しい王国であった。

この都の君主は、建国以来、三十七世にあたるシュッドーダナ（浄飯王《じょうぼんのう》）というシャカ種族中のゴータマ族の一人であった。

王は別段、特別な人ではなかったが、容貌《ようぼう》はこの種族の特長そのままの威風堂々《いふうどうどう》たるものだった。正道を重んじ、人民を愛したので、人民もまたその徳を敬慕し、一国は「吹く風、枝も鳴らさず立つ」「波、岸を洗わず」といった平和であった。

妃は同じシャカ族スプラプダの姫マーヤーデヴィ（摩耶夫人《まやふじん》）といって、容姿美麗《ようしびれい》は言うまでもなく、威厳《いげん》も備わり、心も清い婦人であった。

王と妃とは一国の君主として宮殿に住み、山海の珍味を食し、世の贅沢《ぜいたく》、栄華は何ひとつ不足がなかったが、富と、位と、権力を譲るべき王子がただ一つ欠けていた。そこで二人は一心専念《いっしんせんねん》、神に祈り、あらゆる善行、功徳《くどく》を積んで、王子誕生を願った。

するとある夜、王妃は、

「天から一匹の白象が降りてきて、自分の右脇に歩み入った」

という夢を見た。そして目覚めてみると、体中がなんとなくさわやかで、非常な歓びが胸に宿ったように感じたので、これを王に語って、早速、占夢《せんむ》の博士に占わせた。それによると、

「将来、全インドを統一すべき王子が妊娠した前触れである」

とのことであった。

占者の予言を聞いた妃は、非常な喜びのうちにも「天意に背かないように」と、ますます心を清浄《せいじょう》に保ち、肉食を断って行いを慎み、ひたすら出産のその日を待っていた。

そして臨月《りんげつ》となったので、古来の習慣にしたがい、故郷のコーリヤで出産しようとして、王に暇《いとま》をもらってカピラヴァストゥを出発した。

カピラヴァストゥの東北にルンビニという公園があった。

マーヤーデヴィ妃の一行はここを通りかかった時、ちょうど四月で、その陽射し（我が国の七、八月のような）を避けるために、しばらく無憂樹《むゆうじゅ》（ダイバラ樹）の花の下で休んだ。

その時、妃は頭上の花に恍惚《こうこつ》としてなにげなく一本の枝を触ろうとした。すると、急に産気づいて、まもなく、姫の右脇から王子が誕生した。

そして、その生まれたばかりの王子は、そのまま地上を七歩歩んで直立し、天地を指さして、

「天上天下唯我独尊《てんじょうてんがゆいがどくそん》」

と、口にした。すると天地と自然は六種に震動したり、光を放ったり、いい香りをたちのぼらしたり、花を降らせて、これを祝福した。

अध्याय २
占い

王子誕生の吉報を受け取ったシュッドーダナ王はもちろんのこと、カピラヴァストゥの一族、一般の市民の喜びは非常なものであった。

早速、母子を城に迎え、さらに当時一流の占い師アシダ仙人を招いて、王子の前途を占わせた。そこで仙人はまじまじと王子の顔を見ていると、何を思ったか急に顔を曇《くも》らせて涙を流した。王は驚いて、

「アシダ！　この王子の前途はよくないのか？　夭逝《ようせい》の相または不凶の悪相でもあるの

か？」

と声をふるわせて訊《たず》ねた。

　アシダ仙人は王の驚きに気がついて、これを制止しながら、静かに説き出した。

「**大王！　決して心を悩まされるな。私の涙は王子に凶相《きょうそう》を認めたからではありませぬ。**

大王！　この王子は生まれながらに三十二相をそなえておられる。王子が成長して王位につく時には、『転輪王《てんりんおう》』となって全インドを統一するであろう。しかし、もし出家する時は、必ず無上正真《むじょうしょうしん》の道を進み、人間界と天上界の目となり、三界の福を生じる大地となるであろう。それなのに、私は今はもはや老い朽《く》ちて、この王子のしあわせな将来を見ることができず、またその教えにもあずかることができませぬ。このことを考えて、思いがけず不覚の涙にむせんでしまいました。大王！　願わくば、この無礼を許したまえ」

　アシダ仙人の占いによって、王子の前途が希望に満ちあふれているものだとわかった。王は喜びのあまり、「一切のことに通じるように」との意味から、シッダルダと命名して愛《め》でいつくしんだ。

अध्याय ३ 教育

喜びのうちにも悲しみがある。

王妃マーヤーデヴィ（摩耶夫人《まやふじん》）は、未来の大偉人を産み落とした後、シッダルダの華々しい将来を見ることができないで、産後、わずか一週間で眠るようにこの世を去ってしまった（けれども、その美しい霊魂は王子を生んだ功徳《くどく》で、天上界に生まれることができ、今も不断の楽しみを受けているのである）。

母を失った王子は、マーヤーデヴィの実姉で、かつ同じくシュッドーダナ（浄飯王《じょうぼんのう》）の妃となっていたハジャバダ夫人の手に委ねられた。

この夫人は、はじめ邪悪の心をもっていたが、後にはマーヤーデヴィのように心正しい婦人となっていたので、王子を自分の子のように育てることになった。

王は、王子を「理想的に育てよう」として、教育に力を入れた。シッダルタ七歳の頃、バダラニ、ビシャミッタの二人を招聘《しょうへい》して教育係とした。バダラニは主として音楽、技芸、医術、論理、哲学などを、ピシャミッタはおもに『ヴェーダ』の素読《そどく》などを教えた。

シッダルダは非常に聡明《そうめい》の性質であったから、師の教えをよく飲み込んだばかりでなく、幼少なのにも関わらず、ときどき、哲学上のむずかしい質問などをして、師の舌を巻かしたり、いろいろの武芸の試合では常に勝ちをおさめた。

十五、六歳の頃には、哲学、文学の方面では六十四種の書物に通じ、武芸の方では二十六種の技術に達するようになった。

अध्याय ४ 厭世

美しいりんごの実が、日に日に色づいていくように、シッダルダ王子の知識は、日に月に進歩していった。その結果、広いインドのうちにひもといて見るべき書物も、ついて学ぶべき師匠もなくなるまでになった。

それで今まで外界にそそがれていた彼の精神は、だんだん内部へ向かって集中するようになった。したがって、自分の運命とか、人生の帰趨《きすう》とかを、深く、深く、突きつめて考えるようになった。それを自究し、独思《どくし》するのであった。

シッダルダは思索が進むにしたがって、これまで何とも思わなかった自分や人生がわからなくなってきた。

「自分は何者であろうか？」

「泡のように生まれて、泡のように消えていく」

「どこから来て、どこへ行くのか？」

「何のために生き、何のために働くのであろうか？」

　考えれば、考えるほどわからない。けれども、世の中の多くの人はこうしたことにも平気で、ただ名誉や利益、愛欲に狂奔《きょうほん》して、底のしれない死の暗い闇が足下に口を開いているのにも気づかないのである。などと考えた結果、王子はだんだん陰鬱《いんうつ》の人となってしまった。

　王子思いの王は、それを見て非常に胸を痛め、王子をなぐさめようとしてある日、王子を野外散歩に誘った。

　その時はちょうど春の盛りで、野には若草が繁り、木々の青葉や紅の花が燃えるようで、鳥はさえずり、蝶は舞い、男女の農家も楽しそうに働いていた。王は、

「実によい景色だ。鳥や動物もこんなに心地がよさそうだ。我々も今日の一日をおもしろく遊ぼう」

　と愉快そうに、語り聞かせた。けれどもシッダルダは、父の話に耳を貸そうともしない

で、ただ目の前の農家や牛馬を見ては、

「**生活はつまるところ、苦にはじまって苦に終わる。**農家たちはただ食べるために日夜、せっせと働いている。彼らの額からは油のような汗が流れている。牛馬は農家の鞭《むち》で、皮は破れ、血はにじんでいる。農家の鍬《くわ》の下にも、牛馬の歩みの下にも、無数の小虫が生命を落としつつある。すべての生きものは、実は互いに食いあっている。さも人生は楽しいように人々は愛着しているけれども、生存は苦痛そのもの。苦痛を忘れては、人生の本当の姿は求められない」

と、考えた。

楽しみのための野外散歩も、かえって沈思《ちんし》の種となった。王は後悔しながら、急いで王宮へ帰っていった。

こうして王と王子との考えは、だんだん離れていった。

王は王子が将来、人間界と天上界の目となるよりも、三界の福を生じる大地となるよりも、さしあたりカピラヴァストゥの確かな跡継《あとつ》ぎとなってほしかった。

カピラヴァストゥは今はとりあえず独立を維持しているが、列強国にいつ併合《へいごう》されるかもしれない。とくに王は年一年と老いていく。アシダ仙人が言ったように、一日も早く全インドを統一して、カピラヴァストゥの武威《ぶい》を天下に示してほしかったのである。

一方、シッダルダはその正反対に、ともすると出家隠遁《いんとん》もしかねない状態だった。王の胸中、穏やかでないのは無理はない。そこで王は、王子の胸にある厭世《えんせい》、悲観の悪魔を追い払うには、「王子に現世の快楽を充分あたえるほかない」と考えて、国家財政の消費もいとわずに、華美をつくした『三時殿《さんじでん》』という立派な宮殿をつくった。

三時殿《さんじでん》というのは、春夏秋冬、四季折々の花鳥風月《かちょうふうげつ》をあしらった世にも贅《ぜい》をつくした住まいである。

第一の御殿は春を楽しむためのもので、大理石の柱、青磁《せいじ》の床、天井は五彩で描かれた天人図で飾られて、神々しい天女が今すぐにでも部屋に舞いくだって、絶妙の天楽を奏するかのようだった。柱は紅蓮《ぐれん》と白蓮《びゃくれん》の意匠の絹織りものでふっくらと包まれ、中央の紫檀《したん》の机には七宝の花瓶、螺鈿《らでん》の文箱《ふばこ》などが載せられていた。

その他の装飾品、娯楽品も山とおかれ、芳香《ほうこう》が常に薫り、音楽は絶えず、花は不断に降り、侍女《じじょ》はことごとく美少女ばかり。花繚乱《りょうらん》の無憂樹《むゆうじゅ》の生け垣に囲まれた庭園には百花爛漫《らんまん》なそのうちに、孔雀、オウム、カラヴィンカ（人頭鳥身）などの鳥が放たれ、泉水には鯉や金魚が泳ぎ、緑葉樹の下には白い羊が静かに憩っていた。**到底、この世のものとも思えない様子であった。**

第二は夏の御殿で、清涼を目的とした建物、第三が冬の御殿で、いずれも上下をつけられず、その季節折々に適したものであった。

この心の行き届いた宮殿で、シッダルダたちは音楽を友とし、美味を食し、美女に取り囲まれて、楽しい月日を送ることとなった。三時殿《さんじでん》の生活は、まったく物質的快楽の天国であった。

しかし内的世界に目覚めた王子の胸には、これら理想的な楽園も、さながら錦に包んだ糞土《ふんど》のようなものであった。のみならず、厭世《えんせい》的傾向はますます激しくなってくるばかりであった。

अध्याय ५ 結婚

せっかくの企てが水泡《すいほう》に帰した。けれども王の悩みはつきることがない。三時殿《さんじでん》に失敗した王は、今度は愛情の絆で、王子を現世の生活につなぎとめようとした。

ある日、王は一大演芸会を開いて、国の内外から美女を招いた。これは多く姫たちを招いての嫁選びであった。集まった姫たちはいずれ劣らぬ優者である。牡丹のような妖艶《ようえん》な者もいれば、百合の清楚《せいそ》に比する者もいる。桜のように快活な者も、月見草のように優しい者もいる。カピラヴァストゥの王宮は時ならぬ、四季の花がいっせいに咲き乱れたようであった。

集まった姫たちは順を追って、それぞれその妙技を演じた。そして一人として美しくない者はなく、またその技で人を魅了しない者はなかった。けれども、いずれも王子の目にはとまらなかった。

ついに最後の一人が立ち上がった。

この時、その白鳩《しろはと》のような優しい胸、カモシカのような臆《おく》した瞳は、まだ一芸を演じない前から、王子の心を吸い寄せた。王子の胸には軽やかな音楽が起こった。両の瞳には恋愛の情が燃えた。我を忘れて、少女のそばに寄った王子は、自分がまとっていた緑玉石《りょくぎょくせき》の首輪をはずして、

「これをあなたに与える。その日の来るまで、これを私だと思って、大切に保管してほしい」

と、言いながら、これを少女に与えた。少女は嬉しさと、恥ずかしさとに、身をふるわせながら、篤《あつ》く感謝の意を示した。

王は自分のことのように喜んで、思わず「万歳」を唱えた。

少女は名をヤショダラといって、大臣マハーナーマの姫であった。姫は王子の目にかなっ

ただけに、顔は月のように美しく、心は蓮のように清らかであった。

そして結婚の儀式も終わり、ヤショダラはシッダルダの妃となった。

二人は宮殿の中で、新婚の楽しい月日を送ることとなった。妃の甘い愛のささやき、情に燃えた眼差《まなざ》しは、さすがに若い王子の胸をそそらせた。そして、まもなく一子ラーフラを授かった。

しかし、春の泉のように、心の底からふつふつと湧いて出る、厭世《えんせい》、悲観の念は、王子自身の力でどうすることもできなかった。

今や王子の胸に火のように燃え立っている思いは、

「一日も早く無意味な生活から逃れたい」

ということであった。一時も早く家族のしがらみから逃れて、花から花へ移る胡蝶《こちょう》のように、葉から葉へ渡る朝風のように、花々しくすがすがしく、心のままに真の道を、尋ね求めたいということであった。

さきの三時殿《さんじでん》が王子の思いを堰《せ》きとめられなかったように、今度の愛情の絆も力強いことには力強よかったが、またそれだけ強く王子の思いをつのらせるのであった。

अध्याय ६
四門出遊

シッダルダは、何度も何度も出家して宗教的修行を実行しようと決心した。けれども、その許しを得ようとして、父王のもとに行くたびに、沈んだ父王の暗い顔を見ては、せっかく固めた決心がにぶって、崩れてしまった。

しかしある日ついに、彼は心を鬼にして、日ごろの願望を父にすっかり打ち明けた。王は「いよいよ最後の日が来た」と思った。これまでも、シッダルダの望みは推察していた。そのために今日まで手を替え、品を替え、気を使ってこれを防ごうとしていたのである。

けれどもそれも、もはや無駄となった。王の顔は、見る見る真っ青になった。

「ああ王子！　あなたは年老いた私を捨てて、どこに行くのか？　賢明《けんめい》なあなたは私の長年の心労の原因を知っているであろう。あなたがもし家を捨てて行ったら、このカピラヴァストゥ城はどうなるであろう？　我が一族はどうなるであろう？　あなたは出家して、広く天下に道を求め、あまねく苦悩する人を救済したいと言うが、それならば、なぜ第一にあなたの父を苦痛の淵《ふち》から救い出してくれないのか？」

という言葉とともに、熱い涙がとめどなく王の痩《や》せ衰えた頬《ほお》から流れた。

さすがのシッダルダもこの父王の悲嘆《ひたん》を見ては、続けて言い張るだけの勇気も失せて、そのままましょんぼりとして退出するほかはなかった。

王子の思いも止まらないが、王の思いも止まらない。王はいささか姑息《こそく》な手段だとも思ったが、何とかして王子の意志をひるがえしたい一念から、王子に城外出遊《しゅつゆう》をうながした。城外の広々した晴れやかな自然に接したら、あるいは「王子の頑《かたく》なな心もやわらぎはしないか」と考えたからである。

シッダルダは多くの従者《じゅうしゃ》にともなわれて、城の『東門』から車を進めた。父王はかねて市民に厳命して道路を清め、多感な王子の胸を痛めるようなものは、一切、目の触れるところへ出しておかないようにした。

それなのに、王子の車がまだ城門を出るか出ないうちに、一人の老人の姿が思いがけなく王子の目にとまった。王子はそれを一目見るなり、人間の運命のはかなさを感じずにはいられなかった。

「**老衰《ろうすい》は誰にでも待っているどうしようもならない運命である**」

「今のうちに道を求めておかなかったら、老衰《ろうすい》の身となって後、何度後悔してもどうすることもできない」

「今は遊んでいる場合でない」

と思って、王子はあわただしく城内へ引き返した。

その後、王子は再び王の勧めを辞しかねて、今度は『南門』から出遊《しゅつゆう》した。

王の命は前よりいっそう厳重であったにもかかわらず、王子は、今度は病人に出くわした。

そして、その次の時には、『西門』から出遊《しゅつゆう》し、そこで葬儀を見て、世の無常を感じた。

最後に『北門』から出ようとして、今度は出家服を身に着けた一人の修行僧に遭遇《そうぐう》した。

「あなたは何者ですか?」

と、王子は修行僧を車のそばに呼びよせて訊ねた。

「出家者であります」

修行僧の姿は、声といっしょに風のように群衆の中に消えてしまった。王子は、

「なんというとらわれのない自由の身の上であろう」

と思った。今の自分を顧《かえり》みると、修行僧の生活にひかれてしょうがない。この時、

「今日という今日こそは、すべてのことをなげうってでも、意志を貫徹《かんてつ》しよう」

と、堅い石のような決心ができあがって、不思議にもシッダルダの胸は開け、体も急に軽快に感じられるようになった。

अध्याय ७
出家

シッダルダは、出家の決心を固めた。

けれどもこれを正面から堂々と申し出たとして、とても父王から許しの出ないことは、前の経験に照らして明らかだった。そこで夜がふけるのを待って、「ひとり城中から去るのが一番だ」と考えた。

歌舞《かぶ》や女性の笑いの絶えない宮殿も、さすがに深夜だけは静寂に包まれていた。

「今こそ、その時だ」

と躍《おど》る胸を押さえて、シッダルダは立ち上がった。

が振り返ると、ヤショダラとラゴラは身に迫った別れも知らないで、すやすやと眠っている。さすがの王子も愛情にほだされた。けれども勇気を喚起して、涙とともに長い暇《いとま》を告げ、静かに隣りの部屋へ踏み出した。

隣室には百人もの乙女たちが眠っていた。が、その寝相《ねぞう》は醜《みにく》いものだった。ある者は酔いどれ、手足を投げ出して寝そべっている。ある者は菓子を口にしたまま横になっている。中には眠りながら、目を開いている者もいる。口からよだれをたれている者もいる。大小便すら漏らしている者もいる。これが昼間、艶《なま》めかしいほどの美しさを見せた美人たちの赤裸々の姿かと思うと、滑稽《こっけい》というよりも気の毒にもなってきた。

シッダルダはこの中を静かに歩んで、彼と同年でお気に入りの御者《ぎょしゃ》チャンナを呼び起こし、「白馬カンタカを厩《うまや》から引き出すように」

と、命じた。

チャンナは主人の出城の意味をさとって、いろいろ諫《いさ》め諭《さと》してみたが、王子の決心のほんのわずかも動かないのを見て、命じられるままに馬の用意をした。そして白馬にまたがった主人を護衛しながら、「衛士らの気のつかないように」と、鳴りを静めて門を抜け出した。門を出るやいなや、シッダルダたちは一気に十七マイルを駆け出して、ちょうど夜明け近くになった頃、ラマという一つの街に来た。

王子は馬首《ばしゅ》をアハミ河へ向けて、一息入れた。朝の空気がひたひたと身に染み渡る。日の出に近い一面の空には、あたかも薔薇《ばら》の水でも流したよう、河畔のそばのレモンやヤシなどの繁りは洗い出されたよう、見るからに心地よさそうに、朝風は踊っていた。

シッダルダは生まれてから、二十九年になる今日まで、まだこんなはつらつとした大自然の景色に接したことはなかった。シッダルダは父王の慈愛《じあい》のもとに、半生を美しい牢獄に幽閉《ゆうへい》されていたのと同様であった。珍味や美色は山と積まれていたが、大切な自由というものは欠けていた。

けれども、今は目の前に滔々《とうとう》と流れているアハミ河の水のように、レモンやヤシの繁りを渡る朝風のように自由となった。王子はその嬉しさに思わず声を立て、涙が頬《ほお》に流れたくらいであった。

ここでシッダルダは、アハミ河の対岸の小高い森の中に座を占めて、自ら刀をとって、惜しげもなく黒髪をそり落とした。今まで身を飾っていた着物も、玉の冠も、以後、沙門《しゃもん》となるべき身にとって無用であるから、「せめてこれを記念に」とひとまとめにして、城中に送り届けるようチャンナに命じた。そして、

「今、出家を遂《と》げたからには、苦心修行して、めでたく悟りの境地に達するまでは、断じて王城には帰らない。くれぐれもこの旨を父王およびヤショダラに伝えてくれ」

と頼んだ。これを聞いて、チャンナは非常に落胆《らくたん》した。彼はずっと以前から主人と死生をともにしようと、心に誓っていたのである。けれども王子は断固として、彼の随従《ずいじゅう》を許さなかった。

彼は仕方なく、主人の遺物を抱いてカピラヴァストゥへ引き返さねばならなかった。

不意の出来事に騒然《そうぜん》としていた王城へ、チャンナが帰ってきて、ことの次第を物語ったので、王はただちに追手《おって》を派遣して王子の後を追わせた。追手《おって》はまもなく木陰に静座黙考《せいざもっこう》

している王子を見つけて、父王の苦労を切々《せつせつ》と伝えた。

けれども、いったん意を決した王子は、これを聞き入れる様子は見えなかった。

追手《おって》は引き返して、その様子を王に言上《ごんじょう》すると、王は仕方なく、アーニヤタカウンジンニャ、バードラジット、ヴァースバ、マハーナーマ、アシヴァジットの五人を選んで、王子のもとに送った。

王子は先ほどチャンナさえ断ったほどであるから、もちろん非常に迷惑を感じたが、これも断って父王の好意にそむくとなると、「ただただ不孝の罪を重ねるばかりである」と思って、やむを得ず五人の随従《ずいじゅう》を許した。

अध्याय ८ 歴訪生活

シッダルダはしばらく静座黙考《せいざもっこう》にふけっていたが、「いたずらに自究独思《どくし》していても」と思って、各地の聖者を歴訪《れきほう》することとなった。

王子は第一にバッカバ仙人を訪ねた。

彼はアハミ河の森の中で苦行主義をしていたので、この派のある者は一日中、火のような太陽を凝視《ぎょうし》したり、ある者は自分で自分の毛髪を一本ずつぬきとっていたり、ある者は首だけ露出《ろしゅつ》して身体を土中に埋ずめたりしている。

彼らの主張は「現世の苦は、来世の楽を生じる」というので、できるだけ肉体を苦しめることに努めているのである。

今まで快楽に包まれてきた王子の目には、この惨憺《さんたん》たる光景がことのほかにめずらしく見えた。のみならず、彼らの上にみなぎっている真摯《しんし》の気分を少なからず喜んだ。けれども、

「こんな簡単な苦行そのものが、果たして解脱《げだつ》の原因となり得るだろうか?」

王子はとても心もとなく思って、バッカバ仙人に向かい、

「師は、現世の苦で来世の楽が得られると言うが、もし苦楽の間にそのような因果《いんが》の関係があるなら、来世の楽はまたそれが原因となって、来々世の苦を招くのではなかろうか？そして苦楽は永久に展転《てんてん》として、尽きることがないのではなかろうか？」

と、訊ねた。しかし、バッカバ仙人はこれに満足を与える答えを出せずにいたため、王子はバッカバ仙人のもとを離れた。

そこで王子はさらに、四方に聞こえているアーラーラ・カーラーマ、ウッダカの二人の聖者を訪ねようとして、カウンジンニャらの五人をともなって、その住処《すみか》であるメル山へ

と向かった。そしてその途中に、マガダ国の主都王舎城《おうしゃじょう》（ラージギル）を通った。

マガダ国は八百三十二マイルもの面積があって、国も富み、兵も強く、当時のインドで一、二を争うほどの強国であった。

「シッダルダ王子がこの王舎城《おうしゃじょう》を通行する」

と伝わると、市民の好奇心もひと通りではなかった。一国の王位を捨てて出家し、また自ら卑《いや》しくして、天下の学者を歴訪《れきほう》せられるということは、天下の耳目《じもく》を集めるのに充分であった。それで城民はいずれも通路に立って、この稀有《けう》の人を見ようと思った。

とくに城主ビンビサーラは、かねてからシッダルダの評判を聞いているので、その出家を惜しみ、今日の通行を幸いと考えていた。自ら車に乗ってヴィンダーへ赴《おもむ》き、ここで王子と会見して、

「貴殿の出家は、カピラヴァストゥの損失であるばかりでなく、天下の損失である。貴殿は『カピラヴァストゥが小さい』と言うなら自分の領地を半分でも、全部でも献じよう。それから自分の兵を率いて、思うままに天下を統一されてはいかがですか？　そうすれば全インドの幸福となる」

と勧めた。

けれども、シッダルダはもはや俗世界《ぞくせかい》の権勢《けんせい》には目を向けなかった。ただ王の好意に感

謝して、かたくその勧誘を辞退した。

王は権勢《けんせい》や富貴《ふうき》に興味を示さず、超然としているシッダルダの態度に感嘆して、

「**このような偉大な人物こそ、真に大道を達観《たっかん》して、三界の大導師となられるのに違いない**」

と信じ、「その日が一日も早く来れば」と願わずにはいられなくなった。そこで、

「それならば貴殿が他日、道を得られたら、必ず第一に自分を教化されよ」

と約束して、王子との再会を約束して別れた。

それから王子の一行は、王舎城《おうしゃじょう》（ラージギル）を去って目指すメル山へ赴《おもむ》き、アーラーラ・カーラーマを訪ねた。

当時、マガダ国では多くの学者がさまざまの学説を提唱していたが、そのうちでアーラーラ・カーラーマとウッダカとは学徳兼備の名師として人々の帰依《きえ》するところであった。

アーラーラ・カーラーマは王子の優雅な風采《ふうさい》と、その純粋な求道心に感動して、心のうちをひらいてその知識を語り聞かせた。

「人間の起源は心の奥底にある。その微細な奥底から意識が起こり、意識が起こるにつれて、慢心《まんしん》、我情《がじょう》などの邪念が湧いてくる。邪念のあるところに生死の苦悩がある」

「ゆえに解脱《げだつ》を欲する者は生死の原因である慢心《まんしん》、我情《がじょう》を除き、慢心《まんしん》、我情《がじょう》の原因である意識を亡ぼし、意識の起源である心の奥底（冥初）を滅却《めっきゃく》して、解脱《げだつ》の境地（ナイヴァサ

ムニャナーサムニヤヤタナム＝非想非々想所《ひそうひひそうしょ》）に入らねばならない。このほかに解脱《げだつ》の道はないのである」

けれどもシッダルダはこれだけでは、満足できなかった。そこで、

「その究極の解脱《げだつ》という境地には意識はあるのか？　もしくはないのか？　もし意識がなければ、したがって解脱《げだつ》もなかろうし、もしあるならその意識から再び慢心《まんしん》、我情《がじょう》を生じるであろう。すると解脱《げだつ》の境地も究極解脱《げだつ》でもあるまい」

と追求した。しかしアーラーラ・カーラーマはこれに十分答えることができなくて、ウッダカを紹介した。

王子はさっそくその門を叩いたが、彼の説くところも多少の違いはあるにしても、瞑想静慮《めいそうせいりょ》によって意識を亡ぼした境地を究極解脱《げだつ》と称する点は、アーラーラ・カーラーマと同一なので、ここでも王子を満足させることができなかった。

こうしてシッダルダは、訪問してしかるべき名士《めいし》は大抵訪ねつくした。けれども顧《かえり》みると、なんら得たものはない。出家する前に抱いていたわだかまりは依然として残っている。こうなって来ると、王子は従来のやりかたが求道に対して最善のものと思えなくなった。そこで、

「最後の真理は、他人について求めるべきものではない。自分の力で、自分の要求する真

理を、自分の心の底から掘り出さなくてはならない」

と考えるようになって、歴訪《れきほう》生活をやめることにした。

そして自分で解脱《げだつ》の大道を発見しようとして、ネーランジャラー河の東岸ブッダガヤの近くにある前正覚山《ぜんしょうがくさん》に登って、厳粛《げんしゅく》な苦行を行いはじめた。しかし、これはバッカバ仙人の苦行とはその意味を異にしていた。厳粛《げんしゅく》な肉的苦行をもって精神を緊縮《きんしゅく》し、そして本当の大道を考え出そうとしたのである。

シッダルダはここで六年間、非常な苦行を行った。

そのために肉体は日に月にやつれて、ついには歩行すらできないありさまとなった。そして精神までも、日増しに昏昧《こんまい》を加えてきた。そこで王子は考えた。

「肉体が衰弱すると精神も衰弱し、肉体が旺盛《おうせい》になると精神も旺盛《おうせい》になる。精神と肉体とははじめから分けて考えることのできないものである。もし肉体が死滅したら、精神は何によって考究を続けることができようか？」

「**いたずらに苦行のために肉体をいじめることは、悟りにいたる正しい道ではない。**精神的悟りに到達するには、肉体の健全をはからなくてはならない」

अध्याय ९
村女の供養

シッダルダはここで心機一転して、ついに苦行を放棄した。

けれども、この時は六か年の長い間の苦行で、ほとんど足腰が弱り、きちんと立つこともできないほどだった。ただかろうじて、その身体の垢《あか》を洗うためにネーランジャラー河で沐浴《もくよく》したが、それが終わると今は岸辺にあがることすらできなくなった。そして河岸に生いしげっていたつる草にすがって、ようやく身を岸上に運んだ。

この時、その土地の村長の娘スジャータが、しぼり立ての牛乳を持って家への帰りがけにここを通りかかった。

スジャータはまだ十五、六の可憐《かれん》な少女であったが、苦行者が疲れ切って倒れているのを見て気の毒に思い、携えてきた瓶中の牛乳を献じようとした。

シッダルダは、この少女スジャータの好意を心から喜んで受け入れた。そして、再び腹の底から元気が湧いてきた。

さきに王子の出家とともに「彼を護衛、給仕《きゅうじ》するように」と、シュッドーダナ王から遣わされたアーニヤタカウンジンニャ、バードラジット、ヴァースババ、マハーナーマ、アシヴァジットの五人はその後、影のように王子の身辺に侍《じ》していた。しかし、そのうちに王子の熱烈な求道的態度に感化されて、今はかえって主の王子と同じように出家して、苦行をする身となっていた。それなのに今、道の上の師とも、兄とも慕《した》っていた王子が、苦行をやめて沐浴《もくよく》したのみか、こともあろうに若い女から牛乳の供養《くよう》を受けたのを見て、五人は驚いて、そしてシッダルダを軽蔑《けいべつ》するようになった。

「シッダルダは堕落《だらく》した。彼はついに苦行に堪えられなくなったのであろう。私たちは昔こそ彼と主従の間柄であったが、今はともに出家の身で、主でも従者《じゅうしゃ》でもない。私たちはもうシッダルダとは言葉を交わすまい。見ることもあえてすまい。早くここを去って、どこかに新しい修行の場所を定めよう。彼と同じところにいるのは、ただただ不快を感じる。のみならず、どんな悪い感化を受けるかもしれない」

こう言って五人の従者《じゅうしゃ》は、シッダルダを見棄てて、西方のヴァーラーナシー国の鹿野苑《ろくやおん》（マルガーヴァ）へ去ってしまった。

अध्याय १०
誘惑

五人の従者《じゅうしゃ》は去ったけれども、今はシッダルダの胸には大いなる自信が芽生えていた。彼らが去ったことなどは、なんらの注意も引かない。そして彼は、

「もし悟りを得なければ、断じてこの座を起つことはしない」

と、心に誓って、菩提樹《ぼだいじゅ》のもとに座った。

この時に魔（マーラ）界の大王マヘーシュヴァラが一族幾万の悪魔を集めて、

「我々は今日まで娑婆世界《しゃばせかい》で我がもの顔に振舞ってきた。けれども、今度、シッダルダという者がまさに悟りを得ようとしている。もし彼がいったん悟りを開こうものなら、今度は正義の神が我々に代わって娑婆世界《しゃばせかい》を支配するようになるであろう」

「すると我々は今までの領土を失って滅ばなくてはならない。我々はどうしてもシッダルダの修行をさまたげて、彼が悟りを得ないよう、これを未然に防がねばならない」

と言い渡した。これを聞いた部下の悪魔らは、「自分の活動すべき時が来た」と言って大いに勇み立った。

一人の悪魔は、身をバラモンの一老僧に変じて、シッダルダの瞑想《めいそう》している菩提樹《ぼだいじゅ》のも

とにふらりと現れた。そして、

「シッダルダよ。あなたの勇猛精進な精神は敬服に値する。けれども、あなたはまだ若い。それほど精進して得る結果は、あなたが考えているようなものではない。それからあなたはまだ真に世間の真相を理解していない。世間はあなたの考えているような、そんな堅苦《かたくる》しいものではない」

「出家も、苦行も、要するに若い者の幻影である。世の中は気楽に送るべきものである。あなたは一国の王位を継ぐべき多幸の身の上である。効果のない修業をやめて故郷へ帰ったら、美人も、美味も意のままである。人生の真理は美女に抱かれ、美酒を酌《く》むところにある。早く故郷へ帰るべきである」

と嘲《あざけ》ったり、修業の中止を勧めたりした。けれどもシッダルダは、心静かに、

「バラモン！　まじめな精神は、真の道を求めずにはおられない。あなたが求道を夢幻視《むげんし》するのは、あなたの精神が不真面目だからである。真の道は不真面目な精神には現れない。自分は得ようとして求めるのでなくて、ただ求めずにはいられなくて求めるまでである」

と答えたので、老バラモンは返す言葉もなかった。

そこでさらに一人の悪魔は今度は若い修行者の姿となって、シッダルダの前に現れて言った。

「シッダルダ！　あなたはなぜそのように石のように正座しているのか？」

「自分は真の道を悟るために、三昧《さんまい》に入っているのである」

「そうか、それは感心なことである。しかしあなたは夢を追っているのである。この世に万人共通の真理とか、永久不変の道理とかいうものはない。十人十色で、人々その考えは別々である。ある人の考えた真理は、他人には不真理であるかもしれない。それに天地は悠久であるのに、人の命は短い。泡沫《ほうまつ》のような人智で、悠久な天地を測り知ろうとするのは、ミミズが大地を食いつくすのに等しい」

「賢者はずっと前から真理は人の力で得られないことを知っている。あなたが骨を削り、歯をそいで、得ようとする真理なるものの実体は、結局、人の力で得られないのである」

この悪魔の言葉に対して、シッダルダは答えた。

「修行僧！　あなたの忠告は身にしみてありがたい。が、しかしあなたの音楽は我が耳には単なる一つの理屈としか受けとれない。理屈そのものは、あまりありがたくない。自分の修行は事実であって、理屈ではない。**『自分はただこの労苦に充ちた人生から、いかにしたら解脱《げだつ》することができるか？』という実際問題を考究しているのである**」

シッダルダのこの言葉を聞いて、悪魔は取りつくしまもなく、またもや退散してしまった。

魔界の大王マヘーシュヴァラは道理でも、理屈でもシッダルダを征服することはできないと知って、今度は方法を変えることにした。

欲染《よくぜん》、逸人《いつじん》、可愛《かあい》という三人の美人を呼び寄せて、ある命令を与えた。魔王から命令を受けた魔女は、ただちに天女のような装いをして、シッダルダのもとへ舞いくだった。

そして情を含んだ目、露《つゆ》を帯びた瞳をシッダルダに向けながら、春風にふるえおののく若草のように舞ったり歌ったりした。

「本当に空蝉《うつせみ》のこの世は悲しいものだ、
若きは、老いやすく、楽しきは暮れやすし、
快楽は老いぬうちに、暮れぬ間に。
逃げた鳥は、再び籠に来ることはないだろう」

「若者よ！　快楽はあなたの有する特権だ。
花は匂えり、鳥は謳《うた》えり。
あの乙女らのほがらかな色っぽい笑いも、
露《つゆ》すずしげな美しい瞳も、
ヒナゲシのような唇も、
象牙のような真白の手足も、

ただあなたらのためにつくられたもの」
「ああ楽しきは老いぬうちに、暮れぬ間に
胸やわらかい乙女らは、
真玉のような両腕を弓のように伸ばして、
若いあなたを抱くために待っているだろう」
「ああ新酒の懐かしきことよ。
酌《く》めよ、琥珀《こはく》の美酒をなみなみと玉杯に！
飲めよ、悲しみの月が落ちて、歓楽《かんらく》の太陽が東空に輝き出るまで！
楽しきは老いぬうちに、暮れぬ間に」

三人の乙女はこのように歌いつづけながらも、舞を休めず、時にはわざとしなやかな手を投げてシッダルダの頬《ほお》を撫でてみたり、時には故意に薄い衣をはらって輝くような肉体を現してみた。そして、乙女同志の抱擁《ほうよう》や接吻《せっぷん》や、あらゆる嬌態《きょうたい》、痴態《ちたい》を演じてシッダルダの求道心をくつがえそうとした。

さらに一人の楚々《そそ》とした乙女は、シッダルダのそばににじり寄り、瞳のうちに燃えるような肉感の炎を輝かしながら、

「シッダルダ！　あなたはまったく類《たぐい》まれな美男子だこと。あなたの若さと美しさに思い

を寄せないと乙女は一人もいない。そんなまじめくさった観念で時間をつぶすより、まず私としばしの間、歓楽《かんらく》に酔いしれましょうよ」

と言いながら、シッダルダに抱きつこうとした。その瞬間、シッダルダは、

「悪魔よ！　去れ」

と言うと、たちまち魔王マヘーシュヴァラは自身の姿を現じ、自分が総大将となって、部下の三軍を率い、堂々と押し寄せてきた。

百雷はとどろき、暴風が荒れ、この世は今にも破滅しそうなありさまとなった。けれど三昧《さんまい》に入ったシッダルダは静かなままで、外界の騒ぎを少しも知らないようであった。

ここにおいて魔軍は手にした一切の武器を、シッダルダの頭上から雨のように投げかけた。その時、彼の身辺から大光明がさしたかと思うと、毒槍利剣《どくやりりけん》はことごとくそのまま黄白紫紅の花びらとなって、天花のように乱れ散った。のみならず、この大光明を見て、悪魔の軍勢はちょうど疾風《しっぷう》に巻き込まれた枯れ葉のように、あわてふためいて地下の暗黒世界へ逃げ帰っていった。

अध्याय ११
悟り

悪魔の退散とともに、天地は思い忘れたように晴れ渡った。

そしてシッダルダの胸中もまた晴れ渡った。心の中のあらゆる塵も、汚れも、みんな綺麗に拭《ぬぐ》い去られて、心も体もまた世界までも一様に水晶体《すいしょう》のように透き通っていた。

それはちょうど二月八日の未明《みめい》のことであった。

明けに近づくにしたがって、空がほんのりと明るみを帯びてきて、ガンジス河の真砂《まさご》のように輝いていた星がだんだん減っていく。冷たい朝風が、身にしみてくる。

この時、シッダルダは覚えず観念の目を開いて、東の空を眺めた。

東天は薔薇《ばら》色となって明けの明星《みょうじょう》が輝いていた。そして、シッダルダの瞳と明けの明星《みょうじょう》とがぴったり合わさった時、一筋の霊気が稲妻のようにシッダルダの心に感じ、彼の小生命はそのまま宇宙の大生命、大光明の中に入っていった。

自己と宇宙を隔《へだ》てていた遠い昔からの障壁《しょうへき》が、幕を引くように除かれた。

「自己即宇宙、宇宙即自己」となった。

シッダルダは驚異の目を上げて、周囲の世界を見ると、今まで苦空《くくう》、無常無我の悩みの種、生老病死の憂《うれ》いの原因であったものが、今はそのまま自由で清らかな浄土、生存そのものが涅槃《ねはん》の境地へと変わった。草の上にも、花の上にも光があり、風は歓びの声を挙げ、水は永久の生命をささやいていた。

カピラヴァストゥ城の王子シッダルダは、ついに悟りを開いてブッダ（ブッダ＝覚者＝真理を悟りきわめた者）となったのである。この時、彼の頬《ほお》にはいまだかつて見られなかった微笑《びしょう》が現れて、

「**不思議なことだ、不思議なことだ、生命あるすべてのものは、ことごとく仏性を備えている**」（華厳経）

と叫んだ。

そして、しばらくの間は菩提樹《ぼだいじゅ》の下に座って、ひとり静かに悟りの境地を味わっていた。

そして、

「この味わえば、味わうほど、心霊の奥から、宇宙の底から、こんこんと沸いてくるすぐれた理法《りほう》を、どうして他の人たちに味わすことができるだろうか？」

「すべての人たちはことごとくこの仏性をもっていながら、それを味わい、この理法《りほう》を知っている者は、今、この広い世界に自分ひとりである。それで自分はこれを恐れることなく説いてまわるべきであるが、そうすると人たちはかえってそれを普通と違っているとし、

狂っているとして、一人も耳を傾ける者がないであろう」

「それならば、この理法《りほう》を抱いたまま、静かに絶対寂静《じゃくじょう》の涅槃《ねはん》（死）に赴《おもむ》いたほうがいい」

と、考えた。

けれどもブッダはまたあらゆる人たちが、この尊い理法《りほう》を知らないで、いたずらに翻弄《ほんろう》され、老と、病と、死との三苦に責めさいなまれているのを思いやった。

「三界は私の有するものである。そこに生きる人たちはことごとく私の子と同じである」

「どうして、このままにほおっておくことができよう」

「今このところ、悩みや苦しみが多い。ただ私一人が、これを救護することができる。その任務を果たさなくてはならない」（法華経）

とブッダは大慈悲心を起こして、菩提樹《ぼだいじゅ》下の座を立った。

अध्याय १२
五比丘の帰仏

ここでブッダはまず第一に「誰を救おうか?」と考えた。そして、

「よしこれからあのアーラーラ・カーラーマ、ウッダカの二聖者のところへ行って、彼らの考えの間違っていることを説き聞かし、新たに得た自分の真理を彼らに伝えてやろう」

こう思って、ブッダは彼らの住んでいるメル山指して進んでいった。けれども途中で、「彼らはもうこの世の人でない」ということを聞いた。

そこで道を変えて北の方、ヴァーラーナシー国の鹿野苑《ろくやおん》に赴《おもむ》いた。ここにはさきにブッダを「シッダルダは堕落《だらく》した」と嘲《あざけ》り、見棄てていったカウンジンニャら五人が今も苦行を続けているのである。

五人のうちの一人はすばやくブッダの姿を認めて、

「向こうから歩いて来るのは、さきに堕落《だらく》したシッダルダではないか？」

と、友の一人にささやいた。

「今頃、何のために私たちのところへやってきたのか？」

「おそらく私たちの修行をさまたげに来たのであろう」

「悪魔だ、悪魔だ。私たちはシッダルダに対して一言も言葉を交わすまい」

彼らはお互いにこんなことをささやき合っていた。

しかし、今のシッダルダは昔のシッダルダではない。内にある理法《りほう》から自然と表に現われる徳で、気高く光輝いているのである。

五人は驚異の目で、ブッダを見た。

時に彼らの頭は自ずから、この偉大な成道者《じょうどうしゃ》の前に下げられた。そしてさきの悪口をまったく忘れたかのように、ある者は立ってブッダの足を洗い、ある者は衣の塵《ちり》を払い、ある者はブッダを座に招いたりした。

そこでブッダは五人に対して、こと細やかに、この世のありさまを観ずるとまったく苦であること、その原因と、これを断滅する道と、およびその断滅して入った証悟《しょうご》（滅）などを、「四諦十二因縁《したいじゅうにいんねん》（無明、行、識、名色、六所、触、受、愛、取、有、生、老死）」として説き聞かせた。

すると五人ははじめて悪夢から覚めたように、多年の邪見《じゃけん》を悔い改めて、ブッダ最初の弟子となった。

ブッダはここにとどまること約三か月、そしてその間に五人をはじめ、土地の富豪の子ヤサとその家族とを教化し、その後、あわせて五十六人の帰依者《きえ》を得た。

こうして、ここにブッダを中心とした一教団ができ上がった。

अध्याय ९३
説法

ブッダはさきのビンビサーラ王との約束を果たし、あわせて大いにその城民を教化しようと思って、この小教国を出発してマガダ国の王舎城《おうしゃじょう》（ラージギル）へ向かった。

その途中で、ブッダは火の神を信仰するバラモンの教主として、遠近に名の聞こえていた三迦葉《さんかしょう》（カッサパ）という三人の兄弟を教化しようとして、はじめに長兄のウルヴェーラ・カッサパを訪ねた。

ブッダの行き届いた説法を傾聴《けいちょう》したウルヴェーラ・カッサパは、ただちに感じ、今までの信仰を棄てて、五百名の門弟《もんてい》とともに喜び勇んでブッダの弟子となった。これを聞いた次兄のナディー・カッサパ、末弟のガヤー・カッサパも、三百あるいは二百の弟子とともに同じくブッダの弟子となった。

このような具合で、ブッダは一挙に千二百余名の弟子を得たので、この人々に囲まれて、堂々と王舎城《おうしゃじょう》（ラージギル）へ乗り込んだ。

王舎城《おうしゃじょう》ではビンビサーラ王をはじめ、幾万の城民がこぞってこのブッダの到来を歓迎した。そして学徳兼備《がくとくけんび》のウルヴェーラ・カッサパがブッダの一行にいるのを見て、

「ウルヴェーラ・カッサパが、ブッダの弟子となったのであろうか？　それともブッダが、ウルヴェーラ・カッサパの弟子となったのであろうか？」

といぶかるものもあった。

これを見たブッダは、ウルヴェーラ・カッサパに、大衆に対して信仰の告白を勧めた。ブッダの命によって、ウルヴェーラ・カッサパは小高い丘の上に登って、幾十万の群衆に向かって、ブッダの智徳を讃美《さんび》した。旧信仰を棄てて、ブッダから教えられた新信仰に入り、「どれほどの安らぎと歓喜が得られたか」を逐一《ちくいち》、物語った。この演説で群衆の疑いは、一気に晴れて、ブッダに対する尊敬の念はいよいよ深くなった。

そこでブッダは、

「一切のものは、本来、我（アートマン）もなく我所《がしょ》もない。それに普通の人は、間違った考えを起こして、実我や実法があるものと執着《しゅうちゃく》している」（阿含経）

「もし、このまちがった考えさえ断ずることができれば、解脱《げだつ》することができる。およそ一切の善業でも、悪業でも、要するに、根《こん》、塵《じん》、識《しき》の三事から生じ、これによっていろいろの果報《かほう》を受け、そして生死に流転《るてん》するのである。この間に、我とすべきものは、何物もないのである」（阿含経）

「一切のものは無常である。めぐりめぐって止まない。ちょうどこの世のようなものである。

一切のものは縁《えん》にしたがって生滅《しょうめつ》する。一切のものは生まれつき空《くう》であって、主というものはない」（阿含経）

という意味のことをくわしく説いた。

この時、ビンビサーラ王をはじめ、群衆は非常に感動した。とくにカランダカという富豪が歓喜のあまりに、今まで居住を許していたバラモンを追い払って、竹林（ヴィヌヴァナム）という静寂な土地をブッダに献納《けんのう》した。王もまたそこに壮麗な伽藍《がらん》を建て、ブッダに寄進した。

ブッダはこれを『竹林精舎《ちくりんしょうじゃ》』と名づけて、千余名の弟子たちといっしょにここに居住して、もっぱら伝道と修養に努めた。

それからブッダはここを去って、今度は王舎城《おうしゃじょう》（ラージギル）にほど近い霊鷲山《りょうじゅせん》に移り住んだ。その時、ビンビサーラ王はブッダおよび弟子たちの往復を便利にするために、山麓から山上の精舎にいたるまでの十余町の道に幅四間あまりの石段をつくらせた。そのおもかげは、今もまだ忍ぶことができるのである。

ブッダはここで伝道生活のもっとも長い年月を過ごした。『妙法蓮華経《みょうほうれんげきょう》』『仁王経《にんのうきょう》』『般若経《はんにゃきょう》』『無量寿経《むりょうじゅきょう》』『観無量寿経《かんむりょうじゅきょう》』など、ブッダの教説中、もっとも有名なものは大抵ここで説かれた。

अध्याय ९४　舞姫の帰仏

王舎城《おうしゃじょう》（ラージギル）には艶麗花のような一人の舞姫が住んでいた。

彼女は生来の美しさと若さで花に舞う胡蝶《こちょう》のように、世の歓楽《かんらく》という歓楽《かんらく》はことごとく味わいつくした。しかし、その心の底から湧き出ずる寂寥《せきりょう》に堪え兼ねて、ある日、霊鷲山《りょうじゅせん》上のブッダに会って出家しようという心を起こした。

真夏の日盛り、彼女はひとり王舎城《おうしゃじょう》を後にして、霊鷲山《りょうじゅせん》の石段に差しかかった。しかし、石段に直射する火のような日光と険しい山道は、まもなくかよわい彼女を非常に疲労させた。

彼女は道ばたの木陰に腰を下ろして休息した。

そばには緑をひたした静かな泉があった。喉《のど》の渇いた彼女は、早速、白魚のような手を冷たい泉に入れて、これを救おうとした。その時、何となく泉の水面を眺めると、華やかな自分の姿が映っていた。彼女はそれに見惚《みほ》れていたが、

「まあ、このような美しさだとは今日まで気がつかなかった。**全インド広しと言えども、おそらくこんなに整った顔の美人はまたとないことでしょう。**生まれつき醜《みにく》い人や、病ん

で世の歓楽《かんらく》を失った人、または老いて世の幸福に望みのない人たちこそ、ブッダのもとへ赴《おもむ》くべきです。私のように年も若く、顔も麗しいものが、どうしてこの黒髪を切り、その柔い肌に荒い出家の衣をまとわなくてはならないのでしょう？」

と、思って舞姫は急に出家の志を翻《ひるがえ》して、再び王舎城《おうしゃじょう》の方、歓楽《かんらく》の巷《ちまた》へつま先を転じた。

この時、ブッダは山上で瞑想《めいそう》していたが、観念の力によって早くも舞姫の変心を見てとった。

早速、彼女より幾百千倍、美しい舞姫の姿に変じて、山の麓から上りはじめた。そこで山を下りていく舞姫と、山を上っていく舞姫とが、道の中頃でばったり出会った。山を降りていく舞姫は、山を上っていく舞姫に、

「いずれの姫かは存じませんが、どうしてこんな熱い夏の日に、ひとり山上に向かおうとするのですか？」

と尋ねると、山に上っていく姫が答えた。

「世の栄耀栄華《えいようえいが》は失いやすく、声色はまた移ろいやすいと気がつきましたので」

ここに二人はしばらく座って語りあった。そのうち山に上っていく姫が「疲れたから」と言って、草の上で横になろうとした。すると山を下りていく姫は自分の膝を枕に提供した。

横になった姫は花蕊《かずい》のような長いまつげを閉じて、すやすやとうたた寝の眠りに落ちた。先に出家を思いとどまった姫は、その寝顔に見惚《みほ》れておったが、ついに熱い涙を両目にたたえて、

「自分にまさった美人が、この世にいるとは今まで思ってもみなかった。けれども今、自分の膝の上に眠っている姫は、自分よりは遙かに美しい。こんな美しい姫ですら、浮き世を棄てて出家しようというのに、うぬぼれて出家を思いとどまった自分は愚かで、また恥ずかしい」

彼女はこう思って、なお熱心に姫の寝顔の美しさに見惚《みほ》れていると、黒雲が天をおおって、楽園の花が一時にしおれていくように、今まで天女のように晴れやかであった姫の寝顔に、急に苦悩の影が動いてきた。

「どうなさったの？」

と声をかけても、叫んでも、はげしい熱のために、姫は全身を震わせて口さえきけなくなった。

医者を招こうにも、薬を求めようにも、自分一人では山中でどうすることもできず、思い迷っているうちに、姫の容態はますます悪くなった。そればかりか瞬く間に豊かにたたえた両の頬《ほお》は痩《や》せおとろえ、曙の空をあざむいた朱の唇は暗紫色《あんししょく》になった。

やがて生命の灯火が引き潮のように去ってしまうと、姫の死骸《しがい》からは死の悪臭がただよい、蛆《うじ》がうごめきはじめた。

そこで一旦を出家を思いとどまった舞姫は、あまりのことに気も心も動転して、今は前後を考える余裕もなくひた走りに山を上って、ブッダの前に身を投げ出して、

「ブッダ！　この苦悩をお救いください」

と請《こ》い願った。

अध्याय ४५ 父子の再会

王舎城《おうしゃじょう》（ラージギル）でブッダが華々しい活動をしているという噂は、遠く故郷のカピラヴァストゥ城にまで達していた。

父シュッドーダナは、

「久しく会っていない我が子の顔を見よう」

と思い、使いを送ってブッダの帰国を促《うなが》した。そこでブッダは快くその願いを受け入れ

て、千名あまりの弟子たちとともに父王訪問の途《と》についた。

父王はブッダを迎えるために、一族とともに堂々とした人々の列をつくって、城の南門でブッダ一行を待ち受けた。城民はまたブッダ一行を見ようとして、四方から雲のように集まった。

王をはじめ城民たちは、「大導師ブッダの行列は、どんな荘厳《そうごん》なものであろうか？」と胸を躍らせ待っていた。それなのにそこに到着したブッダの格好は、一衣一鉢《いちえいっぱち》で少しも普通の托鉢沙門《たくはつしゃもん》と異なるところがなかった。諸司百官は驚愕《きょうがく》し、父王はあきれ、ついには顔色を変えて怒った。

「ブッダ！　どうしてあなたはそんな卑賤《ひせん》なたたずまいを真似して、衆人の中で老いた父を辱《はずかし》めようとするのか？」

ブッダは答えた。

「父王、どうか怒ることをおやめください。この姿は、我が祖先からの法に則《のっと》ったものです」

「何だと？　汝の祖先は代々、シャカ族の長者であって、まだこれまでにブッダのように裸足で土を踏んだ者がいたとは聞いたことがない」

「**父王！　我が真の祖先はシャカ族ではありません。真の祖先は過去の七仏であります。**真の祖先の七仏は、このようにして成道《じょうどう》し、またこのようにして托鉢《たくはつ》したのです」

父王はもっと言葉を続けて追及しようとしたが、落ち着いて冒《おか》すことのできないブッダの風貌《ふうぼう》に接しているうちに、自然と憤怒《ふんぬ》の情も解けていった。

そこで、ブッダとその一行はその夜はニヤグローダ樹林に宿をとった。

翌朝、ブッダは弟子たちとともに道々を托鉢《たくはつ》しながら、ついにカピラヴァストゥ城へ乗り込んだ。王をはじめ、諸司百官はいずれもひどく喜んで、ブッダを迎えてこれを拝したが、ただひとりヤショダラ姫のみは、自分の部屋に閉じこもって歓迎の席へ顔を出さなかった。

ヤショダラ姫はシッダルダ出城の後、静かにもの思いにふけって宴席に臨まず、身には粗衣《そい》を着け、口には粗味《そみ》を取るようになった。夫の行業にならい、夢にも現にも忘れることなしに、遥かに夫の辛苦《しんく》を偲《しの》んでいたのである。

そのため今、帰ってきたブッダが昔のままのシッダルダであるなら、ただちに彼の膝に走って泣き伏し、そして七年の孤独の怨《うら》みを訴えたであろう。けれども彼は、昔の彼ではない。七年という長い間の年月は、夫婦の間にこえることのできない溝をつくってしまったのであった。

あれといい、これといい、ヤショダラ姫の胸中の悶々《もんもん》とした情は、快よくブッダを迎えることをできなくして、ひとり自分の部屋に隠れて、無限の感傷《かんしょう》にむせばせていたのである。

ブッダはヤショダラの胸中を憐れみ、みずから進んでその部屋に彼女を訪れた。姫は一言も言うことができず、ただ身を震わせて泣くばかりであった。そこでブッダは静かに姫の肩に手をおいて、

「私たちは、これから真理にしたがった生活を送らなくてはならない。愛執《あいしゅう》はどんなに美しく見えても、つまりは苦悩の種である。**棄てなくてならないのは愛執《あいしゅう》で、取らなくてならないのは真理にしたがった生活である**」

と語ったり、慰《なぐさ》めたりした。

その日、ブッダは王や姫をはじめ殿中の人々に対して、いくつかの説法をした後、一族の人たちが無理にも引きとめようとするのを振り切って、再び城外のさびしいニヤグローダ樹林に引き上げた。

「在家では煩悩《ぼんのう》にしばられる」というので、ブッダは出家、成道《じょうどう》以来、決して在家に宿をとらないことを決めていた。たとえ自分の生家であり、王家であろうとも、自分はもちろん多くの弟子たちにもここに身を寄せることをかたく断ったのである。

अध्याय १६ シャカ族の帰仏

ブッダ帰城の第二日目に、父王シュッドーダナはブッダの里帰りにあわせて、ブッダの異母弟でカピラヴァストゥ城の王統を継ぐナンダの相続と、その妃の披露《ひろう》を行った。

そこで文武の百官がそれぞれ礼儀正しく宮中に仕えているなかで、今年十六歳のナンダは金冠紫衣《きんかんしい》の装いで、愛妃のかぼそい手をとりながら、満場の祝意を受け入れていた。

そのにぎわいのなかへ、ブッダは多くの弟子とともに、いつものように落ち着いたたたずまいでやって来た。

そして、その祝賀の席上で、ブッダは一族の者の願いを受けて、一場《いちじょう》の演説を試みた。が、その演説は普通の祝辞《しゅくじ》とはまったく趣きを異にしたものだった。

「人生の真の幸福は王位でもなければ、金殿でもなく、むしろこのようなとらわれからのがれて寂滅無為《じゃくめつむい》の境地にいたることが、真に祝すべき、また賀《が》すべきことである」

という風に述べたのである。

それからブッダは供養《くよう》を受けようとするときに、手にしていた鉢《はち》（食器）をナンダに渡した。ナンダはその鉢《はち》に食べものを満たして、ただちに帰ってきたが、もうその時にはブッダは多くの弟子とともにニヤグローダ樹林へ引き上げていた。

鉢《はち》を受けとった者は、自分の手でそれを供養《くよう》者へ返さなくてはならないのが供養《くよう》の方法であるため、ナンダはやむを得ずブッダを追ってニヤグローダ樹林に行った。この時、待ちうけていたブッダは、とうとうナンダを説き諭《さと》して、出家させてしまった。

それから第七日目にヤショダラ姫は、シュッドーダナの孫でブッダの一子のラーフラに美しい着物を着せ、

「父親であるブッダから遺産を頂くように」

と教えた。ラーフラはこれを聞いて、ただちにブッダのもとにいたり、衣にすがってその遺産を求めた。ブッダはそれを聞かないふりしてだまって沈思《ちんし》していたが、やがて弟子たちとともにニヤグローダ樹林に帰った。

そこでラーフラは、

「何かもらえるのだろう」

と思ってブッダの跡を追って同じくニヤグローダ樹林へ赴《おもむ》いた。そこでブッダは彼に向かい、

「**お前が求めている遺産というのは一体どんなものであるか？**　もし世間のいわゆる財宝のようなものであるなら、それはいたって消え散りやすく、しかも苦悩の原因となるばか

りである」

「私にあるものはただ真理ばかりである。真理はどんなにもちいても、消滅する憂《うれ》いがなく、またこれによって生死の苦海《くかい》を渡って常楽《じょうらく》の彼岸《ひがん》に達することができる。私は愛するお前に、苦悩のもととなる財宝を与えるのを好まない。ただ寂滅無為《じゃくめつむい》の真理のみを譲り渡そうと思う」

と言って、そのままラーフラを出家としてしまった。

それから父王のもとから離れて王舎城《おうしゃじょう》へ赴《おもむ》くために阿菟林へ差しかかると、カピラヴァストゥ城から多くのシャカ族の人々がいずれも誘いあってやってきて、ブッダ寂滅《じゃくめつ》の夕べまでそばを少しも離れなかったアーナンダや、一切を自在に見通す力では第一であるとされたアヌルッダや、持戒《じかい》第一の名を取ったウパーリ、それからヤショダラ姫の実兄で後にブッダに反抗したデーヴァダッタらがいずれも出家した。

そのうちでウパーリはシャカ族の出ではなく、ただシャカ族の一人に仕えていた剃髪師《ていはつし》で低い身分の者で、弟子たちのなかには彼と同席するのを不快に思う者もあった。これらの弟子たちに対してブッダは、

「四姓の区別は、俗世間のことである。百川も大海に入る時は、同一の塩味となるように、ひとたび仏門に入ると、その間に尊卑《そんぴ》の区別はないのである」

と説き示し、ウパーリとほかの出家との間に、座席の順序で少しも上下を決めなかった。

अध्याय २७
訓戒

カピラヴァストゥから王舎城《おうしゃじょう》の竹林精舎《ちくりんしょうじゃ》に引き返したブッダは、ここで成道《じょうどう》二年目の雨期を過ごした。

夏期三か月に渡って降り続く雨と、道路に横たわる虫を知らず知らず踏み殺すことを避けるために、**この雨期の三か月間を『雨安吾《うあんご》』と定めて、もっぱら一か所に定住して静座《せいざ》修養することを自他ともに努めたのである。**

この頃、ブッダは弟子たちに、

「人は自らの意を征服することできず、かえって他人の意を征服しようとする。よく自らの意を抑えれば、他人の意も抑えることができるだろう」（『三慧経《さんえきょう》』）

「もし怒りを殺せば、安穏《あんのん》に眠ることを得られる。怒りを殺せば、人に歓喜を得させられる。怒りは毒のもと。これを殺すものは、私も感心する。その怒りを殺してしまえば、長夜に憂《うれ》いもなくなるだろう」（『雑阿含経《ぞうあごんきょう》』）
「菩薩は本筋以外のことを悟らず、ただ自分の心を悟る。何ゆえだろうか。自分の心を悟る者は一切衆生の心を悟るためである。もし自身清浄《せいじょう》ならば、一切衆生の心も清浄《せいじょう》である。自心の体性はすなわち一切衆生の心の体性である。自心の煩悩《ぼんのう》を離れれば、一切衆生も煩悩《ぼんのう》を離れる。自心の貪を離れれば、一切衆生も貪を離れる。自心の瞋（煩悩《ぼんのう》）を離れれば、一切衆生も瞋（煩悩《ぼんのう》）を離れる。自心の痴を離れれば、一切衆生も痴を離れる。このようなものを一切知覚者《ちかくしゃ》と名づける」（『大荘厳法門経《だいしょうごんほうもんきょう》』）
「衆の離壊《りかい》するのを見ては、よく和合させること。人の善事をあげ、他の罪を隠すこと。人の恥を知るところは、指摘してはならない。人の秘事を聞いては、私に向かって説かないように。世間の事について悪く言ってはならない。少恩を加えるものがあれば、大いに報いること。自分が怨《うら》まないものには、つねに善心で接すること。親しくするのが苦しいのなら、なおさら怨《うら》む者を救うこと。罵《ののし》る者を見れば、かえって憐れむ心を起こしなさい。来て打つ者を見れば、悲しい心を起こすこと。もろもろの人々に接する時は、父母のように接すること」（『優婆塞戒経《うばそくかいきょう》』）
「四河は海に入ると河の名はない。四姓沙門《しゃもん》となって、皆シャカ族と称する」（『増一阿含経《ぞういつあごんきょう》』）
「あなたがたは身を正し、意を正しくし、結跏趺座《けっかふざ》して他の想いなく、もっぱら法を念じること。正法はもろもろの欲望を除き、渇愛《かつあい》の心も長く起こらなくなる。欲を無欲にし、もろもろの煩悩《ぼんのう》と病を離れさせるだろう。そうすれば自ら法を念じ、また人に念じさせなさい」（『増一阿含経《ぞういつあごんきょう》』）

「慈《いつく》しみの心は、すべてが安楽になるきっかけ」（『優婆塞戒経《うばそくかいきょう》』）

「あるところに古い小屋があった。『この小屋には常に悪鬼がいる』と人々は噂し、皆恐れて誰もここに近寄らなかった。ある時、一人の男が、『自分は勇敢だから、この小屋に入ってみよう』と言った。そして入っていって、そこで泊まることにした。後からもう一人の男がやってきた。『自分の勇気は先の人よりも勝る』と思っていた。その時、そばにいる人から、『この小屋には、悪鬼がいる』と聞いたので、門を押しのけ、すすんで中に入っていった。すると先に入った者は、後から来た者を鬼だと思って、二人は闘い、ついに夜明けになった。そのとき、お互いを見て、それぞれが鬼でないことを知った。世のすべての人もまたこのようなものである。因縁が重なりあって本当の私というものはない。それなのに、もろもろの人々は、自分が思うように判断して、そのために争いごとが生じる」

（『百喩経《ひゃくゆきょう》』）

などの説法を行った。

अध्याय १८
祇園精舎

コーサラの首都舎衛城《しゃえいじょう》（シュラーヴァスティー）にシュダッタ長者という一人の富豪がいた。

ある時、王舎城《おうしゃじょう》（ラージギル）に来て、親戚の護彌長者という富豪の家に泊まっていた時、はじめてブッダを拝して大いにその徳に感動した。そして、シュダッタ長者はブッダに対して舎衛城《しゃえいじょう》にも来て人々を教化することを願った。

ブッダはこころよくその願いを受け入れたので、シュダッタ長者は喜び勇んで故郷に帰り、まずブッダの居住する一大精舎の建立を思い立った。

城の南一マイルほどのところに、森に囲まれた静寂なヤタアナータビンダダスヤラーマという土地があった。が、そこは舎衛城《しゃえいじょう》主ラージャー・プラセナジットの王子ジェータの所有であったので、シュダッタ長者はつぶさに事情を述べて、ジェータに土地の譲り渡しを頼んだ。

ジェータ王子は自分の所有地をたとえ長者とはいえ、町人の手に渡すのを惜しみ、

「その土地に敷き詰めるだけの黄金と引き替えに、その土地を譲り渡そう」

と、言った。

今はもう崇仏のほかの考えがないシュダッタ長者は、ジェータの言葉を真に受けて、ただちに自分の家の宝庫の扉を開いた。そして、あらゆる財宝を大象にひかせて、その土地にせっせと黄金を敷きはじめた。

この様子を目の当たりにしたジェータは、シュダッタ長者の誠実さに感じいって、さきの言葉を取り消し、相当の価格で土地を売り払うことを許した。そればかりか、進んで「その森林の寄付者となろう」と申し出た。

シュダッタ長者は非常に喜び、日夜、工師を励ませてついに精舎を完成させた。そして、これを『祇園精舎《ぎおんしょうじゃ》（シュラーバスティー）』と名づけた。

ブッダは王舎城《おうしゃじょう》で雨期を過ごした後で、この祇園精舎《ぎおんしょうじゃ》に滞在した。

以後、四十余年間の伝道生活中、ブッダは主としてこの祇園精舎《ぎおんしょうじゃ》と竹林精舎《ちくりんしょうじゃ》、ならびに霊鷲山《りょうじゅせん》の間を往復したのであった。

अध्याय ९९ 異教者の迫害

ブッダの徳と名声は、日に日に聞こえるようになっていた。

そのためバラモン教徒たちのブッダに対する嫉妬《しっと》の念はますます激しくなってきた。そして彼らは自分たちの修行はそっちのけにして、まったく毒蛇のようにブッダの背後に付きまとって、ブッダを中傷し、誹謗《ひぼう》することにつとめていた。

ある日、彼らは一人の淫女を惨殺《ざんさつ》して、これを祇園精舎《ぎおんしょうじゃ》の境内に人知れず埋め、あたかもブッダがそれをしたように役人へ密告した。役人は早速、警吏《けいり》を派遣して現場を取り調べたところ、地下から惨殺《ざんさつ》された淫女の屍体《したい》が現れた。

その時、バラモンたちは待っていたかのように声を張り上げて、

「見よ！　ブッダは口では立派なことを言うけれども、情欲を制止することができないで、いつのまにかこの女を汚し、しかも他人にバレないように、これを殺してここへ埋めたのに違いない。これで戒律を守るなどとは片腹痛いことだ」

と絶叫した。

しかし彼らの悪だくみはすぐに警吏《けいり》に見破られて、人を罪に陥れようとしたバラモンた

ちは、かえって自ら重い罪過《ざいか》に身を落としてしまった。

またある日、チンチというバラモンの娘が、おなかに大きな木の杯《はい》を抱いて、ちょうど妊婦のように見せかけてやってきた。祇園精舎《ぎおんしょうじゃ》の講堂で、今からブッダが大衆に説法しようとするときに、

「みなさん、聞いてください。ブッダはみなさんの知らない間に私をもてあそんで、これこのように私の腹を大きくしてしまわれた。ブッダ！　この始末はどうつけてくださいますか？」

と呼びかけた。そこで大衆の中にはこれを疑う者やら、怪しむ者やらで、堂内が騒々《そうぞう》しくなってきた。「しめた」と思ったチンチは大得意になり、太鼓のようにふくれた腹を一々大衆に見せてまわった。

するとどうしたはずみか首に掛けていた吊り紐《ひも》が切れて、大きな音といっしょに木の杯《はい》が床の上に落ちた。

「ああ、女が杯《はい》を生み落とした」

と、さすがに厳粛《げんしゅく》な堂内にも、笑い声が起こった。

अध्याय १० シュッドーダナ王の死

ブッダが成道《じょうどう》してから五年目に、ブッダは伝道の目的で祇園精舎《ぎおんしょうじゃ》からヴァイシャリーへ赴《おもむ》いた。

その時、故郷のカピラヴァストゥから、シュッドーダナ王の危篤《きとく》が報じられてきた。そこでブッダは、ナンダ、ラーフラを連れて、すぐさま父王の見舞いへ向かった。

親族縁者に取り囲まれながら、苦しい息をついていた王は、枕元に臨んだブッダ、ナンダ、ラーフラらの神々しい姿を一目見ると、万感《ばんかん》胸にこもって、ただ一言、

「よく来てくれた」

と言って、むせび入った。

ブッダはこの瀕死《ひんし》の父王の額に手をおいて、

「父王！　何も心配なさるな。一生の間、善心で民に接した功徳《くどく》は、父王の未来を救うことでしょう」

と慰《なぐさ》めた。

こうしてシュッドーダナ王は七十九歳で、安らかにこの世を去った。

それから葬送の際、ブッダはナンダやラーフラとともに親しく王の棺桶《かんおけ》を担いで、父への真心をつくした。そして炎々《えんえん》たる猛火がまさに父王の棺桶《かんおけ》を包もうとする時、顔をおおって号泣する一族の人々に対して、ブッダは、

「もろもろの人々！　一切のものは無常です。あらゆるものは夢のごとく幻のごとくで、あると思ううちにたちまち消え失せてしまう。万物が生じ、とどまり、変わり、消滅することは世の真理なのです。それゆえ早くこの道理を悟って、悲しみや憂《うれ》いのない道に身をおくべきです」

と説き聞せた。

シュッドーダナ王の死に加えて、この説法はシャカ族の人々に多大の感動を与えた。

そこでブッダの継母パジャーパティおよびヤショダラをはじめ多くの貴女が、頭を剃って仏門に入ろうとした。

ブッダは女人の出家を好まなかったが、アーナンダがその間に立って色々と斡旋《あっせん》したので、やむなくその求めを受け入れて、ここにはじめて女性の彼女たちに比丘尼となることを許した。

अध्याय २९ 王舎城の悲劇

成道《じょうどう》後、三十七年経て、ブッダが七十三歳になった時のこと。

野心に富んだデーヴァダッタは、多くの弟子と同じように肩を並べているのが気にいらなくて、自分一人が「とくに偉人である」と思われようとの虚栄心《きょえいしん》から、ことに難しい戒法《かいほう》をつくり出した。そして、これで大衆をおさめ、自分の地位を高めようと企てた。

けれどもブッダは、

「シャーリプトラやマウドガリヤーヤナのような高弟にさえ、大衆統理《とうり》の役目をゆるさないのに、お前のようなおろか者にどうしてそれが許されるだろうか」

と大衆のなかで一喝して、デーヴァダッタの申し出を拒絶した。

彼は面子《めんつ》をつぶされ、ついにはひそかにブッダへの復讐《ふくしゅう》を心に誓うようになった。そしてブッダの教団を離れてガヤ山に寄り、巧妙《こうみょう》な弁舌で人心をとらえて徒党を組み、自らその首領となってさまざまな妨害をブッダに加えるようになった。

けれども、彼の野心はこのくらいのことで満足しなかった。そこでより有力な後援者を得ようとして、さまざま行動した結果、王舎城《おうしゃじょう》の王子アジャータシャトルを味方に取り入れた。

彼はアジャータシャトルに、

「殿下は生まれつき鋭敏《えいびん》、あっぱれ天下の覇者たる資格がおありです。もし殿下が父王ビンビサーラを殺して自立したならば、天下は招かずして殿下の掌中《しょうちゅう》に帰することでしょう。私は出家者であるから殿下の後援を得て、徳名を世界の果てまで響かせることができるでしょう。旧王、旧仏に対して、新王、新仏の名を得ることは実に痛快なことではないでしょうか！」

と言って、ひたすら王子の謀反心《むほんしん》をそそり立てた。

若いアジャータシャトルはこうしたデーヴァダッタの甘言《かんげん》に乗せられて、ついに実父のビンビサーラ王を餓死《がし》させようとして、七重の牢獄に幽閉《ゆうへい》して、自ら王舎城《おうしゃじょう》の主となった。

そして群臣に、一人でも幽閉《ゆうへい》された王のもとに近づくことを許さなかった。

そこで王の妃バイデーヒー夫人が身を清浄《せいじょう》にして自らの身体に麨蜜《しょうみつ》を塗り、装身具の中に桃（ふともも）の汁を盛って、ひそかに王のもとに運んだ。またマウドガリヤーヤナやプールナが空中を鷹のように飛んできて、八戒を授けたり、説法をしたりするので、幽閉《ゆうへい》後、三十七日を経過しても、王は少しも衰えないでいた。

アジャータシャトルはこれを聞いて非常に怒り、

「我が母は反逆者である。反逆者と通じる沙門《しゃもん》は悪人である」

と言って、母后を傷つけようとした。その時に月光という臣下が、ジーヴァカという名医とともに、

「大王！『ヴェーダ』の説を聞くと、古くよりこのかた、もろもろの悪王あって国位をむさぼるがゆえに、その父を殺害したことは一万八千とあります。しかし、いまだかつて母を害した者がいるのを聞いたことがありません。王、今この母君に手をあげれば、クシャトリヤ（騎士階級）を汚すことになりましょう。聞くに忍びません。これはチャンダーラ（身分の低い人と同じ）です。ここにおられるべきではありません」

といさめたので、王は思いとどまって、母を宮殿奥深くに幽閉《ゆうへい》した。

母后のバイデーヒー夫人は、ブッダに救済を願った。ブッダがアーナンダとマウドガリヤーヤナを連れて幽閉《ゆうへい》先を訪れたのを見るとアジャータシャトルは、

「私に悩み憂《うれ》いのない安楽を教え、そこへ導いてください」

と願った。

ブッダはアジャータシャトルに対して西方の極楽浄土を説き、阿弥陀如来《あみだにょらい》（アミターバ）について話した。

「もし一心にこの仏を念じれば、その浄土安楽世界へ生まれることができる」

とブッダは言って、『観無量寿《かんむりょうじゅ》』の法を説いて聞かせた。

この説法の間に、七重の牢獄に閉じめられていた父王の方はアナーガーミンという位に昇り、母后は無生忍《むしょうにん》の位を得た。

その後、アジャータシャトルは不愉快な日を送っていた。

そんなある日、アジャータシャトルは自分の王子の手の傷を口で吸って治してやった。

その時、母妃が、

「父王もまたあなたに同じことを行った」

という昔話をした。**これを聞いた王は、はじめて父王の慈愛《じあい》を知り、後悔、煩悶《はんもん》の念におおわれた。**

それから、さまざまな話を聞いたが心が安らかにならず、最後にブッダのもとに走った。そこで安らぎを得たアジャータシャトルは、後に父にも優《まさ》るブッダの保護者となった。

こうしてデーヴァダッタの目的はうまくいかなくなった。のみならず第一の後援者のアジャータシャトルをはじめ、その他の味方もすっかりブッダのもとへ走った。

デーヴァダッタの憎悪はおさえがたくなり、ついにブッダを刺し殺すつもりで病をおして祇園精舎《ぎおんしょうじゃ》へ向かった。が、門前で喉《のど》の渇きをうるおそうとして、池のほとりへ来た時、大地が裂けて、生きながら地獄へ落ちて、あえなく最後を遂《と》げた。

अध्याय २२
舎衛城の悲劇

舎衛城《しゃえいじょう》（シュラーヴァスティー）の城主プラセーナジット王は権勢《けんせい》を背景に、シャカ族の女をめとろうと思って、カピラヴァストゥに申し込んだ。

カピラヴァストゥでは、今はブッダの従弟《いとこ》マカナマが王位にあったが、自己の種族に属する少女を異民族に等しいプラセーナジット王に嫁がせることを欲しなかった。そこで一族協議の結果、身分の低いある女を「シャカ族だ」といつわって、プラセーナジット王のもとに送った。

王はあざむかれたとは知らないで大いに喜び、正妃としてまもなく王子を生ませ、これをビルリと名付けた。

ビルリが成長して、ある日多くの従者《じゅうしゃ》を連れてこのカピラヴァストゥを訪ねたところ、ふとしたことから母の素性《すじょう》が知れてしまった。ビルリは驚いて、舎衛城《しゃえいじょう》へ逃げて帰った。そしてそのことを父王に話したので王は非常に怒り、王妃も、王子もその地位を奪って奴隷《どれい》の列に下した。

その後、ブッダはこれを聞いて、身分の低い女性を母とした王の古い例を話して、王子たちをもとの地位に戻した。

　ブッダ成道《じょうどう》の四十年目のある時、プラセーナジット王は近臣を連れて祇園精舎《ぎおんしょうじゃ》から帰ってきた。するとビルリが自立して王となり、自分を一旦奴隷《どれい》の列へ落とした父を殺そうとしていた。王は驚いて甥《おい》にあたる王舎城《おうしゃじょう》のアジャータシャトルのもとに逃げようとしたが、途中で病にかかって死んだ。

　自立したビルリ王はかねての怨《うら》みを晴らそうとして、大軍を率いてカピラヴァストゥへ向かった。その時、ブッダは故国の滅亡を悲しんで、「これを思いとどまらせよう」と道で王の軍勢を待ち受け、葉陰《はかげ》のないシャイ樹のもとに立っていた。

　王は問うた。

「ブッダ！　なにゆえ陰のある木を差しおいて、好んでシャイ樹のもとにたたずんでいるのか？」

「ビルリ王！　木陰よりも、親族の陰の方が楽しいものだからです」

　と遠回しにいさめられて、さすがのビルリも、

「ブッダ！　あなたは面倒なことをなさるな」

　とい言って軍を返した。

　けれども王は、その後またもやこれを企てた。が、再び、ブッダに思いとどまらされた。

そして、その後、三度目の遠征を企てたので、ブッダはそれを因縁上《いんねんじょう》やむを得ないこととした。

ビルリの軍にカピラヴァストゥは応戦したが、ついにビルリ王の手に帰した。そしてビルリ王は、

「降参した者の生命は奪わない」

と言いながら、その言葉をくつがえしてシャカ族のものをみな殺しにしようとした。

カピラヴァストゥ城主マカナマはビルリ王の前に現れ、

「自分が水中に没してる間に、城門を出た人々の生命は助けてあげてほしい」

と懇願《こんがん》した。その願いは許されてただちに実行された。

マカナマは一人でも多くの生命を救おう思って、自分の髪を水底の木の根にしばって、いつまでたっても浮き上がってこなかった。

これを見たビルリは、ついにシャカ族の虐殺《ぎゃくさつ》を中止した。

ビルリ王はその後、淫楽《いんらく》にふけっていた。そして、長兄のジェータ王子をもシャカ族の同類として殺してしまった。

そのようなビルリ王に、ブッダは

「近いうちに天誅《てんちゅう》を受けるだろう」

と予言した。ビルリは恐れて、その場から逃げようと船に乗ってアイ河に浮かんだ。けれども暴風のために船が覆没《ふくぼつ》して、ついに水底のもくずとなった。

ビルリ王を失ったコーサラ国は、その後、まもなくマガダ国王舎城《おうしゃじょう》のアジャータシャトル王に併合《へいごう》された。

अध्याय २३ 娼婦の帰仏

ブッダ七十九歳の時、マガダ国からガンジス河を渡ってヴァイシャーリー城に入り、一樹のもとに座っていた。

その時、美貌《びぼう》で名の知れた娼婦のアンバパーリーが来て、ブッダに教えを求めた。続いて「自分のところへ招待したい」と考え、それも許された。

道でアンバパーリーは、同じようにブッダを招待するために行く、リシヤという富裕の一行五百人の華美をつくした行列に出会った。

その時、アンバパーリーがリシヤに道を譲らなかったことから、リシヤはアンバパーリーがブッダ接待の許しを得たことを知った。

「一万六千両でその席を譲ってくれ」

とリシヤは頼んだが、アンバパーリーは断固として、

「たとえ一国中の財宝をもって来ても、このことばかりは承知できかねます」

と断った。

翌日、ブッダはリシヤの懇願《こんがん》するのを断って、先に約束したアンバパーリーの邸へ赴《おもむ》き、彼女の心からの供養《くよう》を受けた。そして、庭園の献上をも受け入れた。

その年は、ブッダはこの付近で夏安居《げあんご》を過ごした。

अध्याय २४ 遺戒

ブッダは年八十歳となり、涅槃寂滅《ねはんじゃくめつ》の日が近づいた。

アーナンダは諸国に散在している諸弟子を集めて、ブッダ最後の教令を発せられることを願った。ブッダはそれに応じるように、

「アーナンダ！　私は説くべき法はすでにことごとくつくして、心中一つ隠すところはない。私はただ多くの僧侶をそばにおいているだけで、決して僧侶を導いているわけではないから、僧侶に教えの必要はない」

「アーナンダ！　私はもはや八十歳におよんで涅槃《ねはん》の期も、近いうちに迫っている。古い車が修繕《しゅうぜん》の力で運用を保持しているように、私は臨機応変《りんきおうへん》の知恵でわずかに余命を保っている。ただ一切の妄想を去って、無念無想の境にある時だけ、心が安楽で苦悩がない」

「アーナンダ！　自らに帰依《きえ》し、法に帰依《きえ》せよ。自らを光明として他を光明とするな。自身を観じて精進の功を積み、執着《しゅうちゃく》を除き去ることで、自らに帰依《きえ》し、法に帰依《きえ》するのである」

「アーナンダ！　このような人こそ、私の真の弟子で、第一の学者というのに足るのである」

と教え諭《さと》した。

それからブッダは竹林精舎《ちくりんしょうじゃ》からチャーパーラ塔にいたり、衆僧を集め、

「もろもろの比丘よ、私はこの法をもって最上の悟りを開いた。この法とは何か？　四念所《しねんじょ》、四意断《しいだん》、四神足《しじんそく》、五根《ごこん》、五力《ごりき》、七覚《しちかく》、八正道《はっしょうどう》のことである」

「比丘らよ。この法のうちでひとつになり、教え、諭《さと》してたがいに議論を生ずるな。いずれも一人の師から受けた弟子である。一壺中の牛乳である。これを思ってたがいに愛しあい、光明し、娯楽して行け。私は今から後、三か月で涅槃《ねはん》に入るであろう」

と教え諭《さと》した。

そしてブッダはクシナガラに行く途中で、パーヴァー城のチュンダという治工の家に招待された。そして、その時、チュンダが「衆生救済のために、（ブッダが）長くこの世に生きていること」を願った。がこれに対してブッダは、

「チュンダ！ 生死はこの世の大法《たいほう》である。**生ある者は必ず死に帰し、盛んなる者は必ず衰える。生死に執着《しゅうちゃく》するがゆえに苦悩をまぬがれ得ない。**執着《しゅうちゃく》はあらゆる苦悩の根元である。もし、この執着《しゅうちゃく》を除けば、生の喜びも死の厭《いと》いもなく、非苦非楽の大道に安息できる」

「チュンダ！ 私はこの大法を示し、一切衆生の執着《しゅうちゃく》を除かんために涅槃《ねはん》に赴《おもむ》くのである。ひとり私のみでなく、一切諸仏は同じ目的で涅槃《ねはん》に入ったのである」

「チュンダ！ 娑羅娑の鳥が春そろっておだやかな池に集まるように、一切、諸仏は涅槃《ねはん》にいたるのである」

と語り終わって、この家を去り、パーヴァー城外のコウソン河まで達した。

その時、ブッダは背中の痛みが激しくなって歩けなくなったが、チュンダは「自分の供養《くよう》が病因となったのではないか?」と恐れ迷っていた。そこでブッダは、

「アーナンダ！ 私に代わってこのようにチュンダに語りなさい。ブッダの病因は決してチュンダのそなえた供養《くよう》の食物ではない。チュンダは私に最後の供養《くよう》をしたが、最初の

供養《くよう》者のスジャータと等しく、その功徳《くどく》広大なことは肩をならべる者がないくらいである」

と伝えさせて、ブッダは河水のひとすくいでようやく力をつけ、かろうじてクシナガラ城外の森中へ入った。

そして娑羅樹《さらじゅ》の間に最後の座席を設けさせた。その夜、スバッダという百二十歳になる老バラモンの学者がクシナガラから来て、

「何人《なにびと》も解くことのできない深い疑義《ぎぎ》をブッダに解いて教えていただきたい」

と言った。臨終《りんじゅう》近いブッダはバラモンに会うと、彼は、

「六大学派と称する人々の見解は、いずれも正しいのでしょうか？　それともそのいずれかが正しいのでしょうか？」

と質問した。ブッダは、

「夜半に私は涅槃《ねはん》に入ろうとしているので、今は他の学派の人々の見解を批評している暇がない。私はあなたにただちに私が信じる道を説き聞かせよう」

と言って、四諦《したい》の法を説いた。

そこで、この老バラモンは長年の疑問が晴れて、喜びのあまり、

「もはや思い残すことがない」

と言って、ブッダの涅槃《ねはん》前に安らかに死んだ。

अध्याय २५
涅槃

二月十五日、満月の夜、中夜。ひっそりとして沙羅双樹《さらそうじゅ》の繁みが白銀色の小波を立てているほかに、クソン河の流れの水の音さえ響かない。

幾百の僧侶と俗人は堰《せ》き来たる涙を飲みながら、涅槃《ねはん》の床を取り囲んでいた。その時、ブッダはアーナンダに、

「アーナンダ！　私が、たとえ涅槃《ねはん》しても、正法は決して断《た》えない。私は生前につぶさに戒《かい》と法《ほう》を説いた。戒法《かいほう》は私の生命であるから、戒法《かいほう》のある間は私の生命も滅びない。ゆえに私のなき後は、戒法《かいほう》を私だと思って、これを守り仕えよ」

と示した。さらに、

「私は今、涅槃《ねはん》に入ろうとしている。皆のなかで、疑問を持つ者は、今のうちに遠慮せず問うがよい」

と言ったが、そこにいる者は皆、沈黙していた。

やがて、最後の時が来た。ブッダはアーナンダにたすけられて身を起こし、

「もろもろの人々！　一切のものは無常である。世間の動不動の法はことごとく移ろい安

定しないものである。精進して一日も早く、生死の苦界から離れよ。これが私の最後の教えである」

と言い終わって、眠るように涅槃《ねはん》に入った。

すると月はくもり、沙羅双樹《さらそうじゅ》は枯れ、人々は号泣、慟哭《どうこく》して天地は震え動いた。

ブッダの亡骸《なきがら》は香湯で浄められ、金棺に安置された。やがてクシナガラの涅槃《ねはん》所から天冠寺へ移された。

はじめアーナンダらが火葬にしようとして、ロイという大臣がたいまつで薪《まき》に火をつけようとしたが、火がつかない。その時、アヌルッダという弟子が、

「今、マハーカーシャパ（大迦葉《だいかしょう》）が来られる。ブッダは彼を待っておられるのであろう」

と注意したので、一同はマハーカーシャパの到着を待った。

マハーカーシャパは布教の道にあったが、急使《きゅうし》のためにブッダ最後の場所に会おうとやって来た。けれどもついに間に合わなかった。

「それなら、せめてまだ茶毘《だび》しない前に、クシナガラへ赴《おもむ》いて、ブッダに最後の別れを告げよう」

と言って、急いでやって来た。天冠寺では、前述のような次第でいずれもマハーカーシャパの到着を待っていたので、ここに一同は悲痛をきわめた葬儀を営んだ。

人天の至尊《しそん》ブッダはたちまち一握の舎利《しゃり》と化してしまった。

यित्वा पितॄन भरातॄन पुत्रान संबन्धिबान्धवान शान्ति पर्वणि धर्माश च वयाख्याताः शरतल्पिकाः राजभिर वेदितव्या ये सम्यङ नयबुभुत्सुभिः आपद धर्माश च तत्रैव

Brahma

ॐ

第5篇　ブラフマー（創造神）物語

ब्रह्मा

अध्याय १
万物の誕生

宇宙がまったく眠りにあった時代には、それは混沌《こんとん》として暗黒なものであった。虚無《きょむ》も実体もなく、仰いでも青空と大気を見なかった。

万有《ばんゆう》を包むものは何であったか？　どんな容器に盛られてあったか？　深い淵《ふち》にたたえる水であったか？

そこには死もなければ、また永遠の生命もなかった。昼と夜の区別もなかった。ただ静かに呼吸して自守自存する一体があるのみで、このほかになんらの差異や等級は現れていなかった。

太古においては万物は暗黒の闇に包まれて、静かで動かず、平等で、何の差別もなかった。が、空虚《くうきょ》に横たわり、絶無《ぜつむ》に包まれたこの一体が、やがて感動の力によって進歩した。それ自体にまず意識の萌芽《ほうが》である欲望が生じ、これからさまざまの物象を生じようと欲して、まず水を創製《そうせい》して、これに一粒の種子を委ねた。

これが太陽として輝く金色の卵となった。

この卵の胎内はメル山峰のように広大で、もろもろの山岳からなり、その中間の水は威力ある大洋となった。そして、大陸も、海も、また山岳も、もろもろの惑星も、宇宙の各部も、諸神も、群鬼も、および人類にいたるまで、この卵中に包有《ほうゆう》されていた。

が、神界の一年、すなわち人間の一千年を経ると、この単一な卵は破壊されて二つに分けられ、創造主であるブラフマーはその各片をもって、天および地をつくり、青空と、八個の土地と、水の永住する場所をその中間においた（ヴィシュヌのへそから生じた蓮華からブラフマーは生まれたともいう）。

さらにその心からバラモン聖徒と、四人の女性が生まれ、また腕からは騎士種族のクシャトリヤ、太腿《ふともも》からは商人のヴァイシャ、足部からはシュードラすなわち隷属民の階級が生まれた。なお、また目から太陽を、胸から月を、そして体からさまざまの萌芽《ほうが》を生じて、現在見るような動植物界のあらゆるものが現れるにいたったのである。

अध्याय २
四つの顔

このブラフマーがある時、姿をこの世に現して、その体の半分で美しい女性サタルーパーをつくった。

そしてブラフマーはサタルーパーの美しい姿に恍惚《こうこつ》としていた。が、元来、その分身である彼女は、ブラフマーにとってはまさしく娘にあたるので、彼も正しくない感情を恥じて、叶わぬ望みと抑制《よくせい》の衝突《しょうとつ》に思いを悩ませていた。

その間にも、ブラフマーはサタルーパーにのみ目を注いでいたが、彼女ははやくもその意を察し、彼の視線を避けるために、四度、その居を移した。**自分の座を動かすことのできないブラフマーは、美女の行方を追ってその姿を見つめられるよう、四隅に各一個ずつの顔を生成した。**

このような次第でブラフマーの形相《ぎょうそう》は通常、四頭を有し、肉身は赤色で、白衣をまとい、鵞鳥《がちょう》の背にまたがって、手には宝杖と施物《せぶつ》を受けるための宝鉢《ほうはつ》を持っている。

ブラフマーはこのように『世界のすべて』を創造したが、あとは保持神《ほじしん》のヴィシュヌに一切を委ねて、神齢一百年の天寿《てんじゅ》（人間の四百三十二万年）の間は、彼は長い眠りにふけり、その後、再び創造にかかって、これが反復されるのである。

第6篇　ヴィシュヌ（保持神）物語

अध्याय ९
もっとも偉大な神さま

ある時、サラスヴァティー河で、ある儀式の行われた際、そこに集まった諸聖者間で「**ブラフマー、ヴィシュヌ、シヴァの三神中、いずれがもっとも偉大であるか？**」についての議論が起こった。

そこで、これを解決するためにブラフマーの子をそれぞれの神のところに遣わすことになって、彼はまず父ブラフマーのいる天を訪れた。

しかし議論の真理を発見しようと熱望するあまり、礼儀をつくすことを忘れて、その宮廷に駆け込んだ。するとブラフマーはその無礼をとがめ、彼に手をあげようとした。が、「それが自分の子である」と知って、たちまち怒りを和らげた。

次に彼はシヴァの住所であるカイラスに進むと、シヴァは兄弟として迎え、彼を抱こうと試みたが、彼がこれを避けた。その行動がシヴァの怒りを招いて、シヴァは三叉戟《さんさげき》を取り上げて一撃のもとに殺そうとした。しかし、ちょうどその時、パールヴァティーがシヴァの足下に身を投げて、命乞いをしたために許された。

そこで第三に、彼はヴィシュヌの天を訪れた。するとヴィシュヌは眠りに入っていたの

で、彼はその胸を蹴った。が、主ヴィシュヌは座を立ち、丁寧に会釈して歓迎の意を表し、座を与え、

「客人を迎えるときにつくさねばならぬ礼を欠いた罪を許せ」

と言って、両手で彼の足を撫で、

「あなたの罪ある足の汚れを我が胸に加えたため、今、私は高い誉《ほま》れがある」

と言った。そこで彼は自ら無礼を悔いて、目には涙さえ湛え、急いで聖者たちのもとへ立ち帰った。

こうして一同は、保持神《ほじしん》ヴィシュヌの忍耐強い行為と徳をたたえ、この神をもって諸神中、最上の地位にした。

अध्याय २
最初に生まれた者

昔、世界を挙げて水におおわれ、ヴィシュヌが、千頭蛇の胸で眠りをむさぼった時のこと。ヴィシュヌのへそから一茎《ひとくき》の蓮を生じ、すみやかに茎《くき》が延びて水の表面に達し、花を

開いて中からブラフマーが生まれた。

するとブラフマーはあたりを見ても、はてしない眼界に目を遮《さえぎ》る一つの生きもののないのを確認して、

「自分が世にはじめて生まれた者だ」

と思い、他のすべての物象《ぶっしょう》中の最上級に自らをおいた。

さてブラフマーはまず豊富な水の深さを測り、その中に「何物かが存在するか」を究めようと決心し、蓮の茎《くき》に沿って下った。そしてヴィシュヌが眠りに入ったのを見て、声高く、

「何人《なにびと》であるか?」

と尋ねた。するとヴィシュヌは、

「**私は最初の生体である**」

と答えた。けれどもブラフマーはそれを否定したので、二人の間に議論が起こった。

そしてついにシヴァがその調停を試み、

「本当に最初、世に生まれ出たのは俺であるが、俺の要求は二人に譲る考えである。お前たちは俺の頭の頂上、あるいは俺の足の裏に達し、それを見るがよいであろう」

と言った。

そこでブラフマーはただちに立ち上がったが、無限の境域に一つの目的を有しないこと

に疲れを感じた。ヴィシュヌもその足裏を見きわめようとしたが、ついに成功しなかった。

अध्याय ३ ヴィシュヌの化身

ヴィシュヌは他の神々とは異なって、様々の化身の姿で現れる。すなわちクールマ（亀）、マツヤ（魚）、ヴァラーハ（野猪《やちょ》）、ナラシンハ（獅子熊）、ヴァーマナ（小人）、パラシュラーマ、ラーマ王子、クリシュナ、カルキおよびブッダである。

अध्याय ४ 悪人を救ったヴィシュヌ

ヴィシュヌはある時、死力をつくしてヤマ神と争ったことがある。それはこのような話だった。アジャミーラといういちじるしく好き嫌いの激しい人間がいた。この人は牝牛《めうし》とバラモンを殺戮《さつりく》し、迷鬼を併呑《へいどん》し、生涯悪行をほしいままにした。それでやがて死を迎えるとき、ヤマの使者が来て彼を捕らえ、罪過《ざいか》に堕とそうとした。

その時、ヴィシュヌの使いが来て、彼の霊魂を救った。

しかしヤマの鉄柵《てっさく》には彼の悪行がすっかり記入してあるので、ヤマは早速、ヴィシュヌのいる天へ使いを立てて、彼を救助したことの説明を求めた。

で、ヴィシュヌは、

「**アジャミーラが臨終《りんじゅう》の際に、ヴィシュヌの名を唱えたからである**」

と答えた。一生悪事を尽くした人と言えども、寿命の終わろうとする時に、ヴィシュヌもしくはその化身の名を唱えると、死後は必ず救済されるのである。

अध्याय ५
ヴィシュヌの姿

ヴィシュヌはまた年ごとに四か月間、すなわち六、七月頃から十、十一月頃まで眠りに入る。

で、この期間は悪魔は退散するから、多くの饗宴《きょうえん》が催される。しかし、この間は結婚を忌《い》み、小さな家の修繕《しゅうぜん》、寝床の改修も行わない。

四か月経って、ヴィシュヌが眠りから覚める日には、さつまいもの収穫がはじめられるので、長さ約一フィート半の木板に、ヴィシュヌとその妻ラクシュミーの像をバターと牛糞とで描く。そして板上に木綿、ヒラマメ、くるみ、甘い菓子などの供物《くもつ》をならべ、聖火を捧げ、五本のさつまいもをその壇の近くにおく。さつまいもの先を束ね、ヴィシュヌの標石《ひょうせき》を掲げて、人々は素朴な調子で歌を謳《うた》い、そして彼の眠りを覚ます。

ヴィシュヌは黒色の体で、四本の腕を有し、その一方に棍棒《こんぼう》、一方に貝をもち、第三手に敵を破壊する武器、鉄環宝輪《ほうりん》を、第四手に蓮華の茎《くき》をもつ。そして蛇体によって常に水中に住み、ガルダの背にまたがっている。

अध्याय ६
ヴィシュヌの信者

ヴィシュヌのもっとも歓喜することは、階級の定義と清浄《せいじょう》な行いを厳守することである。

利他《りた》の行を欠かすことなく、罵詈雑言《ばりぞうごん》などの不実を決して口に出さず、他人の妻子財宝を求めず、何人《なにびと》に対しても悪意をいだかず、人や動物（有情《うじょう》）、木石（非情）ともに憤怒《ふんぬ》攻撃を加えない。諸神バラモン、先聖に対し、よくその勤労に従事してあきず、子どもたちと人々と自分の心の安寧《あんねい》を求め、不完全な好き嫌いにもとづく喜びを棄てる。

そうして心を純潔《じゅんけつ》に保っていれば、ヴィシュヌは讃嘆《さんたん》の笑みをもらす。

ヴィシュヌの徳を望む者は、清い無我の愛を悟らねばならない。貴族、富豪、博学、その他のあらゆる地上の価値は、これに対してなんの甲斐もないものである。人間の真の学識は、この神に対する最上の愛と帰依《きえ》から成立するのである。

शिव

ॐ

Shiva

第7篇　シヴァ（破壊神）物語

अध्याय १

シヴァの最上権

万物創造の夜、すべての生きものも、すべての世界も、混じり気がなく、分離することもできず、動かず、静まり落ち着いた一つの状態に溶けてしまったことがある。

その時、創造神ブラフマーはヴィシュヌ（＝太陽神ナーラーヤナ）を見た。

ヴィシュヌは宇宙の精神で、目の数が一千の全智全能で、生物でもあれば、また無生物でもあった。ヴィシュヌは無形の水によりかかり、無限という千頭の蛇に支えられていた。

そして、その魔法に迷わされて、ブラフマーはうっかり手を彼の体に触れた。すなわち、その無窮性《むきゅうせい》につい触れてしまった。

「**あなたは誰か？　語れ**」

とブラフマーが言うと、ヴィシュヌは蓮のような目から、眠そうな一瞥《いちべつ》を与え、立ち上がりながら、微笑《びしょう》をもらして言った。

「おお、子供よ！　お前はお前の立派な祖先を礼拝せよ」

そこでブラフマーは怒って、

「あなたは弟子に対する教師のように俺を子供と呼ぶのか？　俺は創造と破壊を司り、

一万の世界、万物の精神を成り立たせる者であるのに、なぜこのような馬鹿げた言葉を発するか？　その理由を語れ」

そこでヴィシュヌが答えた。

「お前は俺がヴィシュヌであることを知らないのか？　俺は世界の創造者、保持者、破壊者で、宇宙の中心。不滅の原因である永久の男性である。お前は俺の不滅の身体から生まれきた一分身であるぞ」

このように二人は、揺らぐ海の上で、怒りながらこのような議論をしていた。

そして、やがてその論争の終わろうとする頃、二人の前に光り輝くリンガが現れた。それは火のような柱で、百の宇宙がしだいに消える火のようで、はじまりも終わりもなく、比較するものもなく、説くこともできないものであった。

聖ヴィシュヌは、その一千の火炎に迷わされてブラフマーに言った。

「今から我々はこの火の原因を調べよう。俺は下へ下っていくから、あなたは全力をそそいで上方に上っていけ」

その時、ヴィシュヌはヴァラーハ（野猪《やちょ》）となった。

彼は横幅千マイルとなって青山のようで、白く鋭い牙と長いくちばし、短い足をもって、勝ち気で、強くて、比べもののないくらいに、下へ下へと沈んでいった。そして一千年間というもの、下方へ進んだが、ついにリンガのもとを見つけることができなかった。

一方、ブラフマーは鵞鳥《がちょう》となり、白くて火のような目と翼があって、風のごとく飛び上がり、果てしなく上方へ舞っていった。そして柱の終焉《しゅうえん》を見きわめようとしたが、ついに叶わなかった。そこで帰って、ヴィシュヌに会った。

が、二人とも疲れてしまっていて、リンガの存在に驚いてしまった。

その時、二人の前にシヴァが立ったので、ブラフマーとヴィシュヌは彼に挨拶した。

すると四方から鮮やかな響きで「オーム」という声が起こった。

そこでヴィシュヌはシヴァに向かって、

「私たちの論争は幸福であった。シヴァ、神中の神はそれを終わらすために現れたのか？」

と言ったので、シヴァはヴィシュヌに答えた。

「あなた（ヴィシュヌ）はまったく世界の創造者、保持者および破壊者である。あなたはこの世界に活動と不活動との双方を保持する。私（シヴァ）は三つである。ブラフマー、ヴィシュヌおよびルドラである。この三つは、創造、保持、破壊である。このブラフマーをかわいがって育てよ。彼は次の時代に、あなたから生まれるであろう。またあなたがた二人は再び私を見るであろう」

そしてシヴァは、消え去った。

それ以来、リンガの崇拝が世界中に広まったのである。

अध्याय २ サティーの死

ずっと大昔に、ダクシャという名の神々の主がいた。

彼はマヌの娘のプラスティーと結婚して、十六人の女の子をもうけた。その末娘《すえむすめ》のサティーすなわちウマーが、シヴァの妻となった。

この婚姻《こんいん》はその父の好まないところであった。

彼はシヴァの不評判な行為や、お祭りの際にダクシャを尊敬しないので、シヴァをひどく嫌がっていた。のみならず、ダクシャはシヴァを呪った。そこでシヴァは、神への犠牲の分け前を受けられなかった。一方、シヴァ側のバラモンも反対の呪いをしたので、ダクシャは物質的な快楽に生活を使いはたし、山羊のような顔を持たなくてはならなくなった。

サティーは成長するにしたがって、シヴァに心を傾け、ひそかに彼を崇拝するにいたった。

そして、その婚期に達すると、父は将来をともにする相手を選択させようとして、シヴァだけを除いて近国、遠国から他の王子や神たちを招いて大宴会を開いた。

そこでサティーは手に花環《はなわ》を持って、その席へ出ていった。

しかしどこを探しても、シヴァの姿を見出すことができなかった。そのためサティーは断念して、その花輪を空中へ投げ上げて、シヴァに、

「これを受けとってくださるように」

と叫んだ。

するとたちまち、シヴァが首にその花環《はなわ》をかけて、宴会場の中央に現れた。

そこでついにダクシャも自分の考えを押し通すことをやめて、ぶつぶつ言いながらも、サティーの選択に任せた。

そしてシヴァはサティーの手をとって、カイラスの家に帰っていった。

そのカイラスは白雪の積もったヒマラヤの遥か彼方にあった。

そこでシヴァは王のような暮らしをしていて、多くの神々や王族から尊敬されていた。

しかし、シヴァは自分の体を灰で塗ってもの乞いのように、あちこちの小山などをそぞろ歩いて、多くの月日を過ごした。そして、いつも黄衣をまとったサティーをともなった。時には火葬場に舞踏《ぶとう》する小鬼とともに現れ、また神聖な儀式にも出現した。

ある日、ダクシャは馬の犠牲祭を行うことを考え、シヴァだけを除いて、他の神々に供養《くよう》物の分配を受けに来てもらうよう招いた。そのうちの主なるものはヴィシュヌに捧げられた。

サティーは神々がダクシャを訪問するために出かけるのを見て、家に帰ってこれを夫シヴァに告げた。

「ああ、あなた。神々はインドラを先導にどこかへ出かけていきます。一体、どこへ行くのでしょう?」

「サティーよ。あれは総主のダクシャが馬の犠牲祭をするので、神々は皆そこへ赴《おもむ》くのであろう」

「それならば、なぜあなたはその犠牲祭の場へ行かないのですか?」

「神々はある目論見《もくろみ》から、この度の犠牲祭には俺を仲間に入れなかったのであろう」

これを聞いたサティーは、怒り叫んだ。

「すべてのものの中に行き渡って棲《す》むシヴァ、力量や光明で近づくことのできないシヴァが、犠牲祭から拒絶されるということが、どうしてあり得るのでしょうか? 今、万物に超越しているシヴァが供物《くもつ》の分配を受けるために、私はどんな困難な苦行、どんな贈りものをすべきでありましょう?」

その時、シヴァはサティーの心づくしを見て喜び、微笑《ほほえ》んだ。

「これらの供物《くもつ》の分配は、自分にとってはささいなことである。『サーマ・ヴェーダ』の賛歌を謳《うた》う者に犠牲にされるのである。私の帰依《きえ》者は、真の知恵の供物《くもつ》を要求する人々である。職務を勤めるバラモンの必要ないところが、すなわち自分の担当である」

とシヴァが言ったので、サティーは答えた。

「婦人の前で弁解することは難しくありません。しかし、どうか私にだけは今回、父の家に行くことを許してください」

「招待なしにか？」

「娘が父の家に行くのに、招待は必要ないでしょう」

「それはそうであるが、そのために悪いことが起こることもある。ダクシャはお前の目の前で、俺のことを侮辱《ぶじょく》するに違いない」

こうしてサティーは、父ダクシャの家に行った。

そうしてやはり、彼女は歓迎されずに面目を失った。それは、彼女がシヴァの牡牛《おうし》に乗り、もの乞いの服装をしていたからである。

彼女は父がシヴァを疎外《そがい》したことを問い詰めた。

しかし、ダクシャは怒りを爆発させて、長髪のヨーガ者（シヴァ）を、

「悪鬼の王、もの乞い、灰人」

などと言って嘲《あざけ》った。

そこで、サティーは父に答えた。

「シヴァは万人の味方です。あなたのほかは誰も彼を悪くは言いません。あなたの仰せられることは、天はことごとく知っております。そして、また彼を崇拝します」

「自分の夫の悪口を言われたならば、妻たるものは、もしその悪口者《あっこうしゃ》を殺すことができなければ、耳に手をあてて、その場を去るべきものであります」

「もし幸いに力があれば、その生命をもなげうつべきです。私はあなたのような方に体を自由にされるのを恥じるから、私はあえてこのようにします」

その時、サティーは聖火のなかに身を投じ、ダクシャの足もとで自害してしまった。

अध्याय ३
シヴァの憤激

ナーラダ仙がシヴァのもとへ行って、サティーの死を話した。

それを聞いたシヴァは怒りに燃え、頭から毛房《けぶさ》をむしりとり、力をこめてそれを大地に投げすてた。そのため、恐ろしい悪魔のヴィーラバドラがそこから飛び出して、その長い瞳は天に達した。

ヴィーラバドラ（シヴァの怒りの表象）は雲のように暗くて、手は千本で、目は三つ、しかもそれはギラギラと光り、そして輝いた毛を持っていた。ヴィーラバドラは花冠《かかん》の頭巾《ずきん》をかぶり、恐ろしい武器を持っていた。

そして、この悪魔がシヴァの足にひれ伏し、その意思を尋ねたので、シヴァは答えた。

「俺の軍隊を導いて、ダクシャの犠牲祭を破壊せよ。ブラフマーを恐れるな。お前は俺の分身である」

そうしてヴィーラバドラと恐ろしい使いが、ダクシャの犠牲祭のただなかに嵐のように現れた。

ヴィーラバドラは献供《けんく》の器物を破壊し、供物《くもつ》を汚し、僧侶を侮辱《ぶじょく》した。ついにはヴィーラバドラはダクシャの首を切り、インドラ（司雨の神）を踏みつけ、ヤマ（死の神）の旗を破り、神々を四方に追い立て、カイラスに帰った。

すると、そこにはシヴァは落ち着いて座っていて、深い考えに沈み、何事が起こったかも知らないようなありさまであった。

ダクシャ側の神たちは、ブラフマーを探し、意見を尋ねた。

ブラフマーはヴィシュヌとともに犠牲祭に参列しないで、ひとりで過ごしていた。ブラフマーはこの度の事件の起こることをあらかじめ知っていたのである。

そしてブラフマーは、神々に「シヴァと講和するよう」に勧告した。シヴァは自分の意志一つで、宇宙を破壊することができるのである。

ブラフマーは彼らとカイラス山に赴《おもむ》いた。そして彼らはフラクランと名づけるキンナラ（歌神）の庭園中にある、大きな高さ百マイル、その枝は両方へ四十マイルずつ広がっているピッパラ樹のもとで、深い瞑想《めいそう》にふけっているシヴァを見つけた。

ブラフマーは、ダクシャを許すことを請《こ》い、また王や神たちの負傷した体も直そうと願った。

「供物《くもつ》はあなたにするから、それを受け入れて犠牲祭を完成することを許してあげなさい」

その時、シヴァが答えた。

「ダクシャは子供に過ぎない。俺は彼を『罪を犯した者』とは考えない。しかし、彼の頭はすでに燃えた。それで俺は彼に一つの幽鬼《ゆうき》の頭を与えよう。そして傷ついた四肢は元通りになるであろう」

そこで神々はシヴァにその寛大なことを感謝し、犠牲祭に彼を招待した。

ダクシャは今回は非常に彼を厚遇し、儀式は正しく盛大に挙行された。ヴィシュヌもまたガルダに乗って、そこに出席した。そして、ヴィシュヌはダクシャに言った。

「ただ無智の人々のみ、俺とシヴァを差別あるものと見るであろう。しかし、シヴァも、俺も、ブラフマーもただ一つである」

「ただ宇宙の創造と、保持と、破壊とに対して、それぞれ異なった名前をつくっているに過ぎない。我々は三位一体《さんみいったい》の自我として、万物のうちに偏在《へんざい》している。それゆえに智者はすべての他のものを、彼ら自身のように考える」

その時、神々や王たちは、シヴァと、ヴィシュヌと、ブラフマーを祝賀した。

そして、シヴァはカイラス山に帰って、再び自分の快い夢の中に入っていった。

अध्याय ४
パールヴァティーとの結婚

サティーはヒマラヤ山の娘として再生した。

ウマーと名づけられ、その生まれからハイマーヴァティーとも言い、もうひとつの名は、

「山の娘」パールヴァティーであった。そして彼女の妹にガンガー女神（カンジス河）がいた。

パールヴァティーは幼年時からシヴァに一身を捧げ、リンガ（シヴァの象徴である男性器をかたどった石神）の前に、夜な夜な花や木の実を供えたり、火を灯《とも》しに行った。

すると天は、

「来たる日にパールヴァティーが、シヴァの妻となる」

ということを予言した。

しかしシヴァは深いもの思いにふけって、何事も億劫《おっくう》になり、何事もできなくなっていた。そこでパールヴァティーは召使いとなって、シヴァの要求することに応え、彼を楽しませるように努めた。しかし、シヴァの愛を呼び起こすことはできなかった。

当時、ターラカという非常に恐ろしい悪魔が、四季の季節をめちゃくちゃにしたり、神に捧げられた犠牲を破壊したりして、神々や世界を困惑《こんわく》させていた。にも関わらず神々は、悪魔に手出しをすることができなかった。

ターラカはかつて、ブラフマーから「シヴァの子ども以外には殺されない力」を得て、苛酷《かこく》な力を行使したのである。そこで神々はブラフマーのもとに行って、その助力を頼んだ。しかしブラフマーは、

「一旦、彼にその力を与えたのであるから、自分にこれを抑えることは不可能である」

と言った。

それでただシヴァとパールヴァティーに子供を与えて、その子に神たちを率いさせ、悪魔に勝利しようとした。

神々の主インドラは、愛の神カーマデーヴァのところへ行って、その助力を頼んだ。そこでカーマデーヴァは助力することを約束し、自分の妻パッションと、仲間のスプリングをつれて、シヴァの住んでいる山へ出かけた。

この時、木々には時ならぬ花が咲き、雪が降り、動物たちも鳴き出した。それでもシヴァは、微動《びどう》だにせず、瞑想《めいそう》にふけっていた。

カーマデーヴァは、シヴァのたたずまいに威嚇《いかく》されつつも、可憐《かれん》なパールヴァティーを見て勇気を起こした。彼はシヴァの精神集中のゆるむ、パールヴァティーが彼を拝しに近づいた時を選んで、弓を満月に張った。

そしてシヴァがパールヴァティーを見るのを見計らって、射ようとしていた。するとその時、シヴァは第三の眼から火の閃光《せんこう》を放射し、カーマデーヴァを消滅させた。そしてシヴァは、カーマデーヴァの妻パッションを無意識のままに残して出発し、パールヴァティーは父に運び去られていった。

この時以来、カーマデーヴァは、アナンガギディシスの名を得、同時にその妻パッションは自分の亡き夫を悲しんだ。しかし、神の声が聞こえて彼女に語った。

「**お前の愛人（カーマデーヴァ）は、永久に失われない。**シヴァがパールヴァティーと結婚する時に、彼は自分の精神に愛の体を回復し、花嫁（パッション）には結婚の贈りものを与えるであろう」


パールヴァティーは今や自分に不要の美をしりぞけ、隠士となり、玉飾りを投げすてて、髪を束ね、隠士の樹皮製《じゅひせい》の衣を着て、さびしい山に退隠《たいいん》していた。そして一心にシヴァのことを思って、静かに生活を続け、苛酷《かこく》な修行をしていた。


するとある日、バラモンの青年が彼女を訪ねてきて、パールヴァティーの日頃の行いに祝賀を捧げた。そして、

「どのような理由で、このように若く美しく、何事も心のままいくであろうに、禁欲的にその日を過ごすのか?」

と尋ねた。そこでパールヴァティーは、

「カーマデーヴァが死んで以来、このようにするしか、シヴァの心をかちとる方法がないからです」

と言った。


バラモンは、「シヴァを思うことを止めるよう」にパールヴァティーに勧めようと思った。

そしてシヴァの不凶《ふきょう》の行為、数々の恐ろしい話を数え立てた。

「どうして彼が、毒蛇や血まみれの象の皮を着ているのか？」

「どうして火葬場に居住するのか？」

「どうして矢に乗るのか？」

「貧であるのか？」

「名も知らない生まれであるのか？」

　そう物語った。

　するとパールヴァティーは非常に怒って、自らの夫を弁護し、ついには、

「シヴァについて、あることないこと、何を言われようとも、自分の愛は決して変わらない」

と断言した。その時、青年バラモンは仮の姿を解いて、本当の姿であるシヴァの姿を現した。そして彼女の愛を受けとめた。

　パールヴァティーは急いで家に帰り、父に自分の未来の幸福を物語った。そして予定の結婚が相当の形で行われることも話した。


ついにその日は来た。

シヴァと花嫁パールヴァティーの両人の準備は整った。そしてシヴァは、ブラフマーとヴィシュヌにともなわれて凱旋《がいせん》のような行列で、ヒマラヤの街へ入った。花に飾られて街々

を巡回した後、カイラスに花嫁パールヴァティーを連れて行った。そして、妻に愛の徴《しるし》を与えた。こうしてシヴァとパールヴァティーは長年間、ヒマラヤの楽園で幸福に暮らした。

しかし、ついに神々の使いとして火の神が現れて、「神々の苦しみを除くために遣わすべき一人の子をもうけないこと」についてシヴァを責めた。そこでシヴァは火の神に『果実のある幼芽《ようが》』を与えた。

火の神は幼芽《ようが》をガンガー女神（ガンジス河）に与え、ガンガー女神は六人のブレイダがその河で洗濯に来るまで、それを持っていた。それから、やって来た六人のブレイダは幼芽《ようが》を蘆《あし》の根に横たえると、そこから神の子のスカンダ（クマーラ）が誕生した。

スカンダは未来の戦いの神である。そこでシヴァとパールヴァティーは、スカンダを見出してカイラスに送って、幸福な少年時代を過ごさせた。そしてスカンダが強健《きょうけん》な青年となった時に、神々はその助けを求めた。

そこでシヴァは、スカンダをターラカ攻撃軍の総大将として遣わした。スカンダは悪魔を殺害し、勝利して、天も地も平和になった。

またシヴァとパールヴァティーの第二の子は、ガネーシャであった。

ガネーシャは智慧の神で、あらゆる障害の追放者である。ある日、母パールヴァティーはうっかりしてサターン星（土星）に、

「自分の子（ガネーシャ）を見るように」

と頼んだ。

けれども、サターン星（土星）は見た者を破壊する呪いをもっていて、ガネーシャの頭を灰にしてしまった。

パールヴァティーはブラフマーの助けを求めた。そしてブラフマーは、彼女に、

「（彼女が見つけ出した）最初に出会ったものの頭をこれにおき直すように」

と話した。

それが象であったため、ガネーシャは象頭となった。

अध्याय ५
パールヴァティーの遊戯

ある日、シヴァ神は深い黙想にふけって、聖山ヒマラヤに静かに座っていた。

その周囲には照り輝いた花の咲いてる草木や、無数の動物、および山林水辺の水神ニンフや精霊が集まっていた。テングサが咲き誇り、光が差し込んでいる亭の中にいても、草

の香りや音楽の響きを四周から感じられる。言葉は山の美しさのことで満ち、シヴァ神の顔の光で照らされ、蜂の羽ばたきが反響していた。四季がいっせいに現れ、すべての創造力がそこにあった。

シヴァは腰のまわりに虎や獅子の皮を、肩まで通してまとい、ベルトは恐ろしい蛇で、髭《ひげ》は緑で、長い髪はからまりながら垂れている。そして王たちは、地に伏してシヴァを拝する。この不思議な外観で、彼らのおのおのの罪は清浄《せいじょう》になった。

そこにパールヴァティーが化け物の従者《じゅうしゃ》を連れてやって来た。

彼女は夫シヴァと同じ衣服を着け、同じ思いを誓っていた。彼女の支え持っている瓶にはケールタの水が落ちて、聖河の婦人たちも彼女にしたがった。そして、彼女の近づくにしたがって、四辺には花が飛散し、芳香《ほうこう》がただよう。

その時、パールヴァティーは口元に微笑《ほほえ》みをたたえて、戯《たわむ》れるように、可愛い手で、後ろからシヴァの目隠しをした。

まもなく宇宙の生命は減少し、太陽は青くなり、すべての生物は恐れて縮こまった。その時、シヴァの額から、第三の輝いた眼が太陽のように光り出したので、暗黒は再び消え去った。

そして、その眼から出た火炎は焦げるように熱く、そのためにヒマラヤは一切の森とともに焼けてしまった。火は空に燃え上がって、世界消滅の時の業火《ごうか》のように、四方を覆った。

そして、山や峰や芽は、草とともに形が変わってしまった。その時、ヒマラヤの娘パールヴァティーはこのように破壊された父（ヒマラヤ）を見つめながら出てきて、祈りを結んだ手をもって、シヴァの前に立った。

シヴァはパールヴァティーの悲哀を見て、優しくヒマラヤを眺めると、ただちにヒマラヤははじめの状態に回復し、前にあったようにやさしくなった。

そして、木はいずれも花咲き、鳥も、動物も、みんなが喜んだ。

その時に、パールヴァティーは合掌《がっしょう》してシヴァに言った。

「ああ、万物の主！　どうか私の疑いを解いてください。あなたの第三の眼はどうして開いたのですか？　なにゆえ山も、森も焼けてしまったのですか？　なぜあなたは一旦、ヒマラヤを破壊しておいて、またもとの形にそれを回復したのですか？」

シヴァは答えた。

「無邪気な女よ！　お前がいたずらで俺の目を覆ったから、世は暗闇となった。それで俺は万物を保護しようとして、第三の眼を創造したのである。そしてその輝く勢いが山を破壊したのだ。**俺がヒマラヤを元のかたちに戻したのは、お前のためである**」

अध्याय ६ シヴァの釣り

ある日、シヴァはパールヴァティーとカイラス山に座って、彼女に『ヴェーダ』の詩について話していた。

彼は大変難しいところを説明しつつあったが、パールヴァティーは熱心に何事かを考えていた。そのため、シヴァがパールヴァティーに「その箇所を繰り返して読むよう」求めた時に、彼女はそれを聞いていなかったため、読みかえすことができなかった。

そこでシヴァは大いに怒って言った。

「よろしい。お前は修行者の妻には、不適当だということは明らかだ。お前は地上に釣り人の妻として生まれるに違いない。そして、そこでお前はまったく（『ヴェーダ』の）聖文を聞くことはないであろう」

それを聞いて、ただちにパールヴァティーは姿を消した。

シヴァは座り込んで、瞑想《めいそう》をはじめたが、精神を落ちつけて集中することができなかった。彼はパールヴァティーのことを思い続けて、非常に不快を感じた。

そして彼は独り言を言った。

「俺は早まってしまった。パールヴァティーは釣り人の妻として、地上に下るべきではなかった。彼女は俺の妻なのだから」

シヴァは自分の召使いのナンディーのもとへ使いを走らせて、

「鮫《さめ》に変形して釣り人を困らせ、網を破り、船を破損《はそん》せよ」

と命じた。

パールヴァティーは浜辺で漁師の長に発見され、その娘として彼に育てられた。彼女は成長して温和な美人となった。そのため、多くの漁師の若者たちが彼女に求婚した。

当時、鮫《さめ》の害が堪えられないほどになった。そこで、漁師の長は、

「何人《なにびと》でも、この大鮫《おおざめ》を生け捕った者に、自分の養女を与えよう」

と断言した。

これはシヴァに予見されたことであった。

そこで、シヴァは綺麗な漁師の若者の姿に仮装して、マトゥラーから訪れたように見せかけて、

「その鮫《さめ》を捕らえよう」

と申し出た。

そして網を投げ、見事に鮫《さめ》を生け捕った。こうして漁者たちは鮫《さめ》の害が除かれたので、

非常に喜び、長の娘はマトゥラーの若者（シヴァ）と結婚することとなった。もちろん彼女に求婚していた漁師たちは複雑な思いをもった。

そして、シヴァはその本当の姿を現し、パールヴァティーの養父（長）に幸福を与えて、彼女を携えて再びカイラス山へ出発した。

パールヴァティーは反省して、

「もっと注意しなくてはなりません」

と思った。

一方、シヴァは再びパールヴァティーがその手に戻ってきたことを非常に喜び、以後、まったく平静を感じ、いつまでもふたりで過ごした。

अध्याय ६ 虎の足

ある一人の純潔《じゅんけつ》な学識あるバラモンが、ガンジス河のそばに住んでいた。

そして、バラモンはその一子に、不思議な心身の能力と才能を与えた。やがて彼は父の門弟《もんてい》となった。彼は父から学ぶことのできるすべてを学んだ時、最後の教えを授かった。

「俺がお前のためにできることが、何か残っているか?」

その時、息子は父の足元にふせて言った。

「隠者《いんじゃ》の決まりのうちで、もっとも高度な徳を教えてください」

父は答えた。

「最高の徳とは、シヴァを礼拝することである」

父の答えに息子は再び尋ねた。

「どこで、それをもっともよくすることができますか?」

「シヴァは宇宙に遍在している。しかし地上で、とくに特別な一つの場所がある。ちょうど万物に偏在《へんざい》している自我は、個人の中にも現れるようである。このような祠廟《しびょう》の最大のものはチダンバラム(タミルナードゥ州)である。そこにお前たちの礼拝を受ける純粋な光るシヴァのリンガがある」

この若い隠者《いんじゃ》は、父母を残してリンガを求めて南国へ、長途の旅に出発した。

ある日、蓮華でいっぱいになっている美しい湖水へ来た。そのそばで、彼は白樺の樹の根でリンガを祀ってあるのを見た。彼は顔を伏せて、その主を礼拝し、毎日、水や花を供える修行者となった。

そこから遠からぬところに草庵《そうあん》をつくり、その後、森の中に「第二のリンガ」をつくった。しかし、両方の祠に十分奉仕《ほうし》することは難しいことがわかった。彼は、野や池の花、または灌木《かんぼく》による供養《くよう》では満足せず、森のなかでもっとも高い木の枝から、もっとも生き生きとした若芽を摘んで、それを毎日献じようと望んだ。

そのため、彼は早朝に森に出かけて行ったが、太陽のはげしい光線は、彼が十分摘みとらない先に、若芽の半分をしぼませてしまった。しかし、まだ暗いうちでは十分な花を選ぶことができないのであった。

そこで完全な奉仕《ほうし》は断念して、彼は五体を大地に投げて、神に助けを祈った。

その時、シヴァが現れて優しい微笑《びしょう》を浮かべながら、この献身《けんしん》な青年に天恵《てんけい》を与えた。

青年は祠に供養《くよう》する完全な花を得られるよう、すみやかに高い木を登ることができるよう、虎の手足と、鋭い爪と、鋭い目を与えられんことを願った。

シヴァはこれを許したので、青年は「虎の足」および「六つ目」となったのである。

अध्याय ८
目の神

大昔、ある森に部族の長が住んでいて、その生涯の大部分を狩猟に明け暮れていた。それで森の中は、彼の猟犬と従者《じゅうしゃ》の叫び声で、いつも反響していた。彼は南山の神サブラマーニアンの崇拝者でもあった。そして、部族の長の供養《くよう》物は酒と孔雀であって、それには舞踊《ぶよう》と大饗宴《だいきょうえん》がともなっていた。

長にはスズルディという一子があったが、常に狩りにともなって、虎の子の教育をほどこしていた。そして、長が老いて衰えた時、自分の職業をスズルディに譲った。

スズルディも毎日、狩りをして過ごした。

が、ある日、スズルディがせっかく張って、追い込んだ網から野猪《やちょ》が逃げ出した。

スズルディは二人の召使いをしたがえ、野猪《やちょ》を追っていって、ついに疲れ切ったその野猪《やちょ》を捕らえて二つに切った。従者《じゅうしゃ》らは、野猪《やちょ》を「熱灰《あつはい》で焼いて葬ろう」と申し出たが、水がなかったので、スズルディは猪を肩に載せて出かけ、カラハルチの聖丘の見えるところまでやって来た。

一人の従者《じゅうしゃ》がその峰を指さしたところ、そこにはシヴァ像が岩に彫られていた。

スズルディは、

「そこで礼拝をして行こう」

と言って、再び野猪《やちょ》をかついで大股で歩いた。すると歩くにつれて野猪《やちょ》はだんだんと軽くなり、心の中に不思議な感覚を呼び起こした。彼は野猪《やちょ》を投げ出して、その不思議の理由を明らかにしようとした。

まもなく大きなリンガ石のところへ来ると、その石の上部は矢じりのような形をしていた。そして、「前生の善行と態度の報いだ」ということが、心にささやかれた。彼は今はじめて見た神を愛する以外に何事も考えないで、ちょうど母親が昔、失った子供を抱くように、シヴァ像に接吻《せっぷん》した。

彼の従者《じゅうしゃ》の一人がそこに来て、

「それはスズルディの父の時代に、このあたりに住んでいた老バラモン信者のしわざに違いない」

と言った。

スズルディは心中で、

「神に奉仕《ほうし》をしよう」

と思った。彼は「シヴァ像を放っておくことはできない」と思った。しかし、彼は他に取るべき方法がなかったので、猟師たちの野営地へ急いで帰り、野猪《やちょ》肉のいい部分を選んで、野営地の人たちに味わせた。そして川の水を口に入れて、またそのシヴァ像のところへ帰っていった。そのため、信仰心のない人たちは、

「スズルディの気は確かか？」

と驚いて、しばらく呆然《ぼうぜん》自失のありさまであった。

スズルディはシヴァ像のところへ到着するとすぐに、口から水を吐いてそのシヴァ像にそそいだ。そして野猪肉《やちょにく》の供物《くもつ》をおいて、その髪から野花を献じて、神にこの贈りものを受けるように願った。

太陽は沈み、スズルディはシヴァ像のそばに残って、弓矢をもってシヴァ像を守っていた。夕方、彼は神に捧げる新しい供物《くもつ》を得ようとして狩りに出ていった。

その時、父の時代からシヴァ神像に仕えているバラモンの信者が、いつもの朝のお供えをしようとして、そこへ現れた。

バラモンは聖器に浄水《じょうすい》を入れて、新鮮な花や木の葉といっしょに運んできて、祈祷《きとう》歌を誦《じゅ》した。

が、汚い水や肉で、シヴァ像の汚されたのを見て、非常に恐れを抱いた。彼はシヴァ像の前に悲しんで、

「シヴァはなぜこの祠で、この汚辱《おじょく》を許したのでしょうか？」

と尋ねた。

シヴァに捧げられる供物《くもつ》は、浄水《じょうすい》と新鮮な花であったから、神の前ではたくさんな黄金をお供えするより、一本の花を供えたほうがより大きな効果があると言われていた。

このバラモン行者にとっては、生きものを殺害することが恐ろしい罪悪であり、肉食はまったくの禁物で、人の口に触れることは恐ろしい汚れであった。そして山林の猟師たちは人類の最下級の人たちと見なされていた。

しかし、バラモンは、

「自分の供物《くもつ》を運び去ることを躊躇《ちゅうちょ》してはならない」

と考えて、気をつけてシヴァ像を清浄《せいじょう》にし、いつもの『ヴェーダ』の儀式にのっとって、礼拝をなし、讃歌を謳《うた》い、祠の周囲をまわって帰っていった。
四、五日間は、このシヴァ像へ供えものの取り替えが行われた。朝になると、バラモン僧が来て、浄水《じょうすい》と清花を供し、夕方にはスズルディがそれを棄てた。
こうしているうちに年老いたスズルディの父は、毎日、シヴァ像に供物《くもつ》を捧げる若いスズルディを説得しようと考えた。けれどもそれはうまく行かず、猟師たちは村に帰るほかなく、ひとりスズルディを残して去った。

バラモンは、長くこの状態を続けることをよしとしなかった。そして、ついに怒ってシヴァに、

「このシヴァ像を汚す猟師の行為を防ぐように」

と願った。そこで、ある夜、シヴァ神がバラモンのもとに現れていった。

「お前が不平を言うのはもっともである。けれども俺の口に、肉や水を供えるのは神聖な教えを知らない無智の猟師である。だから彼をそう悪く考えないで、彼の心意気を考えよ。猟師のあらい情熱は、俺を愛することで満ちている。彼はあの通り無智《むち》だが、俺を思慕《しぼ》している。猟師の供えものは他の人の目には憎悪すべきものであるが、しかしそれは純潔《じゅんけつ》な愛の標《しるし》でもある。きっとお前にも彼の供えものの意味がわかるであろう」

翌日、シヴァはバラモンを祠の後ろに隠し、それからスズルディの供えものの意味を示そうとして、自分の像の目から、血のようなものを吹き出るようにした。そこでスズルディがいつもの供えものをしようとすると、ただちにこの血を見つけて叫んだ。

「ああ主！　誰があなたを傷つけたのか？　私がここであなたを守っていない間に、何人《なにびと》がこの神を冒涜《ぼうとく》する罪を冒《おか》したのか？」

そして、彼はその罪を犯した者を見つけようとして、森中を探しまわった。

が、それを見つけることはできず、スズルディは自分でシヴァ像の出血を止めようとし

て、薬草を傷口にあてたが、効果はなかった。

その時、スズルディは医師の言葉を思い出し、すぐにそれにしたがって、先の鋭く尖った弓矢をとって、自分の右目をえぐり取り、それをシヴァ像の目にあてがった。すると、みるみるシヴァ像の出血は止まった。

しかし不思議なことに、第二の目が出血しはじめた。

しばらくスズルディは身を投げかけて、失望していたが、そのうちにまた効力がたしかな治癒《ちゆ》の方法が胸に浮かんだ。

彼は再び弓矢をとって、神像の目に足をおきながら、もうひとつの目をえぐりはじめた。いよいよ彼の目が、双方とも見えなくなった時、「像の目を見誤ることのないように」という心からであった。

今、ここにシヴァの目的は達成された。彼はスズルディの手を抑えて言った。

「それで充分である。今後、お前の住処は永久にカイラス山の俺のそばであるだろう」

その時、バラモン行者は儀式の純潔《じゅんけつ》よりも、愛の方がより偉大であることがわかった。

そしてスズルディは以後、「目の神」として崇拝された。

अध्याय ९

マーニッカ・ヴァーシャガルと豹

マーニッカ・ヴァーシャガルは、マトゥラーの近くに生まれた。そして齢十六歳で、同時代のバラモンの学問を全部知りつくし、とくにサイヴァ経典に通じていた。

彼の有識という評判は、王の耳にも入った。王は彼のところに使いをやって、ついに彼を第一の侍臣《じしん》に召しかかえた。

ここパーンディヤの宮廷では、マーニッカ・ヴァーシャガルはインドラの贅沢《ぜいたく》を喜び、宮人のうちにあっては、群星中の銀の月のように振舞った。王の上衣を着飾り、象馬に取り巻かれ、貴族用の傘蓋《さんがい》をさしかけられていた。

そして、王はマーニッカ・ヴァーシャガルの手に政務を一切、委ねた。しかし、この若い大臣は王を軽んじるようなことはしなかった。彼は、

「このような成功や名声は、精神の拘束に過ぎない」

と考え、

「解脱《げだつ》を得た人は、そうした楽しみを抑制すべきだ」

と思った。マーニッカ・ヴァーシャガルは誕生より死にいたるまで、無益の悲しみを受

けながら過ごす人々に対して、憐れみを感じた。彼の精神はシヴァに対しての憧憬《どうけい》の感情で充満《じゅうまん》されていた。

マーニッカ・ヴァーシャガルの統治はよく行き渡り、「よい宰相だ」と判断されていたが、彼は常に「解脱《げだつ》の方法」を教える教師にめぐり会うことを希望していた。花から花へ飛びまわる蜂のように、マーニッカ・ヴァーシャガルはサイヴァの師の一人から一人へと心を向けていた。

するとある日、使者が宮廷へ来て、

「**異国から立派な馬を載せた船が、隣国の王の港へ到着した**」

という知らせがあった。そこで、王はただちにその馬を買いとろうとして、たくさんの財貨を持たせて、大臣マーニッカ・ヴァーシャガルを派遣した。マーニッカ・ヴァーシャガルは騎兵隊をともなってその場へ出席した。これがマーニッカ・ヴァーシャガルの浮き世での最後の虚飾《きょしょく》であった。

その時、シヴァは自分のそばにパールヴァティーを引き寄せて、天の宮殿に座っていた。そして、「聖者（グル）の姿で、地上に降下する意志」を宣言したのであった。

そしてシヴァは鬱蒼《うっそう》と茂る大樹の下で、ほとんど自分と同じ姿をした多くの召使いや門人たちに取り巻かれていた。この時、その降誕《こうたん》を祝して、木々は時ならぬ笑みを浮かべ、鳥や虫にいたるまで美しい音楽を奏《かな》でていた。
ちょうどそのとき、若い使者マーニッカ・ヴァーシャガルがこのそばを通り過ぎた。そして、自然と並木の間からもれくるサイヴァ讃歌や優れた香り、また鳥の声などを聞いた。するとマーニッカ・ヴァーシャガルは何とも言えない悦楽《えつらく》を感じ、またそこで何が起こっているかを知りたくなり、使者を遣わしていろいろと探りを入れてみた。

やがて使者が帰ってきて、

「一人の聖者が千人の修行者に取り巻かれて、大樹の下で、ちょうどシヴァのように静座《せいざ》瞑想《めいそう》していて、すべてがここから発している」

と申し上げた。

これを聞いたマーニッカ・ヴァーシャガルは、たちまち乗りものを乗り捨てて、ひた走って、その聖者のもとに駆け寄った。

そして聖者を礼拝すると、やはり彼の目にも聖者がシヴァのように映った。そこでマーニッカ・ヴァーシャガルはいろいろ聖者たちに教えを受け、またふだんから疑問に思っていることを質問した。

そしてマーニッカ・ヴァーシャガルは、ついにはまったく一念発起《ほっき》し、あらゆる世間の名声と利得《りとく》をなげうち、五体を聖者の足下に投じた。

マーニッカ・ヴァーシャガルは、今はただ人の姿をしているものの、心はすでに解脱《げだつ》の境に遊ぶこととなり、ついには白灰《しらはい》を受け入れてサイヴァ・ヨーガの座禅を組んでいた。そして異国の馬を購入するために託された財宝なども、ことごとく聖者に供えることとなった。

従者《じゅうしゃ》たちは、そのありさまを見て、マーニッカ・ヴァーシャガルのそばへ寄ってきて、

「なぜそのようなことをするのか？」

と理由を聞こうとした。

するとマーニッカ・ヴァーシャガルはまず従者《じゅうしゃ》たちに、

「自分から身を遠ざけてくれ」

と求め、言うことを聞かない者に対しては、

「どうしてお前たちは、朝露《あさつゆ》、夢幻《ゆめまぼろし》のような浮き世のことがらで、私を再びその渦《うず》の中に引き戻そうとするのか？」

と言い放った。

そこで従者《じゅうしゃ》たちはやむなくマトゥラーに帰り、王にことの次第を申し上げた。王は顔色を変えて怒り、マーニッカ・ヴァーシャガルに、

「ただちに帰ってくるように」

との命令を送った。

が、マーニッカ・ヴァーシャガルはこれに答えて、

「自分はシヴァのほかに王などという者は知らない。シヴァからは、死の神ですら自分を引き放すことはできないだろう」

と言った。

一方、聖者（シヴァ）は、マーニッカ・ヴァーシャガルに、

「馬がまもなく到着するだろう。何事も恐れないで帰れ」

と言った。そして、彼に適当な身仕度《みじたく》と、高価なルビーを与えた。

こうして王は、（購入した）馬が間違いなく到着することを信じていたが、他の宮人らの流言《りゅうげん》もあって、馬が到着する二日前にマーニッカ・ヴァーシャガルは牢屋《ろうや》へ投げ込まれてしまった。

聖者（シヴァ）はこの新たに入門した弟子（マーニッカ・ヴァーシャガル）の身の上を心配して、一策を案じた。そして多くの豹《ひょう》を集めて、立派な馬に変身させ、これを王のもとへ遣わした。

豹《ひょう》（馬）の一群には侍者《じしゃ》として多くの劣神《れっしん》をともなわせていた。そして、聖者は軍人の先頭に立ち、商人とともに王の宮殿へ向かった。商人はその馬を買うはずの人であった。

馬の到来を見た王は、とても喜んだ。そして、牢屋《ろうや》にいるマーニッカ・ヴァーシャガルを釈放した。馬は王の厩《うまや》へ送られ、従者《じゅうしゃ》（神々）も帰り、人々は皆、幸福そうに見えた。

夜明け前、街は恐ろしい鳴き声でみなぎり渡った。

昨夜の馬はことごとく豹《ひょう》へと変わり、そのうちでもっとも獰猛《どうもう》なのが、王の厩《うまや》の馬をほとんど食いつくそうとしたのである。

王は自分が欺《あざむ》かれたことを知って、大いに怒り、ただちにマーニッカ・ヴァーシャガルを捕らえて、真昼の太陽にこれをさらし、背には大きな石を結びつけた。

マーニッカ・ヴァーシャガルは、シヴァに祈った。するとシヴァはそれに応じて、自分の瞑想《めいそう》している座からガンジス河の水をあふれさせて、王の都中を水攻めにした。

それを受けた王は再びその過ちを悔い、謝罪の意を示して、マーニッカ・ヴァーシャガルを神聖な場所に移し、そして街を救うために堰堤《えんてい》を築いてもらうよう願った。

そして、それが完成した時に、王はマーニッカ・ヴァーシャガルに、

「王の土地を聖者（シヴァ）に譲ろう」

と申し出た。しかし、マーニッカ・ヴァーシャガルは、

「はじめてシヴァを見た場所へ退隠《たいいん》する」

と答えた。

そして、聖者（グル）の足下で過ごすことにした。

しかし、シヴァの思惑《おもわく》は今や完成されたので、天上界へ出発することにした。そして、ミラカムを通じて信仰を完成するよう、マーニッカ・ヴァーシャガルに義務を委ねた。

そこでマーニッカ・ヴァーシャガルは、街から街へとさまよって、その生涯を送り、讃歌を謳《うた》いながら、あちらこちらとそぞろ歩いてまわった。この歌から、彼の名（その言葉はルビー）は来たのである。

ついに彼は、チダムバラムに達した。ここはシヴァの舞踏《ぶとう》が日々、演じられる聖なる都市であった。そしてまた「虎の足」という名をもつ聖者の住み家でもあった。ここでマーニッカ・ヴァーシャガルも暮らした。

天まで届く歌を謳《うた》ったのは、シヴァに過ぎなかった。朝、全部で千句ある完全な写経が発見された。それにはチダムバラムにある像のほか、神の署名があった。寺院のすべての熱心な者は、その説明のため、聖者のもとへ急いだ。

するとマーニッカ・ヴァーシャガルは、

「自分についてくるように」

と彼らに語った。そして黄金宮のシヴァの像のところへ、彼らを導いた。そして、

「それそのものが、すべての意味である」

と、言って消え去った。

それ以後、再び、彼が現れることはなかった。

अध्याय १० シヴァ舞踏物語

ターラカの森の中に邪教徒《じゃきょうと》の王が住んでいた。

「宇宙は無窮《むきゅう》で、終わりがなく、精神に主はない」、また「仕事の完成や救助の到達」など、その異端の考えがシヴァの知るところとなった。

シヴァは彼らに、真の道理を教えようと決心した。そしてヴィシュヌに、

「美人の姿に変身して、自分に随従《ずいじゅう》して来るように」

と願い、二人でその森へ入っていった。

シヴァはヨーガをする巡礼者の姿に変身し、ヴィシュヌはその妻となっていた。

二人がそこへ赴《おもむ》くと、王たちの后妃《こうひ》は皆いっせいに修行者（シヴァ）を見て、恋する感情に堪えられなくなった。王たちもまた求道者の妻（ヴィシュヌ）を見て、恋の虜《とりこ》になった。

そこで草庵《そうあん》は、まったくあわただしい状況になった。しかし、まもなく森の隠者《いんじゃ》たちは、

「その外見が本当のものでないのでは?」

と疑いはじめ、この訪問者(シヴァとヴィシュヌ)を呪咀《じゅそ》しようと全員で決めた。

森の王たちは聖火を準備し、その中から恐ろしい虎を呼び出し、シヴァを食い殺させるために突進させた。けれどもシヴァはただ微笑《びしょう》するばかりで、**静かにその虎をつかみ上げて、小さな指でその皮を剝《は》ぎ、ちょうど絹製のショールのように、これを腰のまわりにまとった。**

そこで今度は、森の王たちは恐ろしい毒蛇をつくった。けれども、シヴァは足で、その背を押さえつけて舞踏《ぶとう》をはじめて、毒蛇をだんだん踏みにじった。

隠者《いんじゃ》たちは、自らの術に疲れ、シヴァの舞踏《ぶとう》の巧妙《こうみょう》と、優美と、広々した天の姿に圧倒された。そして「舞踏《ぶとう》者シヴァを見よう」と集まった神々は、この光輝ある神の前にひれ伏して、熱心な崇拝者となった。

シヴァの配偶神パールヴァティーは白い牡牛となり、シヴァはカイラスに向かって彼女とともに出発した。一方、ヴィシュヌはアーチ、セシヤン、アナンダなどの毒蛇とともにひとりここに残った。そして、ヴィシュヌはブラフマーの夜中、乳海の中で休んでいた。

誰もが、シヴァの舞踏《ぶとう》の美しさに酔ったが、とくにアーチ、セシヤンは、

「もう一度、その舞踏《ぶとう》を見たい」

と望んだ。それゆえ、ヴィシュヌは毒蛇たちを解放した。そして、その子にその職を継がせた。

ヴィシュヌは召使いをカイラスに赴《おもむ》かしめ、

「禁欲主義の生活をして、シヴァのご加護を得るように」

と助言した。そこで毒蛇の崇拝者は、一千の玉の頭をもって、南方の地へ旅立ち、シヴァの現世の光輝のそばに体を横たえ、シヴァ崇拝者の一人となった。

以来、シヴァはブラフマーの形に変じ、鵞鳥《がちょう》に乗り、崇拝者の信仰を味わうために現れた。そして、かつて天の楽園の光を吸収すべく努力したことを示して、天からの幸福を申し出た。しかし、毒蛇は答えた。

「私は天と別離することを欲しません。また不思議な才能を棄てることも承諾《しょうだく》しません。私はただシヴァの神秘的な舞踏《ぶとう》を永遠に見たい」

ブラフマー（の姿をしたシヴァ）が説得したが、駄目《だめ》であった。結局、毒蛇は現在のようになって残った。シヴァはその時、本来の形を現し、パールヴァティーとならんで、白い鵞鳥《がちょう》に乗り、大蛇に近づいて、その頭を撫でた。

その時、シヴァは地上のグルのように進んだ。

それは新しい門人に古代の知識を伝えようとするためであった。シヴァは、

「宇宙はマーヤー（幻象）から生まれた」

　と言った。

「無数の化身の顕現《けんげん》であり、善悪行為の現出である。土の壺が製造所でつくられたように、物質の根本は粘土で、機械の根本は製造所の材料と歯車である。同時に、宇宙は物質的根本に幻迷《げんめい》をもつ。シヴァのシャクティー（パールヴァティー）はその機械的根本である」

「シヴァは二つの身体を所有している。ひとつは才能、資質で見ることができる。が、他は才能もなくて、見ることができず、超越的なものである。このほかにまたシヴァ独特の形の光体を持っている。シヴァは万物の精神である。**シヴァの舞踏《ぶとう》は宇宙の創造、破壊および保持である。**精神に体を与え、また解脱《げだつ》を与えるのである。舞踏《ぶとう》は形がなく、かつ永久である。蛇のアーチ、セシヤンは、宇宙の中央のチダムバラムで再びそれを見るだろう」

　そして、最後にシヴァが言った。

「その時、お前たちは蛇形《だけい》を棄てて、人の父母と生まれ、チダムバラムへ行くであろう。そして虎足でつくられた全リンガのはじまりのリンガのある墓所へ行くであろう。シヴァのつくった草庵《そうあん》で、シヴァといっしょに住め。そうすれば舞踏《ぶとう》を、お前たちに示す時が来るであろう」

पृथ्वी, द्यौस्, उषस्,
Prithvi,Dyaus,Ushas
第8篇 天父と、地母と、暁の女神物語

अध्याय ९
地神プリティヴィー

昔、ヴェナーという一人の王があった。

が、この王は乱暴、わがままで、とくに宗教上のつとめ、すなわちバラモン教の修行をいちじるしく軽んじていた。それで当時の仙人らが、その暴虐《ぼうぎゃく》に堪えられず、王を殺してしまった。

けれども、その後、困難が絶えず起こったため、

「不良な統治者でも、いないよりはいたほうがいい」

と考えられた。そして、死んだヴェナー王の大腿骨から黒い小人をつくったが、これでは王として都合が悪く、ついで右腕からプリトゥという王子をつくって、これを王として戴いた。

この王の治世中に、激しい飢饉《ききん》が起こり、大災厄《だいさいやく》が広がりはびこった。そこで王は人々の苦痛を見かねて、

「地神を殺してでも、大地に農産物を育ませねばならない」

と激しい口調で言った。これを聞いた地神はあわてて姿を変えて、牝牛《めうし》となったが、王

に追われて、ついに追いつめられた。疲れ切った地神は、王のほうに振り返って、

「プリトゥ王！　あなたは私を殺そうとしているが、そうすると女性（地神＝女神）を殺す罪になることを忘れたのでしょうか？」

　王は答えた。

「**小さな生命を殺して、多くの生命を助けるのだ。**悪の原因をなくして、多くの幸福が得られるなら、加害者の行為は有徳なはずだ」

「しかし、もし王が人々のために、私の身を滅ぼしてしまうなら、人々の食料の生産について誰に頼るのでしょう？」

　そして地神は王の命にしたがって、

「すべての農産物を回復させましょう」

「人々の利益のために牛乳をしぼり出せる子牛を（地神に）与えてください」

「植物の種子をまくために、土地を平坦にしてください」

　とプリトゥ王に頼んだ。

　耕地も、牧畜も、農業も、商業の通路も、またすべての文化がここにはじまった。土地は耕され、人々の住まいがつくられ、王は牛乳を得て、それから穀物や植物も生じた。

　そうして地神の生命は許され、プリトゥ王は地神の父のようになり、それから地神はプ

リトゥの名にちなんでプリティヴィーの名を得た。
それがすなわち地母神プリティヴィーである。

अध्याय २
天父ディヤウス

天父は名をディヤウスといって、下を向いて吠《ほ》えてる赤牛である。この天父が地母とあわさってすべてを創造し、保持し、また一切に対して、恩恵《おんけい》と仁慈《じんじ》をほどこすのである（ディヤウスはその後、インドラの威力にとって代わられた）。

अध्याय ३
暁の女神ウシャス

ディヤウスの子は、ウシャス（暁《あかつき》の女神）という。

闇の「夜」の姉妹である。ウシャスは紅の馬、もしくは紅の牝牛《めうし》にひかせたきらめき輝く車に乗り、舞踊《ぶよう》女のように美しく装って、ふくらんだ白い胸をあらわにし、**入浴したあとのようなあざやかな面持《おもも》ちで、明け方の東の空に現れる。**

そして広々とした天界の門を開くと、彼女の麗《うるわ》しい光がさっと遠くまで射し込んでいく。すると真っ黒な夜のとばりが破れて、あらゆる生きものは、快く目を覚ますのである。

ॐ

सवितृ

第9篇　サヴィトリ（太陽神）物語

Savitr

अध्याय ९
王の願い

ある日、ユディシュティラがマルカンディヤに、

「これまでにドラウパディーの娘のような貴婦人を見たことがあるか？」

と尋ねた。

するとマルカンディヤが答えて、

「マトゥラーにアスウァパッティ馬主という王があった。この王は徳が高く、寛大で、勇気があり、人々の尊敬するところであった。しかし、王は自分の跡継《あとつ》ぎのないことを非常に憂《うれ》いでいた。**そこでとても厳粛《げんしゅく》な誓いをして、隠者《いんじゃ》の掟を守ることにした。**十八年間というもの、毎日、聖火の祭祀をして、サヴィトリを讃えるマントラ（真言＝陀羅尼《だらに》）を読誦《どくじゅ》し、月の六斎日《ろくさいにち》（身を慎み清浄《せいじょう》であるべき日）に節食をした。それを見たサヴィトリは、ついに聖火の中に現れた」

と、語った。そして続けた。

「私（サヴィトリ）はあなたの禁欲生活、誓いの厳守、尊敬、礼拝を非常に満足に思います。王よ！　あなたの求めるものを何なりと要求しなさい」

サヴィトリが王の熱意と誠実にほだされて言った。アスウァパッティ王は答えた。

「女神！　それでは私に子供をください。我が一族を継ぐ子孫をください。ブラフマー（サヴィトリの夫）は言いました。私の子供のなかには、大きな功績を残す者がいる、と。もし私の願いを聞いていただけるならば、私に子供をお授けください」

サヴィトリは王の願いを受けて言った。

「ああ王よ！　私はあなたの願いを知って、夫ブラフマーとともに、あなたに子供を授けることについて話したことがあります。ブラフマーのご加護で、あなたは一人の花のような王女を授かるでしょう。そして、あなたは再び願ってはなりません。これはあなたの犠牲を喜んだ、父なる人の贈りものとなるでしょう」

アスウァパッティ王は頭をさげて礼拝して、その啓示《けいじ》の実現されることを願い、サヴィトリはそこから姿を消した。

まもなく王妃は、一人の蓮花のような目を持った美しい王女を生んだ。この王女はブラフマーの后妃《こうひ》サヴィトリ女神の与えたものであったから、盛大なる儀式を挙行し、王女にサヴィトリという名をつけた。

अध्याय २
姫の成長

サヴィトリは成長するにしたがって、ますます母に似て上品で美しくなった。人々は彼女を黄金の像のように思って、

「女神が、私たちのもとに舞いおりた」

と、言っていた。

が、この蓮花のような目をもった王女と結婚する者は何人《なにびと》も現れなかった。求婚者はいずれも、その華やかで美しい容貌《ようぼう》と、燃えるような精神がうちにあるのにおじけづいて、皆、志がくじけてしまったのである。

ある聖なる日に、神々への奉仕《ほうし》を終え、サヴィトリは花の捧げものを手にして、父王の御前《ごぜん》にやって来た。そしてその足元に拝して挨拶をし、手を結んでそのそばに立っていた。

王は婚期に達しながら、いまだ配偶者を得ない王女を見て、涙を落とし、静かに王女に言った。

「姫よ！　もはやそなたは婚期に達している。けれども、何人《なにびと》もそなたに求婚して来る者がいない。それゆえに、そなたは自ら、そなたに見合う夫の君を選択しなさい。そなたの

思う者を選びなさい。そうすれば、わしがその人に話して、結婚を進めよう。父というものは、自分の娘を相当なところへやらなければ不名誉なものである。どうか、そなたは神々の非難を受けないようにしてくれ」

そこでサヴィトリは、しとやかに父に挨拶をしてその場を去り、ただちに王の車に乗って、森中の聖者の草庵《そうあん》を訪れた。

そして聖者たちを恭敬《きょうけい》、礼拝しながら、林中をあちこちとめぐり歩きながら、夫としてふさわしい人を求めた。

अध्याय ३
サヴィトリの意中の人

ある日、王が大臣たちに囲まれていると、サヴィトリ姫が帰ってきて、王に挨拶をした。この時、王のそばに座を占めていた聖者ナーラダが王に向かって、

「どうしてあなたは年頃の姫を持ちながら、結婚を躊躇《ちゅうちょ》なさるのか？」

と尋ねた。そこで王が答えた。

「姫はそのために出かけ、そして今、帰ったばかりである。姫が夫として選択した人については、どうか姫にお尋ねください」

　と言いつつ、サヴィトリの方へ振り向き、「婿探《むこさが》しの旅のことを語るように」と言った。礼儀を正して、王のそばに立っていた姫は答えた。

「サールリス王にドュマセナという有徳の方がいらっしゃいました。王は盲目《もうもく》のため、ある仇敵《きゅうてき》に国土をとられ、王妃と王子をともなって森の中へ避難し、そこで過酷《かこく》な隠者《いんじゃ》の生活を送っておられます。その王の親王がその森の草庵《そうあん》で成長していて、その人こそ自分の夫としてふさわしい男性です。どうか、この親王を私の主として、私の心に受け入れさせてください」

　その時、聖者ナーラダが叫んだ。

「それは大きな間違いです。サヴィトリがその人を選ぶことは大変な失敗です。彼は名をサティヤヴァットといって、私はよく彼のことは存じています。彼は善良な性質で、すぐれてはいます。子供の時から、彼は馬を非常に好んだ。そして、彼はそれをモデルに絵を描き、彫刻を彫って喜び、ついには『馬描き』という名を得たくらいですから」

　王は尋ねた。

「この王子サティヤヴァットは聡明《そうめい》で、寛大で、勇気があり、相応の力を備えているか？」

聖者ナーラダは答えた。

「力は太陽のごとく、智恵はブリハスパティのごとく、勇気はインドラのごとく、寛大さは大地のごとく」

「それならば欠点は何か?」

「彼には、ただひとつの非難すべきものがあります。そして、その過失こそ彼のすべての徳を傷つけ、なおかつ、いかなるものもこれを治すことはできません。というのは、彼はこの一年の間に、死の宮に赴《おもむ》かねばならないのです」

そこで、王は姫に向かって、

「おお、サヴィトリよ、そなたはサティヤヴァット以外の夫を選択せよ。今、そなたも聞いた通りだ」

と言ったが、姫は、

「死の神は、一度しか参りませぬ。娘はただの一度、渡すことができるものです。ただ一度だけ『娘を渡す』と言われるべきです。生命が長かろうとも短かろうとも、彼に徳があろうとも、欠点があろうとも、私は自分の夫を決めてしまった以上、二度と他の人を選ぶことはいたしませぬ」

と答えた。その時、ナーラダ仙は王に言った。

「姫は強い意志をお持ちである。姫は自分の進むべき道から振り向くことをしない。またサティヤヴァットは徳において何人《なにびと》よりもすぐれている。私は姫の結婚に賛成します」

王は答えた。

「あなたの意見に、したがうことにしましょう」

ナーラダ仙は、

「サヴィトリに幸福と平和の来たらんこと！　私はもう行かねばならぬ」

と言いながら、天上界へ帰っていった。

अध्याय ४ 森の結婚

ある吉祥の日、王はサヴィトリをともなって、サールリスの王ドュマセナの草庵《そうあん》に供養《くよう》に出かけた。

徒歩で、その庵《いおり》に入っていくと、**聖樹の下に静座《せいざ》して黙想にふけっている隠者《いんじゃ》がいた。**

王は敬意を表して礼拝し、聖者に捧げる贈りものを出して、訪問の意志を語った。

するとドュマセナが言った。

「あなたの姫のような優雅に育てられた方に、どうしてこの厳しい森林生活ができるでしょうか？　我々は草庵《そうあん》の法にしたがって、苛酷《かこく》な修行をしているのです」

王は答えた。

「そのような心配は必要ない。私の姫は、幸福と悲哀の訪れることも、またそれを我慢しなくてはならないことも、よく承知している。どうか私の申し出をおろそかにしないように」

そこで準備が整えられ、森の双子の目の前でサティヤヴァットにサヴィトリが与えられた。

そして、父王が帰ってしまうと、姫は玉飾りなどを一切捨て、樹皮製《じゅひせい》の修行衣を身にまとった。

姫はとても喜び、姫の温和、克己、寛大さと、透き通るような声は、他の人々も歓喜させた。けれどもナーラダ仙の言葉だけは消えることなく、姫の胸中に残ったままだった。

ついにサティヤヴァットの死期が近づいて、残すところあと四日という時に、サヴィトリは「三晩」の滅罪苦行をして昼夜の断食を決めた。

三日目になると、姫は非常に疲労し切って、夫にまさに訪れようとしている死のみ、思い続けて、最後の夜を過ごした。

　朝になって、いつもの儀式を終えて、夫の元に来ると、皆は、

「姫が決して寡婦《かふ》にならないように」

　と祈った。

　サティヤヴァットはなにも気にとめない様子で、斧を手にして聖火のための薪《まき》を採りに、森へ出かけていった。その時、サヴィトリが同行を願うと、

「両親さえお許しくださるなら、連れて行こう」

　と言った。姫は、

「とてもひとりで残ることはできないし、また森の花もぜひ見たいから」

「夫にしたがって行くことを、どうしても許していただきたい」

　と、両親（ドュマセナ）に願った。

　そこでドュマセナは、

「姫が私の養女となって以来、何かを要求したということを覚えていない。それゆえに今回の願いは許しましょう。しかし、サティヤヴァットのつとめの邪魔をしないように」

　と注意して、これを許した。

अध्याय ५ 夫の死の時

サヴィトリはうわべに微笑《ほほえ》みをたたえてはいるものの、ナーラダ仙の言葉を思い浮かべていた。すでに死の神に見舞われた夫の姿を胸に描き、重い心に抑えられながら、夫とともに出ていった。

そして一方では生命の終焉《しゅうえん》を思って悲嘆《ひたん》にくれつつ、一方では笑みで夫に応えながら、姫は夫とともに聖流の岸、並木の間などを通り過ぎた。やがて目的地へ来ると、サティヤヴァットはただちに仕事に着手した。

けれどもサティヤヴァットが一本の大木の枝を切った時、彼は病気の発作を起こしてしまった。そしてこめかみが急に痛み出したので、

「しばらく眠ろう」

と言って、姫のところに来た。

そこで姫は両手で彼を抱きとめ、冷たい地面に身をおいて、自分の膝に彼の頭を載せた。

そして静かに時を感じていると、約束されたサティヤヴァットの死期がいよいよ迫ってきた。

と、突然、真っ赤に輝く神が恐ろしそうな姿をして現れ、手に輪索《わなわ》を持ちながら、サティヤヴァットを赤い目をもって凝視《ぎょうし》した。

そこでサヴィトリは、ゆっくり立ち上がって、彼を合掌《がっしょう》、恭敬《きょうけい》し、

「あなたは何者で、何をしにいらっしゃったのですか？」

と尋ねた。

「俺は死の神ヤマである。生きる一定の時を終えたサティヤヴァットのもとへ来たのだ」

ヤマはこう答えながら、サティヤヴァットの体から親指ぐらいの霊魂をひきずり出した。そして、輪索《わなわ》でしばって南の方へと出発した。サティヤヴァットの体は生気を失って、冷たくなったままで残された。

अध्याय ६ ヤマとの問答

サヴィトリは彼について行こうとした。するとヤマは言った。

「やめよ、サヴィトリ。それよりも、お前は早く帰って、夫の葬儀を営め。お前はここか

ら先へ来てはならない」

　サヴィトリは答えた。

「我が夫の運ばれるところへ、私はついて行かなくてはなりません。これは私の最後までの勤めです。道は開かれています。随順《ずいじゅん》のゆえに、私には道があります」

　そしてさらに続けた。

「智者は、友情は七歩だと言います。このように約束された友情に頼んで、私は今少し言わせていただきます。あなたは、私に『妻以外の規則にはしたがうように』と命じ、私を寡婦《かふ》にしようとして、自国の規則にはしたがわれません」

「ある目的、真の宗教的功徳《くどく》に到達しようとする人々に対しては、四つの決まりがあります。が、私にとっては、それは関係ないことです。私はただ妻の義務をつくし、真理に達します。私を寡婦《かふ》にする必要はありません」

　サヴィトリの言葉に、ヤマは答えた。

「お前はよく言った。またよく俺を喜ばせてくれた。では、夫の生命のほかで、なんでも欲しいものを求めよ。俺がそれを与えよう」

　そこで姫は、

「ドュマセナがその視力を回復し、かつ健康になるように」

と願った。するとヤマは、それを許した。

しかし、その後も姫はなおも、

「夫にしたがい、ついて行きます」

と言って帰らない。のみならず、

「**友情は常によい果実を結ぶべきです**」

と言った。

ヤマはその真理であることを認め、もうひとつ他の願いを求めることを許した。姫は、

「父ドュマセナが国土を回復するように」

と願った。

今度も、ヤマは、

「それを果たそう」

と約束して、姫に帰路に着くよう命じた。けれども、なお姫はそれを拒んで、

「助けを求める人々を助け、保護するのが人のつとめです」

と言った。

ヤマは第三の願いを許して、

「父に百人の子供を与えよう」

と言った。それでも、まだ姫は固執《こしつ》して、

「あなたは『正義の神』と呼ばれています。そして人々は、常にその正義を信頼しています。生きものそれぞれの信用を動かすのは、ひとり善良な心です」

と言うので、ヤマは今一つの願いを許した。

そこでサヴィトリは、

「私とサティヤヴァットとの間に百人の子供をもうけるように」

と願った。するとヤマは、

「おお姫よ。あなたに百人の子供をもうけさせよう。名声があり、力のある人々を授けよう。しかし、あなたはもうはるか彼方までついて来た。どうか早くお帰りなさい」

姫は正義を思い起こして、こう言った。

「厳格な生活のうちに、大地に生きるのは正しいことです。彼らすべてを保護したい」

ヤマは姫の言葉に感じいり、次の願いも許した。

しかし、姫は答えた。

「ああ名誉の授与者よ。あなたがすでに許した恩恵《おんけい》は、夫サティヤヴァットと夫婦の契《ちぎ》りを交わさなければ、叶いません。それで他の願いとともに、私は夫の生命を思うのです。夫がいなければ、私はただ死ぬばかりです。夫がいないのなら、どんな幸福も私には必要ありません。あなたは私に『百人の子を与える』と誓われました。そうしてなお、私の夫を奪い去ろうとなさいます。私はあなたの言葉を実現させるために、夫の命乞いをするのです」

その時、ヤマはそれを許してサティヤヴァットをサヴィトリのもとに帰した。そして彼に四百年の生命と隆盛と、その子供がことごとく王となることを約束した。

अध्याय ७　大団円

サヴィトリの願いは、すべて許された。

そこで姫は夫の亡《な》き骸《がら》のところへ帰ってきて、彼の頭を膝の上に載せ、異国の流浪《るろう》から帰った人のように喜んで、蘇生《そせい》する夫の顔を見守っていた。

サティヤヴァットは、ゆっくりと目を見開いて尋ねた。

「俺は、大分長く眠った。なぜそなたは俺を起こさなかったのか？　この真っ暗の中へ誰が俺を運んで来たのか？」

サヴィトリは答えた。

「あなたは、ずいぶん長い間、お休みになりました。その間にヤマがあなたを連れ去りました。が、今、連れ戻されたところです。もう大分夜もふけましたから、お立ちあそばせ」

こうして二人は帰っていった。真っ暗な中を、森の山路を越えて。

その時、ドュマセナや、后妃《こうひ》や、多くの聖者たちは、非常に心配して嘆き悲しんでいた。

けれどもブラフマーだけは、

「サヴィトリの徳は、必ずこの運命を変えてみせるだろう」

と信じて、希望をもって人々を慰《なぐさ》め、力づけていた。

この時、突然、ドュマセナの視力が回復した。人々は、

「サティヤヴァットの安全を意味する幸運の兆候《ちょうこう》だ」

と言いあった。

その時、姫とサティヤヴァットが暗がりの中を帰ってきた。そして囲炉裏《いろり》のそばに座っているブラフマーと王に会った。

歓迎は暖かく、質問は鋭かった。サヴィトリは起こった出来事を、こと細かに物語った。

そこで皆も安心して、姫たちに挨拶して、その場を去って自分の家に帰っていった。

翌日の夕暮れ、サールリスから使者が来て、「簒奪者《さんだつしゃ》が暗殺されたこと」を言上《ごんじょう》し、「人々

はドュマセナに再び王位にのぼっていただきたい」と望んでいる旨を伝えた。

そこで王はサールリスに帰り、その後、長く長く生きて、治世安らかに統治し、百人の子供をもうけた。

サティヤヴァットとサヴィトリもまたヤマの約束どおり、百人の子供を授けられた。

こうして姫はその善行によって、最高、幸運の地位を手にした。姫をはじめ、その父母、その夫、その子供たちまで、姫ひとりの力で最高の地位にのぼらせたのだった。

マルカンディヤは、ユディシュティラに言った。

「そしてそのように、ドラウパディーもまたパーンダヴァの人々を救うであろう」

第10篇 アシュヴィン（光明神）物語

अश्विन

Ashvins

अध्याय ९ アシュヴィン（光明神）

ある年老いた詩仙チヤヴァナというものが、美人と誉れ高いスカニヤーという女性を妻としていた。

ある時、スカニヤーが入浴していると、これまた美青年と評判の双子のアシュヴィンが、素っ裸のままの彼女の姿を見つけた。そして、無遠慮《ぶえんりょ》にそのそばにやって来て、

「ああ、なんと美しい手足を持った娘！　そなたは誰の子で、こんな森の中で何をしているのですか？」

と尋ねた。すると彼女はしとやかに答えて、

「私はサルヤチーの娘で、チヤヴァナの妻であることをご承知くださいませ」

と、言った。アシュヴィンは続けて、

「なぜ、あなたの父は、あんな年老った、しかも死に瀕した男（チヤヴァナ）にあなたをくれてやったのでしょう？　あなたはまだ夏の光のように、若さに輝いているというのに」

「私たちは、天上界においても、あなたのような美しい女性を見たことがありません。あなたは素顔、素裸にしても、第一の美人であることは疑いないでしょう。まして、あなた

が華美な衣服をつけ、立派な玉飾りを胸につけたなら、どんなに美しいでしょう？　あなたは早く、あの年寄りの夫を捨てておしまいなさい。そして、私たちのうちのどちらか一人をその後任として選ぶがよいでしょう」

と言った。が、彼女は毅然《きぜん》として、

「私の心は、夫チヤヴァナに捧げています」

と、言い切った。それでも彼らはまだ、

「私たちは天上界の薬師、医者です。ですから、私たちはあなたの夫をもっと若くし、かつ美しくしましょう。そうして、あなたはその三人（私たちと彼）のうちから、あなたの夫としてふさわしい人を選び出してください」

と言った。スカニヤーは仕方なくこのことを夫に伝えると、意外にも夫はこれを承諾《しょうだく》した。

そこでまずアシュヴィンらは、チヤヴァナを呼び寄せた。

チヤヴァナは、その若返って再び妻に選ばれようと、とても気合いが入っていた。そして水の中に入った。そして彼らもまた水の中に沈んだ。

ほどなく、彼ら三人は若々しい青年の姿となり、耳には輝く耳輪をつけてやってきた。ところが、彼らは全員まったく同じ姿であった。そして彼女に言った。

「さあ、好きなものをお選びなさい」

彼女は、三人が三人とも少しも違いのない姿なので、長らく躊躇《ちゅうちょ》していた。しかし、ついにその夫を認識して、ほかの人ならぬもとの夫チヤヴァナを選び出すことができた。**そこでチヤヴァナは、若さと美しさと双方を得ただけでなく、その美しい妻をも再び得て、大喜びであった。**それで彼らは、永久に美しく若いのである。

その代わり、「アシュヴィンが身分の低い出身である」という理由から、神々の仲間入りができていなかった問題にあたり、

「神々に仲間入りできるようにする」

という約束をアシュヴィンにして、これを成功させた。アシュヴィンたちは喜んで、天に帰って相当の地位を得た。

またチヤヴァナとスカニヤーは、ともに長く長く神たちと同じような幸福な生涯を送ることとなった。

かつてディスパラーという乙女がある戦いにおいて、足を切り落とされた時、アシュヴィンたちはただちに鉄の四肢をつくってやった。このように彼らは、災いから人々を救済し、とくに海洋に溺《おぼ》れたる者を船に救い上げるのである。

第11篇　ドルヴァ（北極星）物語

अध्याय ९
ドルヴァ（北極星）

ドルヴァは、ある王とその第一の后妃《こうひ》との間に生まれた第一の王子であった。しかし、宮廷には、この王の愛情を独占して権勢《けんせい》をほしいままにしているもう一人の若い王妃がいた。

一つは嫉妬《しっと》から、一つは憎悪から、ドルヴァは母のスニーチーとともに、果てしない深い森の草屋で退隠《たいいん》するために放逐《ほうちく》されてしまった。まったく罪なく流寓《りゅうぐう》の憂《う》き目を見る境遇となったのである。

そして、長い年月、ここで母子の二人がさびしい暮らしをしていた。

ドルヴァが七歳の時、彼は、

「父はどんな人なのですか？」

と尋ねた。母はこの問いに本当のこと（父は王であること）を答えたが、これを聞くとドルヴァは、

「父を尋ねて、対面してもよいですか？」

と重ねて聞いて、その許しを得た。そこで日をあらためて父のもとに出発した。

ドルヴァは、ついに父王に拝謁《はいえつ》した。そして、しばらくその膝に抱かれ、父の非常な歓喜と歓迎の温情を受けていたが、たちまち悲劇が起こった。

それはほかでもない、彼にとっては継母《ままはは》にあたる若い王妃が、顔に怒りの色を浮かべて、そこに入ってきたのである。そして王は急いで、ドルヴァをその膝から下へ降ろして、それ以後、見向きもしなくなってしまった。

この光景に接して、ドルヴァは何も語ることなくその場を出ていった。そして、またも流寓先《りゅうぐうさき》である自分の家に帰って、その帰りを不思議がる母に対して尋ねた。

「お母さん、世の中にはお父様よりもっと強いものがありますか？」

「ありますとも。蓮のような美しい目の方がそれです。その目の中には、すべての力が入ります」

「その人はどこにいますか？」

「その人の住んでるところですか。それはあの……それは、この森の真ん中です。そして、そこには虎がおり、熊がおります。その中で、その人は住んでいるのです」

ドルヴァは、その晩、母親が寝静まった頃、そっと起きて、その蓮の目の人を見つけようと、家を脱け出そうとした。そして母のそばにしばらく立って、

「ああ、蓮の目の人！　私はあなたに私の母を献じます」

それから、いざ家を出るときに、再び、

「私自身を蓮の目の人に献じます」

と言って、森の真ん中へと出発した。

ドルヴァは、どんどん進んだ。ドルヴァには、どんな困難も平気で、いくら遠くても距離など、なんでもなかった。彼は子供であった。そして危険などは、少しも感じなかった。それでなんら躊躇《ちゅうちょ》なく、ひたすら進んでいった。

森の険しい道を歩みを続け、しばらくしてドルヴァはついにその中心点に到着した。そして虎の来るのを待っていた。すると一匹の虎がやって来たので、ドルヴァは静かにそのそばに寄って、

「**お前がそう**（**蓮の目の人**）**か？**」

と聞いたので、虎はすぐに引き返した。次に熊もやって来たが、その時もやはり同じ態度で、熊はドルヴァのもとから去ってしまった。

そしてなおもドルヴァが落ちついて四方を注意しながら待っていると、今度はナーラダという大聖人がそこにやって来た。

そしてナーラダ仙は、ドルヴァに祈祷《きとう》を与え、彼に座わるように語った。そして、

「森の真ん中で、心を祈祷《きとう》に集中し、繰り返し、繰り返し、この呪文を誦《じゅ》していれば、蓮

目の人を見ることができるだろう」

と言った。

そこで彼は、その祈祷《きとう》の呪文を誦《じゅ》しながら座っていた。そして、ついに「蓮目」の人を見出した。

彼の心のうちに、それを見出したのである。

ドルヴァ自身は、それを体現するにいたった。彼は完全なる瞑想《めいそう》ヨーガに入って、そのヨーガを修めた。そのため、白アリが来て、彼の周囲に夜中、大きな蟻塚《ありづか》を築いたのにも気がつかなかった。

ドルヴァは少しも動くことなく、またそれを乱されることもなく、いつまでもいつまでも座禅している。

そして、「蓮目の人」として尊敬、礼拝されるようになった。北極に静座《せいざ》して、そこを動かないでいるのである。

जयेयं हरणहारिकम ततः खाण्डव दाहाख्यं तत्रैव मय दर्शनम सभा पर्व ततः परोक्तं मन्त्रपर्वं ततः परम जरासंध वधः पर्व पर्वं दिग विजयस तथा पर्वं दिग विजय

इंद्र

Indra

第12篇　インドラ（司雨の神）物語

अध्याय ९
インドラ（司雨の神）

インドラは、暴風雨の天の王で、また雷の神である。

彼はヒマラヤ諸峰の一つゴールデンマウントメルにある美しい宮廷で、天界の奏楽群《そうがくぐん》の長として、世界の東部を支配しているのである。

インドラは神酒と天楽で神々を慰撫《いぶ》し、そしてアマーラヴァティーの天界の街に住んでいる。この街には、舞姫がたくさんいて、宮廷にはバリヤタカカルバズルムや、一本でも所有すれば「富の主」の称号を得る木などが生えている。

インドラは天父と地母の子で、火神アグニとは双生《そうせい》の同胞であるが、アグニよりも高い地位を占めている。すなわち、天父ディヤウス神は彼をたたえ、大地も彼をたたえた。けれども、久しく王位に留まることなく、だんだん地位を低くしていった。

インドラは常に大洋を撹拌《かくはん》して、そこから生じた白象のアイラーヴァタに乗り、御者《ぎょしゃ》マタリにこれを御《ぎょ》させる。彼には四本の手があって、右手には武器ヴァジュラ（金剛杵《こんごうしょ》）と火矢と、左手には介殻、弓矢、鈎、ならびに宝網を持っている。

インドラはまた天をつくり、地をつくり、空には太陽と月をかけ、大空に境界をつくり、天地を支える柱をたてる。

地には草木を生えさせ、正しきを助け、邪をくじき、罪を犯したもの、約束に背いた者、真理を非難した者、祈祷《きとう》を憎む者、およそこれらの人々には、天火でことごとく倒してしまう。正義を好む者、敬虔な者、神への歌を怠らぬ者、朝に夕に彼を讃える者、これらの人々には優しい友、救主として現れる。

अध्याय २
ソーマ酒をあおって

彼はソーマ酒を飲んで、酔っ払った姿を見せるのが常で、ある時にはツリカズルカの祝祭においてソーマ酒を飲んで、狂喜のあまり悪魔アイを刺し殺したことがある。

また虚無《きょむ》の空間で、大空を支えられるのも、このソーマ酒の狂喜から成し遂《と》げたことである。またものさしをとって東方の地を測り数え、雷をもって諸川の源泉をつくったりもした。

彼はまた言った。

我はソーマ酒を飲んだ。
　我は実に牛馬を飼おうと決心した。
我はソーマ酒を飲んだ。
　我が飲んだ酒量が、狂暴な疾風《しっぷう》のように我を走らす。
我はソーマ酒を飲んだ。
　我が飲んだ酒量が、馬車の駿足《しゅんそく》のように我を促がす。
我はソーマ酒を飲んだ。
　信者の歌謳《かおう》は、愛する仔牛に対する母牛のように我を急がす。
我はソーマ酒を飲んだ。
　家匠の梁《はり》におけるように、我が心中に我は歌謡《かよう》を顧《かえり》みる。
我はソーマ酒を飲んだ。
　人類の五族は、我には一つの微塵《みじん》としてさえも現わされず。
我はソーマ酒を飲んだ。
　二つの世界は、我の半分にさえも等しからず。
我はソーマ酒を飲んだ。
　彼は天とこの広漠たる大地とをいちじるしく超越する。

我はソーマ酒を飲んだ。
来たって我にそこにもここにもこの土を耕作せしめよ。
我はソーマ酒を飲んだ。
急いで我にここやそこの土を打たせよ。
我はソーマ酒を飲んだ。
我の半部は上半にあり。我は半部を引き下ろしたり。
我はソーマ酒を飲んだ。
我は荘厳《そうごん》なり。天に昇れり。
我はソーマ酒を飲んだ。
我は従者《じゅうしゃ》としてまた供物《くもつ》の奉持者《ほうじしゃ》として、諸神の御下《おした》に行かんとす。

अध्याय ३

インドラの牝牛を盗んだ悪魔

インドラはある時、先覚者ガウタマの妻を奪ったため、ついにはそれが諺《ことわざ》となったことがある。

またインドラは他神の信仰に対して、激しい妬《ねた》みをもっている。隠者《いんじゃ》のヴィスヴァミトラが、数千年間、もっとも厳しい苦行の日々を送っていた。にもかかわらず、インドラは彼が所属する天にいる多くの美しいアプサラー（神女）の一人メーナカーという乙女を使わして、ついにその魅力で誘惑、堕落《だらく》させた。

隠者《いんじゃ》ヴィスヴァミトラは、

「私の知識、私の厳格、私の確信はどうなってしまったのであろうか？　一婦人のために、すべて一時に破壊された。インドラの喜ぶ罪過《ざいか》に誘われて、私は私の滅罪善行《めつざいぜんこう》から生じる利益を奪われた」

と、ため息を発した。

インドラの妃はインドラニーといった。彼は彼女の黒い髪を覆うために、時に牧童《ぼくどう》の姿を装って、花園からざくろの花をぬすみ取ることがある。

インドラの敵は、旱魃《かんばつ》と暗黒の悪魔ヴリトラであって、彼らが動きを抑えていると、インドラは雷火と電光をひっさげてこの強敵と戦う。すると天地は恐怖におののき、山川草木はみな息をひそめる。

インドラはまず龍蛇《りゅうじゃ》を撃ち、水を放ち、また高い山々の洞窟を裂いてしまう。そして猛牛のように、ソーマ酒の三壺を飲みつくし、電火をつかんで投槍《なげやり》とし、龍蛇《りゅうじゃ》のうちの初子《ういご》を殺す。そしてヴリトラが死ぬと、彼のために閉塞《へいそく》されていた天界の水がことごとく流れ出して、雨が勢いよく降るように人間界に落ちて来る。

ある時、パニスという貪欲《どんよく》の悪魔が、インドラの牝牛《めうし》の群れを盗んで、岩の間の洞窟に隠した。インドラは使いをやって、

「(牝牛《めうし》の群れを)返すように」

と言わせた。すると、貪欲《どんよく》男は蔑《さげす》みの目を向けて、

「貴様を使いによこしたインドラとは、どんな姿をした奴か? 奴をここによこせ。俺が直接に会ってやろう。そして俺の家畜をみる者として雇ってやろう……」

使いは答えた。

「静かにしろ。貴様は彼を傷つけることはできまいが、インドラは貴様など一撃のもとに打ち滅ぼすぞ。深い河でも彼を蔽《おお》うことはできず、また彼を隠すこともできない。貴様は今にインドラに斬り倒されるだろう。用心しろ」

使者はこう戒《いまし》めたが、悪魔は自分の武器による威力を背景に、どうしても牝牛《めうし》を返そうとはしない。

そこで戦いの神インドラはついに怒った。

そして、恐ろしい姿で、虚空《こくう》に現れた。この時、天地の二界はインドラの息吹を恐れ、ヤマナラシの葉のようにふるえた。彼は一声で山中の砦をつんざき、岩壁を吹き飛ばした。洞窟はその勢いにおびえて、自ら口を大きく開いた。

そこでインドラは悠揚《ゆうよう》と、洞窟の奥へ入っていった。そして、そこに幽閉《ゆうへい》されていた牝牛《めうし》群をひき戻した。この牝牛《めうし》群すなわち雨雲のふくよかな乳房から、彼は雨のしずくをこぼさせ、大地とその上の草木を肥やした。

अध्याय ४

ロバと王妃の結婚

インドラはある時、多くの神々を宮殿に招いて宴を催した。

その席で、七人の美少女が舞踊《ぶよう》をして、場を盛り上げた。するとインドラの子ガンダールヴァスヌが一人の乙女に恋して、戯《たわむ》れたので、インドラは、

「**ロバの姿になって、下界に降れ**」

とガンダールヴァスヌに命じた。が、その場に居合わせた神々の調停で、昼間だけロバ

で、夜は人間に返ることが許され、下界放浪の身となった。

ある日、一人のバラモンがある池で沐浴《もくよく》しようとすると、その池のほとりにロバがいて、人間の言葉を話していた。

「自分はインドラの子であるから、ダール王の姫と結婚できるようなんとかしてくれ」

と願った。バラモンはその求めに応じて、これを王に伝えた。

すると翌日、王は顧問官をしたがえてその場にいたり、ロバに会って、その来歴《らいれき》と天界からこの世に降誕《こうたん》した原因を聞き取った。そして、王は、

「降誕《こうたん》を証明する何か奇蹟を示すように」

と言うので、ロバ（ガンダールヴァスヌ）は、次の夜、一夜にして面積四十マイル、高さ六マイルの鉄城《てつじょう》を建設した。

そのため、王はやむなく、ふたりの結婚を認めた。

やがて結婚式当日となり、美麗な装飾と舞踊《ぶよう》と音楽につれて、多くの宝玉ともっとも貴い衣装に飾られた花嫁が、ロバと結婚するために鉄城《てつじょう》内に導かれた。

これを見たある者は泣き、ある者は笑い、ある者は大胆にも王のもとに進んで、

「これがインドラの子息ですか？　王は立派な婿（になる人）を見出された。婚儀を躊躇《ちゅうちょ》しなさるな。このように優れた花婿はいまだかつて見たことがない」

「かつてロバと結婚したラクダがあった。その時、ロバはラクダを見上げて『慈《いつく》しみたまえ、なんと美しきお姿よ』と言った。これを聞いてラクダは『愛したまえ、なんと可愛いお声であることよ』と答えた。その結婚では、新郎新婦は同じ獣のかたちであったが、今は王女がそのラクダの代わりとなられるとは、本当に異常の出来事だ」

と言った。またあるバラモンはロバの鳴き声をからかって、

「結婚式には歓喜の証として、シャンク貝を吹奏《すいそう》するものだが、今回はその必要がない」

と言い、貴婦人たちは、

「このように天使のように美しい姫様を、ロバに与えるとは一体何事でしょうか？」

と、次々に声をあげた。

このような意見を聞いた王は、自らの不明を恥じて首を傾けた。

その時、ガンダールヴァスヌはインドラの呪いについて打ち明けた。

「**賢者は身に着けた衣服で、決して人を評価しない**。また身体もただの衣服に過ぎない。今は父の呪いでこのような姿になっているが、夜になれば人間の姿に戻る」

と言った。

そこで王は反対の意志を打ち消し、結婚式はとどこおりなく挙げられた。しばらくして来賓《らいひん》は退出し、夜はだんだんふけてきた。

すると、ロバの新郎は立派な男性となり、王の前に現れ、美しく着飾った花嫁を王から受けとった。

けれども、王は婿が昼間だけでも、ロバの姿でいるのを悩んで、思案の末、こう考えた。「ガンダールヴァスヌはインドラの子息である。ゆえに彼は不滅の身である。夜のうちに彼の脱ぎ去ったロバの形が屍《しかばね》のように地上におかれたその時、これをひそかにやき棄て、ガンダールヴァスヌを再びロバの姿に戻ることができないようにしよう」

そして、このくわだてが実行されて、ガンダールヴァスヌにかけられた呪いはついにとけることになった。

म आहुः सेनामुखं बुधाः त्रीणि सेनामुखान्य एको गुल्म इत्य अभिधीयते त्रयो गुल्मा गणो नाम वाहिनी तु गणास त्रयः स्मृतास तिस्रस तु वाहिन्यः पृतनेति विचक्षणैः

第13篇　アグニ（火神）物語

अग्नि

agni

अध्याय ९ アグニ（火の神）

ある時、十人の乙女が、二本の棒をもって摩擦《まさつ》すると、そこから、一人の肥満した、赤色の肌で、顔は二面、赤黄褐色を帯びた頭髪、腕が七本、足が三本の一子が生まれてきた。そこで十人の乙女の親は、これをアグニと名づけた。

アグニは生まれるとすぐに両親の二本棒を食いつくし、その後、牡羊《おひつじ》にまたがって同じ牡羊《おひつじ》の旗章《きしょう》の旗をひるがえしながら、それぞれの口からフォーク状の舌、もしくは火炎を吹いて供えもののバターをなめつくした。

アグニは、それでもまだ飽き足らなくて、供えものを食べすぎて消耗《しょうもう》した体力を、カーンダヴァの全森林を食べて回復させようとした。しかし、これはインドラによってさまたげられた。

アグニは炎の神、とび色の髭《ひげ》、鋭くて輝く黄金や鉄の歯、燃えるあごを持ち、鋭い歯で森林を噛《か》みつくそうとし、森の木々を襲っては牡牛のように吠《ほ》えた。火花を発して、草々をなめつくす時は、百鳥も恐れおののくありさまで、彼が一度通過するところは皆真っ黒となり、アグニの馬は黒い跡をつくるのである。

けれどもアグニは、彼を讃えるものには大いなる恵みを与える。**アグニは、彼の崇拝者の仇敵《きゅうてき》を焼きつくし、雷火の木を倒すように邪悪の人を打ち滅ぼす。**そしてまた財宝への門を開き、天から慈雨《じう》を降らせる。

とりわけアグニのご利益は、家庭の安泰《あんたい》、子孫の繁栄、一族の隆盛などである。

पर्यजिते अष्टादश समाजग्मुर अक्षौहिण्यो युयुत्सया एवं नामाभिनिर्वृत्तं तस्य देशस्य वै द्विजाः पुण्यश्च रमणीयश्च स देशो वः परकीर्तितः तद् एतत कथितं सर्वं

Nachiketa,Yama

नचिकेता, यम

第14篇　ナチケータスとヤマ（死の神）物語

अध्याय १
ナチケータス

あるところにヴァージャシュラヴァという牛飼いがいて、彼は「ただただ神の恩恵《おんけい》を得よう」と、自己の飼い牛すべてを神への供物《くもつ》とした。

しかし彼の飼い牛は、みな老衰《ろうすい》していて乳一つ出ないので、今度は彼のひとりっ子ナチケータスまで犠牲にすることにした。

この時、ナチケータスは父に尋ねた。

「お父さま、私をどの神様に捧げようとなさるのですか？」

父ヴァージャシュラヴァは答えた。

「俺はお前を死の神に献じようと思う」

それを聞いたナチケータスは考えた。

「私はヤマ（死）神に取り扱われる最初の者でもなければ、また最後の者でもない。しかし神は自分をどうしようとするのだろう？　おそらく私も他の人も同様の運命になるだろうか。人は草のように枯れ、また草のように生長する」

こう考えながら、ナチケータスは死の神ヤマの邸宅へ出かけていった。

が、その時、ヤマ神が旅行に出かけていたので、やむなくそこで三日間ばかり滞在することにした。そのうち死の神が帰ってくると、召使いはヤマに向かって言った。

「客人のバラモンが火のようになって、三日間もあなたを待っておられます。水でも出して、客人をもてなしてあげてください。彼は一食もしないで待っていて、誰も彼の世話をしませんでした」

अध्याय ३
3つの願い

そこで死の神ヤマは、ナチケータスに言った。

「お前は食事もとらないで三日間、俺の家で待っていたそうだな。ではその三日に対して、三つの願いを要求せよ。そうすれば、俺はそれらを許して遣わそう」

これを聞いてナチケータスはまず第一に、

「私の父に平和というものを与えて、私が帰るのを歓迎するようにしてください」

と願った。それは許されたので、次に、

「天上界では、人々はすべてあなたのもので、そこには飢えもなく、老いもなく、また死の恐れもないと聞きます。どうかその天に導く（祭祀の）聖火を示してください」

と、願った。そこで死の神は、聖壇《せいだん》の石、その配置などを説明し、そして再び言った。

「よし、許そう。この聖火は常にお前の名で知られている。お前の名は天へ導く火である。これがお前への第二の贈りものである」

それから、ナチケータスは第三の願いを言った。

「ああ、死の後の摩訶不思議！『それは存在する』と誰かが言えば、他の者は『それは存在しない』と言う。神よ、どうかこの疑問、死後の存否《そんぴ》を解いてください」

この質問にヤマは答えた。

「年のいった神々ですら、そのことは知らない。なかなか知りがたいことである。**ああナチケータスよ、これとは違う何か他の願いを要求せよ。**百人の子でもよければ、数え尽くせないほどの富でも、広い土地、寿命の長さでもなんでもいい。望むものなら、何なりとお前のものとなるであろう。王位、財宝、またインドラの歌舞《かぶ》女でもいい。が、一つ死後についてのことだけは、求めてくれるな」

अध्याय ३
ブラフマンとアートマン

困ったヤマに対して、ナチケータスは続けた。

「寿命も重大であれば、富も歌舞《かぶ》も貴いものです。けれども、一度、あなたが出現されると、これらのものはことごとくあなたのものとなります。ただ不死という恩恵《おんけい》さえ受けたら、人はどうしてその生を喜ばずにいられるでしょう。そのため未来永劫に関するこの疑問をどうか解いてください。私にはそれに超した欲望はありませぬ」

死の神ヤマは、答えた。

「二つは義務、もう一つは悦楽《えつらく》。これら二つが、人をいろいろな道に導く。すなわち義務を選択する人は幸福に、悦楽《えつらく》を好む人は悪に逆行していく。智、愚。よい、悪いの二つもそれ相応の結果になる。（ナチケータスが）欲望に左右されず、ただ智を求めて話していることは理解できる。智者ですら、迷いのうちに住む。愚者は愚者に導かれるものである。そして愚者に対しては、何も顕《あらわ》れないものである。愚者はこの世界のことを考え、他の世界のことなどは考えない。こうして皆つぎつぎに私（ヤマ）の力のうちにいたるのである」

「しかし彼は、唯一を語る神である。その一つを多くの人が聞くことはできない。たとえまたそれを聞いても、多くの人がそれを理解することはできない。ブラフマンを知る者は、不思議なものである。よく洞察《どうさつ》してブラフマンを理解せよ。ブラフマンを聞いて、究極にいたれば、それこそがブラフマンである」

ナチケータスは答えた。

「善でなく、悪でなく、有形《ゆうけい》でも無形《むけい》でもなく、過去と未来にないものを説明してください」

死の神は、言った。

「**聖智《せいち》、善行、および信仰の究極の目的は『オーム』である。**この語はブラフマン（宇宙の根本原理）である。超越的なものである。この語を理解すれば、その人は思いのままのものが得られる」

「聖者は生まれず、また死にもしない。彼（アートマン）はどこにも来ない。彼（アートマン）はまた何物でもない。彼（アートマン）は不生、不滅、不増、不減で、体は殺されても精神は殺されない」

「殺害者が彼（アートマン）は殺害されたと思い、また彼（アートマン）が殺害されたように見えても、それは誤りである。殺されても、殺してもいない」

「この自我（アートマン）は小よりも小さく、大よりも大きく、自我は各自の心中にある」

「そこにいながら、彼（アートマン）は遠くに旅し、そこに横たわりながら、どこにでも行くことができる。それを知る人は、もはや悲しむこともない」

「この自我（アートマン）は、理屈で獲得することができない。また知識によっても、経典によっても、到達することができない。選択する人によってそれは解明される」

「心中にとどまっているすべての欲念《よくねん》が追い出された時に、一時、仮の人生が永遠不滅となり、彼はブラフマンとなる」

「心の束縛《そくばく》が解脱《げだつ》された時、永劫《えいごう》の存在をかち得る」

このように死の神ヤマから知識を学び、無上の聖智《せいち》を見出して、ナチケータスはようやく死から自由となった。超越的自我を体得したナチケータスは、真の自由を得たのである。

अध्याय ४ ヴィジャヤアの苦心

ヤマははじめバラモンの娘のヴィジャヤアという少女を懇望《こんぼう》したが、彼女ははじめてヤマを見た時に、ヤマの心を見抜いた。

ヤマはヴィジャヤアの心を動かし、彼女もついにこれを承諾《しょうだく》した。そして、少女がヤマ

の家に到着した時、ヤマは彼女に、

「ここで無事に暮らすには、この王国の南部を訪れてはならない」

と忠告した。

けれども、その後、ほどなく彼女は、「（ヤマの）寵愛《ちょうあい》を争う女性がそこに隠されている」と思い、好奇心に駆られて、禁を冒《おか》して南方へ旅立った。

すると意外にも、そこには苦痛に沈む罪人がおり、その中に自分の母がいるのを見て驚いた。そして彼女は、

「母の苦悩をどうにかして救ってください」

と、ヤマに切願《せつがん》した。ヤマは、

「この世に残った人々が冥福《めいふく》を祈る儀式を営んで、その功徳《くどく》を死者に向ける以外に、手段はない」

と拒絶《きょぜつ》した。

そこでヴィジャヤアは苦心の末、死者の冥福《めいふく》を祈って儀を行って、ついに亡き母の苦しみを救うことができた。

第15篇　サラスヴァティー（学問芸術の神）物語

ॐ

सरस्वती

Saraswati

अध्याय ९

ブラフマーとサラスヴァティー

サラスヴァティーは創造神ブラフマーの妃で、創造に属する創案、想像の性質を持った智慧の女神である。そしてまた『ヴェーダ』の母、デーヴァナーガリー文字、サンスクリットの創始者、美術、音楽、修辞《しゅうじ》の守護神、話（談話）の女神である。パンジャーブ地方にサラスヴァティーといった古称の河があったが、その両岸で厳粛《げんしゅく》な儀式が行われていた。そこでは諸神を祭る習俗があったが、サラスヴァティーはちょうどその澄み渡る水のなめらかな流れの、よどみない弁舌《べんぜつ》や美しい音楽、または聖典を読誦《どくじゅ》し、祈祷《きとう》を捧げる階調にも似た弁舌《べんぜつ》を見せ、芸術文学を守護する女神である。

この女神は常に寵愛《ちょうあい》する孔雀の背に乗り、楽器を携え、両手には一巻の書物を持ち、花をとってその夫に捧げている。

ある時、諸神を喜ばせ、地上に恵みの雨を与える目的で、ブラフマー、サラスヴァティー、その他の神々ならびに聖者らが、プシュカラに集まった。

そしてすべての準備が整えられ、犠牲、献上のもろもろの儀式が行われたが、サラスヴァティーはちょうどその時、家事に携わっていたので、参列しなかった。そこであるバラモ

ンが、サラスヴァティーを迎えに行くと、

「まだ身支度もできず、家の仕事も残っていて、ラクシュミー、ガンガー、インドラニー、他の神々の妃たちも来ないから、自分ひとりで式に臨むことはできない」

と断った。

使いはブラフマーのもとへ帰って、この旨を話したが、

「妃（サラスヴァティー）の列席がなくては、この儀式も意味がない」

と言って大いに怒り、インドラを招いて、

「どこからか、急いで一人の妃としてふさわしい女性を迎えてくるように」

と厳命した。インドラはこれを了承して、すみやかに各地を尋ね求め、ついに一人の若い牛飼いの少女が美しい顔に微笑《びしょう》をたたえつつ、バターの壺を携えて行くのを見た。インドラはただちにその乙女をつかまえて、プシュカラの儀式の席へともなってきた。

ブラフマーは大いに喜んで、このガーヤトリーと呼ぶ乙女を娶《めと》る旨を、集まった神々や聖者たちに告げた。そしてガーヤトリーを花嫁の座席に導き、無上の宝衣《ほうい》で身を飾らせた。

अध्याय २ サラスヴァティーの度量

この時、ちょうどサラスヴァティーは、ヴィシュヌ、ルドラならびに諸神の妃たちをしたがえて祭祀の式場にやってきた。見ると花嫁の座席には一人の牛飼い少女がいて、バラモンたちは献供《けんく》の式を行いつつあった。そこでサラスヴァティーは、

「ブラフマーよ。あなたの妻である私を斥《しりぞ》けようとして、あなたはこの罪深い行為をくわだてたのですか？　このように浅ましい行いを、恥ずかしいと思わないのですか？　今、ブラフマーあなたは、諸神、聖者たちの父でありながら、三界の嘲笑《ちょうしょう》を招くこのようなことを公然と行った。夫に棄てられた私は、今さらどうして人に顔が向けられるでしょう？」

と、嘆いた。これを聞いたブラフマーは、

「**バラモンたちが来て、『祭式の時は来た』と言った。**しかし、サラスヴァティーは来ないようだ。そのまま妻の座席の空いたままで祭祀は行うことは問題だ。そこでインドラがこのガーヤトリーをともなってきて、ヴィシュヌやルドラが私に彼女との結婚を促した。それでやむなくこのようになったのだが、今後、あなたの心には背かないから、今回の背信行為《はいしんこうい》だけは許してくれ」

と願った。サラスヴァティーはこの夫の言葉を聞いて言った。

「願わくば、私の犠牲の功徳《くどく》によって、ブラフマーは一年のうち一日以外は、寺院、聖堂でお祈りを受けないように。ブラフマーのもとに牛飼い少女をともなってきたインドラは、鎖につながれて異郷に禁錮《きんこ》の身になってしまえばいい。背徳の結婚を薦めたヴィシュヌは、人間界に生をうけて、長く家畜の番人として放浪の生活を送りますように。ただ供物《くもつ》欲しさから祭式を行ったバラモンは、今後、強欲《ごうよく》のためのみに祭祀に列すればいい」

こう呪いをかけてサラスヴァティーはその場を退いたが、ブラフマーはヴィシュヌとラクシュミーを彼女について行かせ、サラスヴァティーを家に帰らせた。

サラスヴァティーが帰ったとき、ブラフマーは彼女に向かって、

「ガーヤトリーをどうしようか？」

と問い、ガーヤトリーはサラスヴァティーの足もとにその身を投げ伏せた。するとサラスヴァティーは、ガーヤトリーの身を助け起こして、

「妻は夫の欲するまま、その命令にしたがわねばなりません。夫を罵《ののし》り、愚痴《ぐち》をいい、夫と争う妻は、死後、必ず地獄へ堕ちるでしょう。それなら私たち二人は仲良くして、ともに温順《おんじゅん》に夫に仕えましょう」

と、優しく言った。そこでガーヤトリーも、

「**私はあなたの仰せに誓って、長く夫にしたがいましょう。**命に代えてあなたの友情に背かないでしょう。私をあなたの娘とも妹ともお思いになり、長く長く愛してください」

と言った。

こうして二人は互いに心のわだかまりは解けたが、さっき怒りに任せて言ったサラスヴァティーの呪いの言葉は、今なお効き目が続いているのである。

ॐ

लक्ष्मी

第16篇　ラクシュミー（吉祥天＝好運の女神）物語

Lakshmi

अध्याय ९
ラクシュミー

ラクシュシーはミュリーともいわれる絶世の美と体をあわせもち、その心とても純潔《じゅんけつ》な女神で、ヴィシュヌの妃である。

ヴィシュヌは他の諸神では類例を見ないほど、多様の化身の姿を見せるが、ラクシュミーもまた、その夫ヴィシュヌに応じて多種の変相《へんそう》を示す。

すなわちヴィシュヌが小人として生まれた時は、ラクシュミーはパドマーとなって蓮花中に現れ、ヴィシュヌがラーマとして地上にくだったときにはシーターとなって随伴《ずいはん》し、クリシュナと化した時はルクミニーとして現れるのである。

ヴィシュヌが天界の姿を受ければ、ラクシュミーもまた聖相《せいそう》となり、限りある齢の身となっては、またこれに応じる姿になる。ヴィシュヌの心を慰《なぐさ》めるため、自らの個性を変化させる美麗《びれい》、繁昌《はんじょう》、好運の女神である。

अध्याय २ ラクシュミー呪いを解く

シヴァの一分身なるプルヴァラスという聖者が、旅行中のある日、一人の天の乙女に出会った。そして、その身に着けていた香気のよい花冠《かかん》をほしがって、ついにもらい受けた。そして、その香りに感激して思わず舞いはじめた。

が、やがて白象の背に座ったインドラに会ったので、この偉大な神に楽しみを捧げるために、その花冠《かかん》をインドラに供えた。インドラはそれを受けとって、象の首にかけると、象はただちに鼻で、その花冠《かかん》をつかみ、地上目がけて投げつけた。

プルヴァラス聖者はこれを見て、非常に怒り、インドラを呪った。

以来、インドラの威力は衰退しはじめた。この恐ろしい呪いの効果は、他の神々にもおよんだ。

そこで神々はブラフマーの助けを求めた。が、ブラフマーも力およばず、ヴィシュヌに救いを求めさせた。そこでヴィシュヌは神々に、諸鬼類に助けを求めさせた。

諸神と諸鬼とが協力して大洋を攪拌《かくはん》すると、一つの生体が現れて、

「(来たるもの=ラクシュミーが) インドラの呪いを解くであろう」

と言った。

そしてラクシュミーが出現すると、聖者たちは大いに喜び、天の楽人は賛美の歌を合唱し、天の乙女たちは女神の前で音楽を奏《かな》で、舞った。

マーガンガーをはじめ、天の霊象も現われて、純粋な水をラクシュミーに注ぎかけた。

そして乳海《にゅうかい》は永遠に色の変わらない花冠《かかん》を捧げ、神々の芸能や技術に長けた者は愛らしい飾りでラクシュミーの身を装った。**ラクシュミーは入浴を終え、身の装いを整えて、その身をヴィシュヌの腕にまかせて、神々に酒の聖杯を贈った。**そして酒宴後に、神々は戦いに赴《おもむ》いて、うまいぐあいにインドラの呪いを除き去った。

神々でさえ、ラクシュミーの身の装いと贈りものに対して、羨望《せんぼう》の眼差《まなざ》しを送った。

ヴィシュヌが無限の象徴である千頭蛇に静かによりかかっている時は、ラクシュミーはその足を揉《も》んでいる。ヴィシュヌが全宇宙にあまねく満ちれば、ラクシュミーも広く行き届いて充足させる徳を表わす。ヴィシュヌが思考の象徴となれば、女神は言葉の象徴となる。ヴィシュヌの政治には、女神はつつしみ深い態度でのぞみ、ヴィシュヌが正義、理解となった時は、女神は知識と恭敬《きょうけい》となる。ヴィシュヌの一語が男性的な事象を象徴すると同時に、ラクシュミーの名はすべての女性的な事物を代表する。

ヴィシュヌとラクシュミーの間の子は、恋愛の神カーマデヴァである。

ॐ
मनसा
Manasa
第17篇　マナサー天女（蛇の女王）物語

अध्याय ९
マナサーとチャンド

マナサーはシヴァの娘ではあるが、人間界に生を受けた非常な美人であった。が、彼女も世間によくある継子《ままこ》いじめの憂《う》き目にあって、もう一人のネター（これもシヴァの娘の一人）と、天界から降って地上に住むことになったのである。

その残忍な継母《ままはは》は、バガヴァティーもしくはパールヴァティーと称した。

マナサーは女神たちに相当する崇拝を受けたいと願った。もし都市チャンパカ・ナガールの富があり、力ある商人のチャンド・サダーガルの信仰さえ獲得すれば、継子《ままこ》いじめは解決すると考えた。

そこでマナサーは長年の間、チャンドを説得した。けれども王子は熱心なシヴァ神の崇拝者で、蛇の女神らには心を傾けなかった。

すなわちマナサーは蛇の女神、女王であった。

チャンドは街の城壁に一つの美しい庭園をつくった。それはまったく地上の楽園ともいうべきもので、彼は常にそこに赴《おもむ》いては新鮮な空気を呼吸し、夜な夜な庭園の花などを楽しんでいた。

マナサーが最初に行ったのは、部下の蛇を遣わしてその国を灰にすることであった。しかしチャンドは、シヴァ神から死から生命を蘇らせる魔力を授かっていた。そのため一旦、破壊された庭園も、一度、特別の呪文を唱えて、その美をすべて回復することは、たやすかった。

続いてマナサーは、その姿を美女へと変化させ、チャンドのそば近くへやってきた。その艶《あで》やかさは、月も恥じらうほどであった。そしてチャンドは、彼女とすっかり恋に落ちた。そしてマナサーは、

「（チャンドが）『シヴァの魔術的能力』を私に与えると約束しない限り、チャンドの言葉に耳を傾けません」

という態度をとった。

こうして、この誓約《せいやく》が成立すると、すぐに彼女は姿を消して、空中に本来の蛇の姿を現してチャンドに言った。

「これは偶然でもなければ、自然に起こったことでもない。もし今、私への信仰を決めるなら、あなたのこの能力は返そう」

しかし、チャンドはそれを聞き入れなかったので、マナサーによって庭園は破壊された。するとチャンドは友人の大魔術師サンカラのもとに使いを送って、庭園を再びきれいに

回復し、草花、草木を前よりもいっそう美しく栽培してもらった。

これを知ったマナサーはサンカラを殺し、三度、この庭園を破壊しようとくわだてた。が、チャンドは今度はどうすればよいかわからなかった。そして、不幸な出来事がチャンドに振りかかってくるたびに、マナサーはその耳に口をあてて、

「それは偶然ではないよ」

などと、ささやいた。

そしてその時も、マナサーは毒蛇に命じて、彼の六人の子を殺害しようとした。その死を目のあたりにさせて、彼女はまたチャンドの耳に口あてて、

「私さえ礼拝すれば、すべてが好都合に運ぶのだから」

とささやいた。

けれども、チャンドは頑固な男であった。そのため、たとえ悲しいことがあっても、決してそれに沈み入ることはなかった。

अध्याय २ マナサーの嫌がらせ

船で航行することを好んだチャンドは、悲しみに沈むどころか、反対に海原へ出帆《しゅっぱん》した。そして、チャンドは成功した。船に多くの財宝を積んで、まさに家に帰ろうとした時、嵐が起こって船が転覆《てんぷく》しかけた。

この時、チャンドはバガヴァティーに祈って、助けを願った。一方、マナサーは父シヴァ神のもとに赴《おもむ》いて、チャンドの祈りは事実でないことを話した。

「マナサーは天から私が姿を消すだけでは満足しないようだ。また私のすることすべてに干渉するつもりなのだろうか？」

チャンドは思った。

そこで、シヴァは彼の妻バガヴァティーに、「自分と天に帰るように」と言い聞かせた。

「お前の寵愛《ちょうあい》する子ガネーシャとスカンダのために、ただちにここを離れたほうがよいだろう」

「そうしないと、どうするのですか？」

バガヴァティーはシヴァに尋ねた。シヴァは答えた。

「いいだろう。構わない。しかし少し理性的でないと。マナサーが自分の思うままの道を選ぶのは…。とりわけ、彼女はひどくぞんざいにされていた。お前は寛大であったほうがよいだろう」

こうしたやりとりの後で、バガヴァティーはシヴァとともに天界へ戻っていった。するとボートが沈んで、チャンドは海中に残された。マナサーは彼を溺《おぼ》れさせる考えはなかったので、水中に蓮座《れんざ》を投げ入れた。

マナサーにはもう一つの名前があった。それはパドマー（ハンドマ）＝蓮の名であった。チャンドは自分を救おうとする浮き木がパドマー（＝マナサー）であると知って、それを見捨てた。

チャンドは、憎しんであまりある敵の名を冠するものから、救助されることを快よくは思わなかったのである。一方、再びマナサーはささやいた。

「私さえ、信仰すればうまくいくというのに」

チャンドは静かに死のうと決心した。しかし、それはマナサーの意にそぐわなかったので、彼女はチャンドを岸辺に運びあげた。

その後、チャンドが友人チャンドラケツの住んでいる街へ赴《おもむ》くと、ここでチャンドは大いに優遇《ゆうぐう》され、体力も回復した。しかし、やがて友人がマナサーの熱心な信者であることがわかり、マナサーの寺院が近くにあることにも気がついた。そこでただちにチャンドはここを出発して、友人が着せてくれた衣服までも脱ぎ捨ててしまった。

チャンドは各地で食べものを求めたが、これを食する前にまず川に入って沐浴《もくよく》をして身を清めた。**チャンドが沐浴《もくよく》してる時、マナサーは大きなネズミを遣わして、さきに彼が得た米をすっかり食べつくさせた。**

食べものを失ったチャンドには、川端《かわばた》のほとりに子供たちが落とした生のオオバコの皮だけしかなかった。その時、チャンドは稲刈りや打穀人《だこくにん》のように親しみを込めてブラフマーに祈りと奉仕《ほうし》を捧げた。しかし、ここでもマナサーが邪魔をした。

やがてチャンドはチャンパカ・ナガールへ帰る道を知り、以前にも増してマナサーを憎悪するようになった。

अध्याय ३ 鋼鉄の家

マナサーには、インドラの天女であるところの二人の友だちがいた。そして彼女たちは、マナサーを助けて、商人チャンドを征服しようと決めた。

一人はチャンドの子供に再生し、一人はサーハの娘に生まれることにした。サーハはニッチャン・ナガールの商人で、チャンドの友である。

チャンドが家に帰ってくると、妻は子供ラクシュミンドラを連れてチャンドを迎えた。

そして、ラクシュミンドラは成年期に達し、結婚してもいい頃になった。

一方、サーハの娘ベフラーは富においても、美しさにおいても、匹敵する者がないほど羨望《せんぼう》を受けていた。ベフラーの顔は花咲いた蓮華のようで、髪はくるぶしまで達し、髪の先は美しい巻き髪となっている。目は鹿のように、声はうぐいすのように、またその舞踊《ぶよう》の様子は、チャンパカ・ナガールの街中の舞妓もおよばないほどであった。

そして二人は恋に落ちた。

しかし不幸にも占星家は、

「(チャンドの子) **ラクシュミンドラは、結婚の夜、蛇に噛《か》まれて死ぬだろう**」

と予言した。

けれども、二人は予言のことは忘れて、ただ愛のことばかりを考えていた。

そして彼女たちは、二人ともマナサー天女に献身《けんしん》していた。

チャンドの妻は、結婚の延ばすことを認めなかったため、チャンドはその準備にいそがしかった。そして彼は「マナサーがこの件にかかわってること」を知っていた。

そこで、彼は鋼鉄《こうてつ》の家を建てた。

そしてピンすら通ることのできないように、一つの傷もないように注意した。鋼鉄《こうてつ》の家は剣を持った番兵に見張られていた。家の周囲の庭園では、猫、イタチ、孔雀などが自由に遊び戯《たわむ》れていた。そして、これらの動物はすべて蛇にとっての不倶戴天《ふぐたいてん》の仇敵《きゅうてき》であった。それだけでなく呪文、消毒剤、蛇毒などがいたるところに撒布《さんぷ》されてあった。

しかし、マナサーはこの家の建築を引き受けた工匠のもとへ行って、

「鉄壁のうちに自分の通過する穴をつくらなければ、お前もその家族も噛《か》み殺す」

と脅《おど》した。

工匠ははじめ、

「雇い主を裏切りすることを欲しない」

と言って、戦いがはじまったが、最後に工匠が負けて、髪ほどの大きさの穴をつくることとなった。

そして、ついに結婚の日は来た。

すると、たくさんの悪兆《あくちょう》が現れた。二階の床が落ち、式場の柱が折れ、花嫁のベフラーは寡婦《かふ》にでもなったように、突然、泣き出して結婚の徴《しるし》を前額《まえびたい》から落とした。

やがて式も終わって、ラクシュミンドラとベフラーは二人きりこの鋼鉄《こうてつ》の家に留まった。

ベフラーは手をもって顔をおおって、夫の顔を見ることも、彼の抱擁《ほうよう》に身をまかせることも躊躇《ちゅうちょ》した。彼は長い長い式典に疲れて、まもなく眠った。ベフラーも疲れていたが、彼女は床のそばに座って、夫を見守っていた。

というのは、ラクシュミンドラのような美しい男性が自分の夫となるのは、まったく身の丈にあわないと感じていたからである。彼女にはラクシュミンドラは厨子《ずし》におさめられた神のように見えた。

その時、突然、彼女は鉄壁にものの開く気配を感じ、大蛇がすべるように走るのを見た。マナサーに派遣された二、三の蛇は、狭いところは体を縮めて小さくし、そこから再び体を展開する力をもっていた。ベフラーは蛇に少しばかりの乳を与え、蛇がそれを飲んでいる間に頭部に縄を投げかけて結びつけてしまった。他の二匹の蛇にも同じようにして捕《つか》まえた。

するとベフラーは立つことができないほどの呪いの重圧を感じた。そこで彼女は、ベッドのそばに座って目を閉じた。びくびくしながら、時々、壁の中の穴を注意して、時々、目を開きつつ。が、ついに夫チャンドの足の上に横たわって、眠りに落ちた。

すると先にチャンドの庭園を破壊した毒蛇カール・ナーギニーが這《は》い込んできて、眠っている花婿の足を噛《か》んだ。

彼はベフラーを呼んだ。彼女が夫の声を聞いて、目覚めた時は、ちょうど毒蛇カール・ナーギニーが穴を抜け出すところであった。

अध्याय ४
ベフラーいかだに乗って

朝早く、ラクシュミンドラの母が花嫁の部屋へやって来ると、ラクシュミンドラはすでに他界の人となり、花嫁はそのそばで泣きくれていた。

そこに集まった人々は、ベフラーを責めた。彼らはその鋼鉄《こうてつ》の家に蛇が浸入したことを信じることができなかった。そして、妖術で彼女を呪咀《じゅそ》したほどだった。しかし、彼らは三匹のしばられた蛇を発見すると、花婿が蛇の毒牙にかかったことを理解した。

一方、ベフラーは群衆の言っていることを気にかけなかった。彼女はただ夫が自分を抱擁《ほうよう》しようとした時に、あまりに臆病《おくびょう》であったため、

「彼の最初で最後の要求を快よく受けとめられなかった」

という後悔の念にとらわれていた。
蛇に噛《か》まれて命を落とした人は、誰であろうとも火葬にしないというのが習慣であった。そのため死骸《しがい》はいかだに載せて、水上に浮かべることになった。万一、腕のいい医師、もしくは蛇使いがこのいかだを見つけて、「死体に再び生命の息吹きを吹き込まれる」という一縷《いちる》の望みをもって。

しかし、いかだが用意されると、ベフラーは死骸《しがい》のそばに座って、

「ラクシュミンドラが蘇生《そせい》するまで、この場を離れない」

と言った。しかし誰もその願いがかなうとは信じなかった。そして、「ベフラーは狂気した」と思った。そこにいる人たちは、彼女を説得しようと試みたが、功を奏《そう》しなかった。

ベフラーは養母に向かって言った。

「お母さま。あの私たちの部屋にはまだ火がともっています。お嘆きにならないでください。どうか、あの部屋へ行ってドアをお閉めください。あのランプの明るい部屋は、私の夫の蘇生《そせい》の望みだと信じます」

こうしてなんの助けもなく、ただいかだは流れていって、ついにチャンパカ・ナガールの見えないところまでやって来た。

しかし、ベフラーが父の家のそばを通り過ぎた時、彼女の五人兄弟はこれを待ち受けて

いて、ラクシュミンドラの死骸《しがい》に付きそって行くことをやめさせようとした。そして、「たとえ寡婦《かふ》であろうとも、皆はベフラーの帰ってくることを望んでいるし、また余生《よせい》を幸福に送られるよう応援する」

とも言った。けれども、彼女には「夫なしに生きていよう」という考えはなくて、

「どこへ行くことよりも、亡き夫のそばにいるのが一番の望みです」

と言って、川に浮かぶいかだを離れなかった。

が、まもなく夫の死骸《しがい》が膨《ふく》れて衰えはじめた。彼女はそれをいろいろな手で止めようとしたが、この避けることのできない残酷《ざんこく》な変化を見て、ついには意識を失ってしまった。にも関わらず、ベフラーはいかだに乗って、村を過ぎ、街を経て、なおも夫について行くので、その様子を見た人は彼女を狂人と考えた。しかし彼女はそんなことには目もくれず、毎日、毎夜、一心不乱にマナサー天女に祈願《きがん》をこらし、

「たとえ死骸《しがい》は蘇生《そせい》しなくとも、嵐やワニの害をこうむらないように保護し、自分を力と勇気をもって支持するように」

と願った。

ベフラーはまったく放棄された。彼女は、自分に人力以上の力を感じた。彼女は「信仰と愛は決して価値なくはない」と思っていた。

時にベフラーは、彼女に戦いを挑む悪魔の幻覚を見た。また時に快楽や安全の生活へと誘惑する天使の姿を見た。

けれども、なお彼女は静かに座って、ひたすら夫の復活のみを祈っていた。

こうして六か月が経過した。

अध्याय ५ 洗濯女ネター

そのうちにちょうどいかだは、とある場所に到着した。

ここには川岸に生活しているマナサーの友ネターがいた。その時、この婦人は、衣服を洗濯していたが、ネターは人でなかったために、その頭の周囲から発する光明によってベフラーからも確認できた。

ネターのそばには可愛らしい小児が遊んでいたが、突然、彼女はこの子供を補えて殺してしまった。そしてその死骸《しがい》は、ネターのそばに横たえられたまま、彼女は洗濯を続けた。日没の頃、ようやくその仕事は終わった。

すると彼女は、その子供の上に二、三滴の水をそそぐと、見る見る子供は起き上がり、あたかも今まで眠っていたかのようであった。その時、ベフラーは上陸して、洗濯女の足もとにひれ伏した。

ネターは彼女を天に導き、

「彼女の祈願《きがん》を叶えられるよう、神々を動かすことができるでしょうか？」

と試みた。

神々はベフラーに舞踊《ぶよう》を求めた。そこで彼女はその要求を受け入れて、神々を非常に喜ばせ、「ラクシュミンドラの蘇生《そせい》と、チャンドのなくしものの回復すること」を約束させた。

しかしマナサーは神々の考えに同意しなかった。そのため、ついにベフラーは、

「(彼女の養父) チャンドを改心させる」

と約束し、チャンドにマナサー女神を尊敬崇拝するように説得することにした。

こうして、ラクシュミンドラは生き返り、ベフラーとラクシュミンドラは、自分たちの家へと出発した。

अध्याय ६ ラクシュミンドラの故郷

しばらくたって、彼らは父の家に向かって、父母を訪ねた。しかし彼らはそこにはとどまらず、その日のうちにチャンパカ・ナガールへ出発した。

しかしベフラーは、マナサーとの約束（チャンドを改心させること）を果たすまで、夫の家の敷居をまたがなかった。夫の家の近くまで来ると、ベフラーは義理の妹を見た。妹は川岸へ、水を取りに来ていた。

ベフラーは哀れな掃き手に変身し、美しい扇《うちわ》を手にしていた。そしてその扇《うちわ》にはチャンド家一族の肖像を描いていた。

ベフラーは義妹に扇《うちわ》を見せて、

「自分はサーハの娘で、掃女のベフラーであること、チャンドの子ラクシュミンドラの妻であること」

を語った。

義妹は母に扇を見せるために家に走り、そして、

「扇《うちわ》の価格は十万ルピーはする」

と物語った。

母のサナカーは非常に驚かされた。しかし、彼女は鋼鉄《こうてつ》の家のなかのランプのことを思いだした。彼女はあの部室へ向かった時に、そこに一年の間、禁錮《きんこ》にされた。そして、ランプは消えることなくついたままだった。

サナカーは河岸へ急いで行くと、そこには彼女の子ラクシュミンドラとベフラーがいた。

ベフラーは、言った。

「**お母さま。あなたの子はここにいます。**しかし私たちは、お父さま（チャンド）がマナサー天女を崇拝するまでは、家に帰ることはできません。そのため私は策をねってお母さまをここまで呼んだのです」

チャンドはもはや拒むことができなかった。

マナサーが勝利を得たのだった。

チャンドは同月の下旬第一日にマナサーを礼拝した。

彼は左手で花を捧げ、マナサーの像から顔をそむけていたのは事実であるが、マナサーは満足し、健康と、富と、幸福をチャンドに与えた。そしてチャンドの友人の大魔術師サンカラも蘇生《そせい》させた。

マナサー天女の求めであった「チャンド・サダーガルの信仰の獲得」は、人類の崇拝になり、**やがて広く見られるようになった。**

शकुन्तला

第18篇　シャクンタラー姫物語

Shakuntala

अध्याय ९ 狩猟

プル族に属するドゥフシャンタという国の王が、ある日、多くの従者《じゅうしゃ》を召し連れて、都から離れたヒマラヤで鹿狩《しかが》りを催《もよお》した。人々は「今こそ獲物《えもの》をとって名を挙げよう」と西に、東に、駆けまわっていた。王もまた一人で谷の奥へ進んでいって、一匹の小鹿《こじか》を見つけ出し、今まさにそれを射殺《しゃさつ》しようとした。すると、

「何人《なにびと》か知らないが、この可憐《かれん》な小鹿の生命をお助けください」

「このあたりは聖者カンヴァの修道の霊場《れいじょう》であって、この森の生きものはカンヴァの養女《ようじょ》シャクンタラー姫の保護《ほご》するところ。クシャトリヤ（騎士）の武器は弱者のためのもので、鳥獣《ちょうじゅう》を殺すためのものではあるまい」

との声とともに、二人の隠者《いんじゃ》が現れた。

王はそれを「もっともだ」と思い、狩りを中止するのみならず、

「このような霊地《れいち》に来たのであるから、しばらくの間、清浄《せいじょう》な霊気《れいき》を浴《あ》びよう」

と考えた。聖者カンヴァは不在《ふざい》と聞いたが、王はそれでも奥深く進んでいった。するとヤシの茂みの隠れに、

「私が花に水を与えるのは、お父さまの仰《おお》せでもありますが、優しい花の姿がかわいいからでもあります」

「姫さまは、咲き誇った花にばかり水をそそいでおられます。しかし盛りの過ぎたこれらの草にも少しは水をおやりください。世に忘れられた者ほど、不憫《ふびん》な者はありませぬ」

「こちらの花にも」

などと、シャクンタラー姫と、侍女《じじょ》プリヤンバダー、アヌスーヤーの三人のささやきが聞こえた。

そこで王はそのほうをじっと見守っていると、ちょうどその時、一匹の蜂《はち》が花の間から飛び出して、あわや姫を刺そうとした。

この機会に、王は三人の前に進み出た。侍女《じじょ》は「どちらさまで?」と尋ねる。王はただ「都のほうから来た『ヴェーダ』の学僧だ」とだけ答えた。そしてその侍女《じじょ》と、「聖者カンヴァは、常に神に仕える身であるのに、その姫が聖者の愛娘《まなむすめ》とはどうしたわけか?」

「それにはこういう理由があります。ある時、天の神たちがヴァシシュタ王の威名《いめい》をねたんで、山姫メーナカーを、王の誘惑《ゆうわく》に遣《つか》わされた。王は山姫の美しい姿に心奪われ、抑えがたい欲望の魔《ま》に誘われて……」

「それで姫が生まれたと言うのか？」

「はい。月日が経《た》って、お姫さまがお生まれ遊ばしました」

などと会話して、そしてカンヴァ聖者が姫のために良縁《りょうえん》を求めていることも知った。

王はりりしく、男らしく、威厳《いげん》はあるが荒々《あらあら》しくない立派な貴公子《きこうし》である。また姫ももちろん美しく、しとやかな淑女《しゅくじょ》である。

「（シャクンタラー姫の）唇《くちびる》は、開きはじめたつぼみのように紅《くれない》で、やさしい腕は若くやわらかな枝に似《に》、木に咲き満ちた花のように美しい。青春の輝きは全身にくまなく満ちている」

こうして王と姫との胸に、互いを意識する想いが芽生《めば》えはじめた。

この時、狩猟の従者《じゅうしゃ》の一群がやってきたので、王はそれ以上、留《とど》まることもできず、姫との再会を固く約束して別れを告げた。すると、

「とがった草の葉が足に刺さった。上着がいばらの枝に引っかかった。どうか、しばらくお待ちください！」

と恋の生む、たくみな言葉が、恥《は》じらうシャクンタラー姫の口からもれた。

今はやむなく立ち上がったものの、王は我ながら不思議と思われるほど感情が高ぶって、手足は前に進みながら、心は後ろに、風に逆らう旗《はた》のように姫の姿の上に飛んでいた。

अध्याय २ ないしょごと

王は（都からは離れた）城に帰った。

けれどもシャクンタラー姫の面影《おもかげ》が、目の前にちらついて仕方がない。

そこで道化役《どうけやく》マーダヴィヤが、「狩猟《しゅりょう》のお供に疲れ切ったから、しばらく休ませてくれ」と願ったのを幸いに、「狩猟の歓声で、聖者の森を騒がすのは忍びない」という口実をつくって王は狩猟を中止し、人のいないところへ道化者を連れていって、自分の胸の想いを打ち明けようとした。その時、マーダヴィヤはこれに先んじて、

「しかしあの姫を、陛下《へいか》がお迎えしてはいかがでしょう？」と言うばかりでは何の役にもたたず……。それはともあれ、その姫のことをお話しくだされ」

「とても言葉や筆では表現できない。女の中の真珠《しんじゅ》、この世の女神である。この世の人は、誰一人《だれひとり》、彼女の美しさを味わい知ることはできないだろう」

「それでは、早速《さっそく》、宮中《きゅうちゅう》にお迎えなさっては？」

「そうかんたんに自由にもできない。何とかして、もう一度ひそかに会える方法があればな」

この時、衛兵《えいへい》が来て、「聖者の森から使者が来た」と言う。王は喜んで引見《いんけん》し、その

来意《らいい》を尋ねた。使者は、

「近頃、羅刹《らせつ》が出没《しゅつぼつ》して隠者《いんじゃ》たちの修行をさまたげます。目下《もっか》、聖者カンヴァがソーマ・ティールタに出かけてる不在の間、四、五日でもよいため、ぜひ羅刹《らせつ》たちを鎮《しず》めに来ていただきたいのです」

と、願うのであった。

森には、姫がいる。王は歓喜《かんき》に胸を波立《なみだ》たせ、即座《そくざ》にその願望を受け入れ、

「マーダヴィヤ、従者《じゅうしゃ》を呼べ。そして早々、その用意をいたせ」

という具合で、聖者の森を訪れる準備をしていると、今度は都の母から使いがやって来た。

それは、

「王の母が、王の幸福を祈る祭祀《さいし》を行うから、四、五日間、狩りをやめて都に留《とど》まるように」

とのことであった。

そこで王は、ジレンマに陥《おちい》った。

が、しばらく考えた後、都の祭祀にはマーダヴィヤを代理に遣《つか》わして、自分は森へ出かけることにした。けれども、王は口数の多いマーダヴィヤが、「シャクンタラー姫との恋の一件を母に話しはしないだろうか」と心配して、

「自分が聖者の森に出かけるのは隠者《いんじゃ》たちを保護するためで、決してシャクンタラー姫に会うためではない。王者があんな山の娘を愛してたまるものか。**先ほど言ったことはすべて冗談《じょうだん》だ。まじめにとってもらっては困る**」

と、もっともらしく弁解した。

अध्याय ३ 恋の楽しみ

王は城を出で、聖者の森に行った。

今の生活で、自然に包まれた静かな空気におおわれ、王の心は急によみがえったようなすがすがしさに満たされた。

羅刹《らせつ》たちも影を潜《ひそ》めてしまったので、王は隠者《いんじゃ》たちからは大いに賛美《さんび》された。しかし、その静かな落ち着いた心の底に、はっきりしないけれど、ただただ心のときめくことがあるのは確かであった。王は窓の下でもの思いにふけり、

「恋の神の放つ矢は、岩でつくられたというのに、どうしてこんなに鈍《にぶ》いのだろう。この

恋の神と月のために、世の若い人たちは無惨《むざん》にも欺《あざむ》かれてしまう。『月の女神は冷ややかな光を放ち、恋の男神は花の矢を携《たずさ》える』。恋に悩む若い人たちの言いぐさではあるが、それはふたつとも誤りである。見よ、月は光とともに、恋人の上に烈火《れっか》を注ぎ、恋の神は花の矢と見せかけて、鋭いダイヤモンドの矢を降らす。しかし、魚の旗印《はたじるし》立てたこの神、美しい恋人と力をあわせて、我が宝玉の緒《お》（ひも）を絶とうとしても、自分はその襲撃《しゅうげき》を恐れはしない。そこに真実の楽しみが与えられる。おお、力猛《たけ》き神、我々が神の御名《みな》を称《たた》え、このように自らを責める時ですら、神は少しも憐《あわ》れみを見せないのだろうか？ 自分は今、ほかに行くべきところもない。恋人の姿を眺めるよりほかに心の痛みを癒《いや》すものはない。ああ、今頃、姫は二人の侍女《じじょ》をともなって、マリー河のほとり、緑の木陰に灼熱《しゃくねつ》の陽射しを避けて散歩しているであろう……」

　などと、独り言を言って外に出た。

　そして川面から吹いてくるやわらかい風に顔を打たせながら、白い砂の上の足跡《あしあと》や摘《つ》み捨てられた花束《はなたば》などを頼って歩くうちに、とある木陰《こかげ》の低木《ていぼく》に花草折り敷いて、侍女《じじょ》と何事かを語りあってる姫の姿がちらりと視界《しかい》に入った。

　王は忍《しの》んで、蔭《かげ》から静かにその様子を伺《うかが》った。

　王が思い悩んでいるように、姫もうちに秘めた春の想いにもだえていた。そして日ごとに衰えていく物憂《ものう》い体を、園亭《えんてい》に横たえているのであった。

二人の侍女《じじょ》は、かたわらに付きそって姫を親切にいたわっている。そして姫に迫《せま》って、胸中の悩みを語らせようとする。姫は恥《は》じらいながら、ためらいながら、少しずつ恋の窓《まど》を開いて、「ドゥフシャンタ王を深く思いこがれていること」をついに打ち明けた。

侍女《じじょ》は王が日に日にやつれるのを知っているので、「王もまた姫を慕《した》っているに相違《そうい》ない」と考えて、姫に恋文《こいぶみ》を書くように勧《すす》めた。そして花に包んで、「この道に落としておいたら、きっと王が拾いあげるに違いない」と言う。

姫は「**もし、そっけなく恋文を斥《しりぞ》けられたらどうしよう?**」とためらった。「そんなことは決してない」と侍女《じじょ》たちは励ました。すると今度は「でも紙がない」と姫は言った。侍女《じじょ》たちは「爪先で蓮の葉に書くこと」を教えた。そこで姫はゆっくりと身を起こして、蓮の葉に美しい爪先で、

「我が君はご存知ないでしょう。
けれど日となく、夜となく、
あなたを想って、休みなき、
恋は、私の心を悩ませる」

と書きつづった。

今まで物陰《ものかげ》でことの次第を見聞きしていた王は、ついに堪《た》えかねて急にそこに現れた。二人の侍女《じじょ》は驚いたが、また非常に喜んで、王に勧《すす》めて姫のそばに座らせた。姫はうれしくもあり、恥ずかしくもあり、困惑《こんわく》したような風で、しきりにもじもじしていた。

　すると一人の女が、

「小鹿《こじか》が、母を見失って困ってるよう。さあ母を見つけやりましょうよ」

と、友だちを誘って立ち去ろうとすると、姫はあわてて言った。

「私だけ残してどこへ行くのです？　私一人でさびしい」

「どうしてお一人でございましょう。美しい世界一つのよい方がおそばにおいでなさるではありませんか？」

　と言いながら、二人は去っていく。姫はあわててその後を追おうとする。王は進みよって姫の衣の端《はし》をとらえ、

「この真昼の陽射しは体にさわります。とりあえず、おとどまりあれ」

「どうか放してください。私は侍女《じじょ》の行くところに行かねばなりませぬ」

「優しいシリーシャの花の硬い茎《くき》を持っているのにも似ないあなたの心。ご覧なさい。新月も、あなたの美しさを讃《たた》えようとして、空から下りてあなたの腕に腕飾りとなってまと

わっている」

「私の目には、月の光は見えませぬ。あら、どうしたのでしょう。髪につけた蓮華の花粉《かふん》が目に入ったのでしょうか？」

「ではあなたの目から、その花粉を吹き出す役を、どうか私にお許しください」

「心づかいはうれしく思いますが、まだあなたのお言葉を信じかねます」

「いやいや。新たな召使いはあなたの言いつけにそむくようなことはありませぬ」

「それではお手をわずらわします……」

こうして、シャクンタラー姫は王の腕に抱かれた。しばらくして姫は、

「位尊《くらいとうと》いあなたの、このお心に私は何として酬《むく》いればよいでしょう…」

姫は独り言のように言った。

「願わくは、あなたの優しき唇に」

「ただそれのみと仰せられますか？」

「蜜蜂《みつばち》は花の香りのみで満足します」

王の接吻《せっぷん》は長く、かつ燃えるようであった。

やがて夕焼けと靄《もや》が次第、次第に川面《かわも》を包んでいった。二人は言葉もなく、草の上にならんで座っていた。

すると突然、そこへ姫を探し求める老尼ガウタミーの声が聞こえたので、二人は驚いて互いに離れ、王はたちまち木陰《こかげ》に身を隠した。やがてガウタミーが現れて、姫の病状《びょうじょう》を尋ねて、聖水を姫にそそぎ、ともにそこから去っていった。
王は再び姫と寝ていたところへ来て、あたりを見まわしながら、

「花のしとねの上には、
彼女の優しい体が標《しる》したくぼみさえ見える。
爪で蓮葉《はすは》の上に残していった、
熱情のかぐわしい告白もここにある。
すっかり彼方には彼女の胸を飾れる、
百合《ゆり》の茎《くき》がしぼんで見える。
目の触れるところ、ことごとく彼女を偲《しの》んでいると、
この東屋《あずまや》を離れるべきだろうか、
たとえ君の体は逃げ去ったとしても」

とうそぶいて、なかなか王はそこを立ち去りかねた。

अध्याय ४ 姫の門出

ドゥフシャンタ王は、こうしてついにシャクンタラー姫と、互いに心も体も許し合った。

けれども、まだ姫の養父カンヴァが旅先だったので、姫はこの聖者の森に留《とど》まってその帰りを待つこととし、王は愛の徴《しるし》に指輪を与えて都に帰った。

ある日、隠士《いんし》ズルバーサがこの森を訪れたが、姫は王のことばかり思い詰めて、隠士を歓待《かんたい》することを忘れていたので、隠士は非常に怒り、庵《いおり》を出て、森の中を辿《たど》りながら、

「**我は呪わん。**

姫が思いあこがれる人でさえ、姫を思わなくなり、

王の心には姫の面影さえとどめることなく、

ありし日の王の思い出を呼び覚まさんとする、

姫の努力も空しく、

酒乱家が夜半の泥酔《でいすい》より覚めるとき、

宴《うたげ》の時、言った自分の言葉を否定するように、

王は姫のことを認めないよう」

と呪った。それを聞いた侍女《じじょ》たちは驚き慌《あわ》てて、隠士《いんし》の足もとに身を投げて、さまざまに懇願《こんがん》し、呪いを解かせようと努めた。この姫思いの心に隠士も少しやわらいで、

「**自分の呪いは、ドゥフシャンタ王が姫に与えたあの指輪を見ると解ける**」

ということだけを教えて、立ち去った。

やがてカンヴァが帰ってきた。

姫と侍女《じじょ》とは、「彼の留守中に姫が婚約したこと」をいたく怒られると、非常に心を悩ましていた。が、それは杞憂《きゆう》に過ぎなかった。彼は姫が一国の主と婚約したのを非常に喜び、「自分もようやく安心した」と、ほくほくして、「一日も早く姫を王の宮殿に送らねばならない」と焦《あせ》り立った。

旅の支度はできあがった。

姫は今、入浴を済ませて客間《きゃくま》の方へ出てきた。二人の侍女《じじょ》はかずかずの装飾品や香油《こうゆ》を運んできて、大勢の女たちも口々に姫を祝福《しゅくふく》したり、別れを悲しんだりした。

姫は侍女《じじょ》に向かい、

「プリヤンバダー。私は夫の君に早く会いたいけれど、またこの森を去るのは気が進まない。

そなたたちとも今、別れたくない」

「姫さま。お別れ申したくないのは、姫さまよりも私たちであります。いえ、森の草木《くさき》も別れを惜しんでおります」

「しかし、今はもうどうすることもできない。今、行けば、またいつここでそなたたちと会えるだろうか。せめて今しばらくここにいて別れを惜しみましょう」

「そのような心細いことをおっしゃらずに、時々この森へ。さあ早く王さまとご一緒に」

と、涙のうちにめでたい旅の仕度《したく》をした。

姫の旅衣《たびごろも》には、野に咲く紅白《あかしろ》さまざまの花が縫《ぬ》われていた。そこで侍女《じじょ》の一人が「大官《たいかん》に参る女性の服としては、いかがなものか？」と危ぶんで差し止めようとした。すると庵《いおり》から一人の若いバラモン僧が出てきて、その上衣の刺繍《ししゅう》の由来を説明した。

「聖者の仰せで、ある朝、沢のほとりへ参り、美しい花を摘《つ》み採ろうとすると、そこへ一人の山姫が現れ、『これらの品を姫へ捧げてくださるように』と言って、花の刺繍の衣、足に塗る油、宝玉などを持参しました。その上衣が、ただ今、姫さまのお召しの品でございます」

一堂《いちどう》の者はいずれも不思議な、若い僧の話に耳を傾けた。反対した侍女《じじょ》も黙ってしまった。姫はそれを着て、まさに出立《しゅったつ》しようとした。さすがの聖者も今日ばかりは涙を湛《たた》え、

「私の心は『シャクンタラーが今日、出立する』という思いに哀しみ、
私の喉《のど》は涙の流れでふさがり、
私の目はもの思いにくもりはてる。
しかし私の悲しみがこう大きいとすれば、
この手で育てた、私の子と新しく別れていく、
世の常の親の苦悶《くもん》はどれだけつらいものだろうか」
「彼女の森の身内のものたちよ、あたりの木々も、
今こそ交《か》わせ、別れの言葉、シャクンタラーに。
コーキラの調べと、よき声々、
みんな残らず答えてくれ、姫のために」

と別れの言葉を述べ、そして聖火の周囲をめぐらせて姫の身を浄《きよ》め、『リグ・ヴェーダ』の聖詩を歌って姫の前途《ぜんと》を祝した。

姫は一同に別れを惜しむと、ともにかねて愛していたソケイ花や牝鹿《めじか》の世話まで、二人の侍女《じじょ》に頼み、送る人、送られる人はともに森のはずれ、水のすみまで来た。

そこで父の聖者は「王への伝言」と、「妻としての務《つと》め」を重ねてくわしく言い聞かせ、

隠士《いんし》の呪いを心配している侍女《じじょ》は「指輪のこと」をくれぐれも注意した。

そして姫はわずかの隠者《いんじゃ》と侍女《じじょ》にともなわれて、王の宮殿に行ってしまった。

例の二人の侍女《じじょ》が、

「聖者の森も、魂がなくなった」

と嘆《なげ》くと、カンヴァはさまざまに慰《なぐさ》めながら、

「**姫は借りものである。夫が彼女を求めるまで両親に貸しつけられた貴《とうと》い宝玉《ほうぎょく》である。**自分はそれを今、真の持ち主に手渡したので、思い悩んでいた自分の心もやっと軽くなった。これからは、少し楽に呼吸がつけそうだ。がしかし、ああ自分は一人になった！」

こうつぶやいて、うなだれた。

二人の侍女《じじょ》も声をあげて泣いた。

अध्याय ५
否認

国王ドゥフシャンタは早朝から執務《しつむ》すべく玉座に出御《しゅつぎょ》していた。

するとこの時、ヒマラヤ麓《ふもと》のバラモンの霊場《れいじょう》から「学者カンヴァの使者が到着した」と従者《じゅうしゃ》の一人がとりついできた。

「応接間《おうせつま》に通すよう」

そう言いつけて、王は自らもその間に入った。やがてシャクンタラー姫が老尼《ろうに》ガウタミーや隠者《いんじゃ》たちにともなわれて現れた。姫が部屋に入ろうとすると、右のまぶたがちりちりとかすかにふるえた。「悪い予感」と姫が嘆くのをガウタミーが慰《なぐ》めて応接間に入った。

呪いの雲におおわれた王の目には、目の前に現れた姫を、愛しい自分の妻と認めることができなかった。

世にも美しい乙女《おとめ》と心ひそかに讃《たた》えながら、まったく何事《なにごと》も知らないようなよそよそしい態度で、隠者《いんじゃ》たちに訪問の用事《ようじ》を訪ねる。

「聖者カンヴァの言いつけで、王の血統《けっとう》を宿している姫を渡すために参りました」

と答えると、王は怪訝《けげん》な顔をして、

「聖者の乙女を娶《めと》った覚えはない」

と言った。

姫はあまりの驚き、恐ろしさのあまりに声も出ず、張り裂けそうな胸をやっとのことで抑えて、ガウタミーの胸にもたれ、小鳥のようにふるえている。

隠者《いんじゃ》たちは驚き、そして怒りをもって、「王の冷淡《れいたん》な心」と「約束を無視する厚顔《こうがん》」を怨《うら》み、かつ責めたが、王はただ不審《ふしん》そうな目つきをして、彼らの言うことを否定するばかりである。

隠者《いんじゃ》たちは手段《しゅだん》尽きて、「姫自身で王の心を動かすように」と勧めた。姫は嘆き悲しみ、怨《うら》みもだえて、

「おお、私の心！　あなたの主君の愛情を思い浮かべよ」

「ああ、王の言葉は私には火のようだ」

「おお、心よ！　あなたの疑いを確かめておくれ」

などと低くつぶやいていた姫は、隠者《いんじゃ》たちの勧めを聞いて、

「一旦、王の心が変わり果てた以上、いくら昔の思い出にすがっても、それが何になりましょうか？」

と独り言をしたが、ついに声を励《はげ》まして、

「我が夫……いえ、いえ、二人の婚約《こんやく》を認めてくださらぬ以上は、もはや夫と呼ぶことはかないません。気高い王さま、ついこの間、聖者の庵《いおり》で、あんなにおごそかな言葉で誓い遊ばしたのに、まっすぐな心の乙女を欺《あざむ》いて、『妻でない』とのおさげすみは、王にも似合わぬふるまいと存じます」

と怨《うら》み嘆《なげ》いた。

けれども王は両手で耳をふさぎ、

「そんないやしいそしりで私を汚《けが》すな」

と答えたので、姫は最後の手段として指輪を持ち出さねばならなくなった。

「ならば誓いの徴《しるし》をお目にかけて、私の言葉の決して偽《いつわ》りでないことを明らかにしましょう」

「その徴《しるし》とは？」

「この記念の指輪にございます」

こう言って姫はかつて王からもらった指輪を取り出そうとした。そして指を見て、

「あっ！　指輪が……」

と、叫んで、姫はよろよろと後ろに倒れそうになった。

いつの間にか指輪がなくなっていたのである。

ガウタミーはよろめく姫を抱き支えながら、

「あの坂の麓《ふもと》の道ばたで休んだ時、姫さまはそこのシャチーの池でお髪を洗いなさったが、もしやあの時、池の中に落ちたのではありますまいか？」

と、小声で言う。王はこれに気づいて、

「女どもの、逃げ口上《こうじょう》を考えるのは素早《すばや》いものだ」

と、嘲《あざけ》った。

問答無用と悟った隠者《いんじゃ》たちは、「王がどんなに婚約を否定しても、事実であるから、姫は当然、宮殿に残るべきだ」と言って立ち上がった。姫は驚いて、彼らの後について行こうとすると、隠者《いんじゃ》は、

「夫が姫につれなくすれば、姫もまた夫を捨てようとなさるのか？　それは父上の思《おぼ》し召《め》しではございませぬ。自らの心さえ清ければ、よしや下婢《かひ》となろうとも、夫の家に留《とど》まるのが女の道と申すもの、お留まりなされい」

と、言い聞かせて去っていった。はじめからその座に連なって、ことの次第をじっと聞いていた一人の僧侶で、王の顧問《こもん》が王に言った。

「姫はそれがしの家に引き取りまして、子供の生まれるのを待つことにいたしとうございます。天文博士《てんもんはかせ》の予言によると、我が君の初子《ういご》の君には、『四海《しかい》の覇者《はしゃ》』たる相《そう》があるとのこと、もしこの乙女の腹から生まれた子供にその相《そう》が備わっていれば、疑いもなく王子であり、そうでない時には乙女を森に送り返しましょう」

王はこの申し立てにしたがった。

姫も涙ながらにこれにしたがうほかなかった。が、絶望のあまり、息も絶え絶えに手を

合わせて、

「優しき土の女神！　願わくば早く私の生命を奪って、私の亡骸《なきがら》をあなたの温かい胸に永久に横たわらせてくださりますように」

祈りが済むとまもなく、姫は僧侶に連れられて泣きながら部屋を出ていった。

後に残った王の胸には、呪いの影がまだ濃く残ってはいるが、何となく不安な気持ちがして、王は深い瞑想《めいそう》に沈んでしまった。

するとものの十分も経《た》たないうちに、驚きの目を見張りながら、僧侶が入ってきた。そして、

「使いの者が立ち去ろうとした時、姫は自分の運命を悲しみ、軽はずみな結婚を悔《く》いて、人々に訴えました。すると、突然、女人の姿をした一筋《ひとすじ》の光明《こうみょう》が、不意に空から降りてきて、人々の驚く暇《ひま》も与えず、姫を抱いて空高くに舞い上がっていきました」

と述べた。

王は驚いて、何がなんだかよくわからないような状態になった。

अध्याय ६

シャクンタラー姫との別居

シャクンタラー姫の指から、水中にすべり落ちた王の記念の指輪は漁夫《ぎょふ》の網《あみ》にかかって、ついに王の手に戻った。

すると呪いの雲はたちまち晴れて、聖者の森における姫との逢瀬《おうせ》のなつかしい記憶が、潮《しお》のようにドゥフシャンタ王の胸に湧き返った。と、自分の腕に抱かれようと、かよわい女の身で険しい山坂の旅をも忍《しの》んできた愛する人を、嘲笑《ちょうしょう》と無視の冷淡《れいたん》な眼差《まなざ》しで追い払った愚《おろ》かさが、ひしひしと王の心を責《せ》めさいなんだ。

こうして王は、失望と、後悔と、悲嘆《ひたん》とに押し潰《つぶ》されて、なかば狂ったようになっていた。王は大臣たちの毎日の謁見《えっけん》をしりぞけ、ひたすら平静《へいせい》ばかりを請《こ》い求めたが、それは叶わず、さびしいベッドにひとり寝返りを打ち、たまたま宮中の淑女に会って言葉をかけようとして、

「シャクンタラー」

と名を間違えて、彼女らを呼んでは、すぐに沈黙《ちんもく》して羞恥《しゅうち》し、困惑《こんわく》するありさまであった。

そして王は、なつかしいシャクンタラー姫の姿をキャンパスに描いて、わずかに胸中《きょうちゅう》の

悶々《もんもん》を慰《なぐさ》めていた。

また王は道化者マーダヴィヤをつれて、庭園を出た。道化者はさまざまの冗談《じょうだん》を言って、王の心を慰《なぐさ》めようと焦っているが、それがかえって悲嘆《ひたん》の思いをかきみだすことになるので、さすがの道化者も困《こま》り切っていた。

王は「せめてもの憂《う》さ晴《ば》らしに」と、姫の絵を描かせたが、ちょうどその画像ができたので、食い入るようにそれを眺《なが》めて、新しい後悔と悲嘆《ひたん》とに浸《ひた》っていた。しばらくすると、「まだ描き足りないところがある」と言って、描き足す部分を案じて、

「きれいなシリーシャの花を、この耳の後ろにまとわらせなくてはいけない。そして香りのいい毛先が頬《ほお》のあたりにかかるようにしなくてはならない。そして、やわらかな、秋の月の光のように華麗な蓮の繊維《せんい》でつくった首飾りを胸にかけさせよう」

などと、しきりに独り言を言っている。

道化者マーダヴィヤは王の心が絵画に向かったのを幸いに、これを話題にさまざまのことを言っていると、宰相《さいしょう》からの文書《ぶんしょ》が届いたので、ある裁断《さいだん》を仰ごうとした。が、これもまた王にもの思いの種《たね》を増やすばかりであった。

すると突如、助けを叫ぶ声が聞こえた。道化者の声とわかっては、王はことに厳しい表情になる。叫び声は、

「怪物が自分の首をつかんで、サトウモロコシのようにねじ折ろうとする」

と聞こえる。

王は急いで弓矢をとり寄せ、従者《じゅうしゃ》とともに声のする方に駆けつけると、雷神インドラの御者《ぎょしゃ》マータリが力強く道化者マーダヴィヤの首筋《くびすじ》をつかんでいる。

が、マータリは王の姿を見ると、たちまちその手を放して、

「王の矢は悪魔に向けたまえ。これはインドラの意志である。そしてあなたの友にはただ愛寵《あいちょう》の眼差《まなざ》しを投げたまえ」

と言った。王は構えた矢をおいて、マータリに「何の用事で天から降りてきたのか」を尋ねると、「一群の巨魔が神たちの邪魔をするから、王の力でそれを征服してもらいたい」と答えた。

王はこころよくその依頼を引き受けたが、「なぜマータリが道化者マーダヴィヤを苦しめたのか？」と問うと、

「悲哀《ひあい》にしずんでいる王の勇猛心《ゆうもうしん》を呼びさますために、わざと王の寵臣《ちょうしん》を苦しめたのだ」

と答えた。そしてマータリはただちに自分の乗ってきた車に王を同乗させ、天上界《てんじょうかい》指して昇っていった。

これより先、シャクンタラー姫の生母メーナカーの命を受けて、姫の身を守る山姫ミシュ

ラケーシーは、王に捨てられて失神した姫をともなって昇天していたが、「その後の子の様子は？」と、大空から地上を指して降りてきた。

そしてマンゴー樹の下にひそかに身をひそめて、一部始終《いちぶしじゅう》をすっかり見聞きし、また指輪の一件からドゥフシャンタ王の今のありさまを知った。

そして、道化者マーダヴィヤがマタリーに奪い去られる前に、シャクンタラー姫の母メーナカーに伝えようと、ミシュラケーシーは大空高く舞い上がった。

अध्याय ७
大団円

ドゥフシャンタ王はインドラの頼みを受け入れて、見事、巨魔《きょま》を退治してしまった。そして今は再びマタリに送られて、インドラの車で下界へと帰路《きろ》に着いた。

するとぱっと開けて、下界の森羅万象《しんらばんしょう》が足もとに展開した。

広々とした天空を横ぎりながら、王は目を四方に向けて、壮麗《そうれい》な天体を讃《たた》え、夢のように幽玄《ゆうげん》な地上の高山、巨沢《きょたく》に好奇の胸を踊らせていたが、**ふと天界のかなたに黄金の流れ**

を見せる山がそびえているのに気がついた。そこで王は「あれは何だ？」と尋ねた。

「あれこそは下界の仙境《せんきょう》。造化の大神ブラフマーの孫、三界の盟主インドラの父母たるカシュヤパとアジチの夫婦の尊者が棲《す》んでいる宮殿『黄金峰』であります」

「あそこに行く道があるだろうか？」

「今なら道もありますが、今日の機会を逃してはまたあるかわかりませぬ。それに、今日のこの時に参らなければ、今後、神の助けもあるかどうか…」

と勧《すす》められ、王も「ぜひ」と、天馬の歩みを早め、雲また雲を分け入って、流星のように目指すところに到着した。

黄金峰の宮殿は、華麗《かれい》の極みを尽くしていた。

マタリは王を木陰《こかげ》に待たせて、ドゥフシャンタ王の来訪をカシュヤパに知らせに行った。

あとに残った王が、驚嘆《きょうたん》の目をあげて、あたりを眺めていると、右の腕に幸福、恋愛のきざしのふるえがした。そして、

「わけもなきこの腕のふるえは？
あらゆる希望は永遠に失せたというのに、
幸福の徴《しるし》で私を嘲《あざけ》るのか

幸福が消えつくし、厄災《やくさい》のほか何も残っていないだろうに」

という言葉が自然と口から洩《も》れた途端、後ろの方から

「そんなにいたずらをしてはいけません。さあ、おやめなさいよ」

という声がして、子供とは思えないほどに大人びた少年が二人の女性とともに現れた。

子供は獅子《しし》の頭をつかんで無理に口を開かせようとし、それを女たちはしきりととめているのであった。

子供をちらりと見た王の胸には、不思議な感じが湧いてきた。

子供は女たちの言葉を聞かないで、むりやり獅子の口を引っ張っていた。その時、思いのままに王者の徴《しるし》の環《わ》の形があざやかに現れていた。

物陰《ものかげ》からそれを見た王の心はふるえて、

「もし自分がこんな子供を持っていたら、どんなに幸福だろう?」

などと思っていた。

子供はなおも獅子をいじろうとするので、女たちは恐ろしくなって助けを呼んだ。

王はさっと駆け寄って子供の手を握ると、何とも言えぬ歓喜《かんき》の情がその手から自分の腕にふるえながら伝わるのを感じた。

女たちは子供と王があまりに酷似《こくじ》しているのに驚いた。

子供の相手をしながら、女たちといろいろ話しているうちに、子供の母の名がシャクンタラーだということを知って、王は「はっ」と、胸を躍《おど》らせた。そして、先ほどから何となく子供にひきつけられるように感じたのも、「親子の血縁のゆらぎが相通《あいつう》じていたのだろう」と思った。

けれども「しばらく希望を起こさせて、またそれを破壊しつくす運命のいたずら」だろうと思った。しばらくすると、どうしたはずみにか子供の腕に結びつけてあった護符《ごふ》が地に落ちた。そこで王がそれを拾い上げようとすると、「いけない」と言って侍女《じじょ》が制した。

その時、すでに護符は王の手に拾い上げられていた。

侍女《じじょ》は互いに顔見合わせて、雷にでも撃たれたように驚いている。

「どうしたことか？」

と聞くと、

「この護符《ごふ》はこの子の誕生式に、霊山《れいざん》の神父カシュヤパ尊者の手で結びつけられたもので、もし落ちた時は、生みの親の手で再び腕に結ばねばなりません。万一、このお子の父母でない他人がこれに手を触れると、それが毒蛇《どくじゃ》となってその手を噛《か》むのです」

と言うので、王は「そんなことがこれまでにあったか？」と尋ねると、「二度も、三度も目撃した」と侍女《じじょ》は答えた。そこで王の胸には、うれしい期待の影が次第に濃くなってきた。

と、そこへ寡婦《かふ》の衣をつけ、頭髪を結んだシャクンタラー姫が現れて、今しも護符の一件を聞いて、驚愕《きょうがく》と、疑惑と、期待の感情が入り混じった王に会った。

ドゥフシャンタ王は姫の足もとにひざまずいて、そっけなく姫をしりぞけたその時の罪を詫《わ》びた。姫はなつかしみつつ、喜びつつ、そして感謝しつつ、王の言葉を胸いっぱいに受けとめた。

そして二人の仲は、永遠のものとなった。

けれども、なにゆえ王が、一度、姫を拒《こば》むようなそっけない心になったかはまだわからない謎として残った。

やがてマタリが現れてきて、「王をカシュヤパ神の前に導く」と言った。

王が姫をともなって神の前に行くと、神は二人の上に舞い降りてきた幸福を祝し、

「王が姫をしりぞけたのは王の本心でなく、隠者《いんじゃ》の呪いのためであった」

と、くわしくその理由を語って聞かせた。

カシュヤパ神のこの言葉は、二人の心に無限の歓喜と安堵《あんど》を恵み、解けがたい謎にこころよい解決を与えた。

そこでドゥフシャンタ王が、

「おお、何という重荷《おもに》が自分の心から取り去られたことであろう。これで自分の性格も、非難がなくなった」

と言うと、シャクンタラー姫も、

「うれしゅうございます。ほんとにうれしゅうございます。あなたはわけもなしに、私をおさげすみ遊ばしたのではなかったのですね。あの時のことはみんなの呪いのせいだったのですね。ああ、それでわかったことがあります。二人の侍女《じじょ》が、あなたが私に気がつかないことがあったら、『指輪をお目にかけるように』と申しましたの。二人はきっと呪いのことを知っていたのでしょう」

と喜んで、二人は歓喜のうちに神前《しんぜん》を退いて、下界に降ってきた。

そして、いつまでもいつまでも楽しい生活を送った。

418

ांश च पार्थेन तस्मिन देशे मानुषाणाम अगम्ये; तदा नाशंसे विजयाय संजय यदाश्रौषं घोषयात्रा गतानां; बन्धं गन्धर्वैर मोक्षणं चार्जुनेन सर्वेषां सुतानां कर्ण बुद्धौ रतान

第19篇　プルーラヴァスとウルヴァシー物語

उर्वशी, पुरूरवस्

Urvasi,Pururavas

अध्याय ९ プルーラヴァスとウルヴァシー

あるところにプルーラヴァスという一人の王があった。

この王がある時、ヒマラヤ山中で猟をしていると、どこからともなく、

「助けてくれ！」

と叫ぶ声が聞こえた。そこで王はその声のした方へ尋ねて行った。

そこは百花咲き乱れている森の中で、遊び戯《たわむ》れていた二人のアプサラー（神女＝水の精女）が、羅刹《らせつ》に奪い去られようとしていた。

王はこれを見ると、たちまちに羅刹《らせつ》たちを追い払って、二人のアプサラーを助けた。この二人の名前は、ウルヴァシーとその友のチトラレカであった。

王はこのウルヴァシーをひと目見るなり、恋に落ちた。そしてついに、

「自分と結婚してくれ」

と、彼女に求婚した。ウルヴァシーはその申し出を承諾《しょうだく》したが、ただ一つの条件をつけた。それは、

「どうか、私にあなたの裸の姿をお見せ下さらないように」

というものであった。

अध्याय २
盗まれた小羊

二人は仲睦まじく、夢のような楽しい月日を過ごしていたが、ウルヴァシーはいつの間にか懐妊《かいにん》して、まもなく母となる運命となった。

一方、このアプサラーと友だち（また天界での夫）であったガンダルヴァ（乾闥婆《けんだつば》＝蜃気楼に住居する歌手）たちは、彼らの仲間を失ったので、ともどもにこのように話した。

「ウルヴァシーが人間たちと同棲《どうせい》するようになってから、もう大分月日が経つ。我々は彼女を連れ戻す方法を考えよう」

こうして彼らは、ある方法を考え出した。

ウルヴァシーには昔から非常に寵愛《ちょうあい》している二匹の子持ちの牝羊《めひつじ》があった。そして今でもいつも自分のそばから離さず、夜はベッドにしばりつけているのだった。ガンダルヴァはこのことを知っていた。そしてプルーラヴァス王が彼女のそばで寝ている間に、子羊の一匹を盗み去った。

子羊の一匹がいなくなっているのに気がついた、ウルヴァシーは叫んだ。

「ああ、あの人たちは私の大切な小羊を、人の心も考えず盗み去ってしまった」

そしてガンダルヴァたちは、まもなくもう一匹の子羊も盗み去ってしまった。ウルヴァシーはまたため息を洩らし、悲嘆《ひたん》に暮れた。

プルラーヴァス王は、

「わしのいる場所が、どうして人も英雄もいない場所となることができるのか」

と考えて、衣服を着る間ももどかしくなって、つい裸体のままで、掠奪者《りゃくだつしゃ》を追いかけていった。

その時、ガンダルヴァたちが空中に火をともしたので、ウルヴァシーは真昼のようにはっきりとプルラーヴァスの素っ裸を確認することができた。そしてウルヴァシーは、即座に姿を隠してしまった。

अध्याय ३ ウルヴァシーの態度

哀れな王は、その後、花嫁を探してインド中をさまよった。

そして最後にアニヤタプラクシャという湖水のあたりまで来た。すると、そこにはひと群れの鵞鳥《がちょう》が遊んでいた。

これはアプサラーであって、その中にウルヴァシーもいたが、プルーラヴァスはそれを知るはずわけがない。

その時、ウルヴァシーが、

「私が、かつて同棲《どうせい》していた人が、そこにいます」

と言うと、アプサラーたちは口を揃《そろ》えて、

「皆さん、もとの姿に返りましょうね」

「そうしましょうよ」

と言いながら、アプサラーの姿に戻った。

プルラーヴァスもようやくウルヴァシーの姿を確認し、そして真面目に彼女に言った。

「ああ、愛しい妻よ。まあ落ち着いて、私のいうことを聞いておくれ。お前にも語ることのできない秘密があるだろう。が、私には何の楽しみも許されていない。まあそばにいてくれ。そして、またともに語らいあおうではないか？」

ウルヴァシーは答えた。

「あなたとお話…、私はどうしたらいいでしょうか？　私は夜明けの朝のようにあなたから離れてしまった。プルラーヴァスよ。どうか家へ帰ってください。私は風のようなもので、とどまっておくことは困難です。あなたは私たちの間でお結びになった約束を破ってしまわれた。だから、あなたはあなたのお家へお帰りください。私はあなたについていくことはできません」

こう言われたプルラーヴァスは、悲しんで言った。

「それなら私はお前と今日限りで永遠に離れてしまおう。私は長い旅路へ出発しよう。そして決して再び帰ることはない。私は死を求めるだろう。そして恐ろしい狼どもが私を食い殺すであろう」

「プルラーヴァス。どうか『死ぬ』なんて、おっしゃらないでください。軽はずみな行動で狼たちに、あなたのお体を与えてはなりません。そんな選択はしないでください。他の女性をお探しなさろうとも、どんな女性とも愛情を通じることはないかも知れません。女性の心は、風にゆれる髪のようなものです。どうかあなたのお家へお帰りください」

しかし、その時、ウルヴァシーの心の中に、彼と暮らしていた時のことが浮かんでいた。

そして、だんだん心が動いてきて、プルラーヴァスに言った。

「では、今からちょうど一年後の夜、ここへ来てください。そして一晩あなたとここにいましょう。そして、その頃、あなたのこの子も生まれるでしょう」

अध्याय ४ ガンダルヴァの贈りもの

一年経って、プルラーヴァスは彼女のもとを訪ねた。

するとそこには豪華な宮殿ができていた。そしてガンダルヴァが彼に向かって、

「入れ」

と言った。そしてガンダルヴァたちは、ウルヴァシーをプルラーヴァスのもとへ送った。

その時、ウルヴァシーは言った。

「夜明けが来て、朝になると、ガンダルヴァがあなたに一つの啓示《けいじ》を与えるでしょう。その時、あなたはそれを選ばなくてはなりません」

プルラーヴァスは答えた。

「私に代わって、お前に選んでもらいたいものだ」

ウルヴァシーは言った。

「『(自分を) あなたがたの一人にしてくれ』とおっしゃいませ」

そして朝が来た。そこでプルラーヴァスは、

「私をあなたがたの一人にしてくれ」

と言った。が、ガンダルヴァたちは、

「(我々の一人にしても) 人の生きる地上には、聖火は燃えませんから」

と言って、一つの皿の上に火を載せて持ってきた。そして、言った。

「**この聖火で祈れば、あなたも我々のようなガンダルヴァとなることができましょう**」

プルラーヴァスはその聖火をとり、自分の子を連れて、そして帰っていった。その途中、
プルラーヴァスは火を森の中において、ひとまず子供だけを連れて家に帰った。

その後、プルラーヴァスが森に戻ってみると、火は消えていた。

「わしはここに帰ってきた。が、火は消えていた。(ガンダルヴァたちからもらった) 火はアシュヴァッタ樹となっていた。皿はシャミ樹となっていた」

そこで彼は再びガンダルヴァを訪ねた。

するとガンダルヴァたちは、プルラーヴァスに話した。

「アシュヴァッタ樹の上枝と、シャミ樹の下枝で火をつくれ。その火こそ、あなたが我々から受け取った聖火である」

その言葉にしたがって、プルラーヴァスは聖火をつくり、これを供物《くもつ》とした。

彼はガンダルヴァの一人となり、その後、永遠にウルヴァシーと暮らすこととなった。

सूयन्ति पुत्र मन्युपरायणाः अहं तव अचक्षुः कार्पण्यात पुत्र परीत्या सहामि तत मुह्यन्तं चानुनुह्यामि दुर्योधनम अचेतनम राजसूये श्रियं दृष्ट्वा पाण्डवस्य महौजसः तच्च चा

Kacha,Devayani

कच,देवयानी

第20篇　カチャとデーヴァヤーニー（アリアンと土着民との争い）物語

阿修羅ウシャナスの秘法

अध्याय ९

この世界すなわち欲、色、無色の三界をことごとく支配し、その主権を勝ち得ようとして、多くの神々と多くの悪魔との間に、幾度となく戦闘が行われてきた。

この時、天の方にあっては、総大将または聖儀《せいぎ》の司としてブリハスパティが選出され、阿修羅《アスラ》の方においてはウシャナスが選ばれた。そしてこの両軍には、非常に激しい戦闘が行われた。

悪魔たちは神と戦ってたまたま神に殺戮《さつりく》されても、ことごとくウシャナスに蘇生《そせい》させられて、後日、再び戦場に臨むことができた。けれども、神の方では同じく悪魔のために多くの死傷者を出しながら、これを復活させる方法を知らないので、ブリハスパティをはじめ神々はとても嘆き悲しんだ。

そこで彼らはいろいろ考慮《こうりょ》、議論した結果、ブリハスパティの子カチャのもとへ赴《おもむ》いて助力を頼むこととなった。

そして彼に、

「阿修羅《アスラ》ウシャナスの弟子となって、蘇生《そせい》の秘法を習得してくるように」

と求めた。

「あなたはまだ年が若くてウシャナスよりも遥かに年下だから、このことはたやすくできるはず。またあなたはウシャナスの娘デーヴァヤーニーにも奉仕《ほうし》ができる。それで、その二人の寵愛《ちょうあい》を得られる。そしてデーヴァヤーニーからきっとこの知識を得られよう」

と言うと、

「わかりました」

と答えて、カチャはこれを承諾《しょうだく》し、ただちにウシャナスのもとへ赴《おもむ》き、彼に弟子入りを願った。

「私はブリハスパティの子で、カチャと申す者ですが、どうかあなたの弟子として入門することを許していただきたく思います。もしあなたを我が師と仰がせていただけるなら、私は一千年間はどのような苦行でもいたします」

ウシャナスは彼を歓迎し、即座に誓いを結ばさせた。

そこで、それ以後、カチャはウシャナスとデーヴァヤーニーの歓心《かんしん》を得ることに腐心《ふしん》した。

अध्याय २ 阿修羅に殺されたカチャ

カチャは若かった。そして歌も舞も巧みであった。そしてデーヴァヤーニーも若かった。そのため、彼女を喜ばすことは、難しくなかった。カチャは姫デーヴァヤーニーに花を捧げ、果物を差し上げ、またさまざまな奉仕《ほうし》もした。姫もまた彼を厚くもてなした。こうして約束の期間の半分である五百年が過ぎていった。

ある時、ふとしたことから、カチャの目的が悪魔たちの知るところとなり、**そのためにあるさびしい森の中でカチャが牧牛してる際、怒りのために殺害されてしまった。**悪魔たちはただカチャを殺しただけでは飽き足りないで、彼の死骸《しがい》をずだずだに切りきざんで、これを狼や豹《ひょう》に与えた。

こうして夕暮れ近くになった頃、牛たちはカチャをともわないで、小屋に帰ってきた。そこでデーヴァヤーニーは父に向かって言った。

「日は暮れました。夜火は燃えはじめました。そして家畜は帰ってきました。けれどもカチャは帰ってまいりません。彼は何者かに襲われたか、殺害されたに違いありません。ああ、お父さま。私はカチャがいなければ、生きていようとは思いません」

「では『彼をここに』と呼んで、カチャを蘇生《そせい》させてやろう」

と父ウシャナスは答えて、カチャを呼ぶと、彼はすぐにその前に現れた。そして、さきに彼を貪《むさぼ》り食した狼の体を引き裂いていた。

その時、姫デーヴァヤーニーはカチャに、

「一体誰があなたの帰宅をさまたげたのですか？」

と尋ねた。カチャは阿修羅《アスラ》が彼のもとにやってきて、自分を殺戮《さつりく》し、そして屍《しかばね》を狼たちに与えたことを語り、

「しかし、私はウシャナスの召喚《しょうかん》によって蘇生《そせい》し、今ここに戻ってくることができた」

と、付け加えた。

その後、カチャは姫から頼まれた草花を探すため、再びあの森の中にやって来た。

すると悪魔がカチャを見つけて、また彼を殺害した。今度は死骸《しがい》を紛にひき、大洋の水でもって、それを団子《だんご》にしてしまった。

が、前のように姫がカチャが帰宅しないことを父に告げ、父ウシャナスがまたカチャを呼び戻すと、カチャはまったく元の姿に戻った。そしてその出来事をこと細かに物語った。

अध्याय ३
ウシャナスの胃袋

　続いて第三回目では、阿修羅《アスラ》はカチャを殺した後、肉も骨もことごとく焼いて灰とし、これをウシャナスの飲む酒の中に混入してしまった。

　そこで、姫が言った。

「おお、お父さま。カチャは花を採りに行ったきり、帰って来ません。きっとまた何者かに奪われたか、殺されたに違いありません。カチャがいなければ、私はもう生きてはいられません」

　ウシャナスは答えた。

「ああ、娘よ。ブリハスパティの子は、確かに死の国へ行ってしまったに違いない。だが、どうしたらいいだろう？　俺が何度、生き返えらせても、カチャは何度も何度も殺されてしまうだろうから。おお、デーヴァヤーニー。悲しむな。泣くな。お前は毎日、神から崇拝されてるのだから。人などに対して、そう嘆いてはならない」

　デーヴァヤーニーは言った。

「私はブリハスパティの子を愛してはなりませんか？　カチャは美徳の大洋です。カチャは仙人の子です、孫です。カチャは克己《こっき》の徳を養っています。いつも快活《かいかつ》です。さまざまなことに熟達しています。私は彼にしたがいます。カチャは信実です。そして私に親切です」

　ウシャナスはこれを聞いて悲哀を感じ、ついに自分の保護のもとにいる弟子カチャを殺戮《さつりく》した阿修羅《アスラ》に対して怒鳴った。そして姫の願いで、死の神の口からカチャを呼び返しはじめた。しかし、カチャはその時、ウシャナスの胃袋の中からかすかに答えた。

「ああ、私の師よ！　どうかお静かにお願います。私はあなたに奉仕《ほうし》するカチャであります。どうか私をあなたの真の子と思って頂きたい」

　ウシャナスは言った。

「ああ、お前はどうしてわしの胃の中にやってきた？　わしは阿修羅《アスラ》から離れて、神々の側につこう」

「**私は阿修羅《アスラ》に殺され、それから焼いて灰とされ、ついにあなたの酒の中に混入されました**」

　そこでウシャナスがデーヴァヤーニーに言った。

「お前の願いを叶えるために、わしはどうしたらよいだろうか？　カチャを再び生き返らせるにはわしが死んでしまわなければならない。カチャはわしの腹の中にいる。カチャを呼び出すには、わしの胃袋を破らなくてはならない」

　デーヴァヤーニーは答えた。

「私にはどちらも選べません。もしカチャが死んだなら、私は生きてはいません。またお父さまが死の国へいらっしゃるなら、私もお伴して参ります」

　そこでウシャナスはカチャに言った。

「デーヴァヤーニーは非常に懐かしげにカチャを眺めている。だから、お前はわしから『生命再生の法』を受けとるがいい。そしてわしが死んだら、その後にわしの生命を再生させてくれ」

　カチャは満月のようになって、夜のうちにウシャナスの胃袋から出ることができた。そして、その師ウシャナスが死人として横たわってるのを見た。

　その時、カチャが学んだ方法でウシャナスを蘇生《そせい》させ、彼を礼拝した。そして、ウシャナスを父と呼び、母と呼んで、知識の給与者とした。

अध्याय ४

カチャの帰国

　以後、ウシャナスは「バラモンは酒を飲んではならない」ということを決めた。またウシャナスは阿修羅《アスラ》たちを呼んで言った。

「愚かな悪魔たちよ。カチャは自分の目的に達したぞ。以後、彼はわしといっしょに住むだろう。そして生命再生の法を知ったカチャは、今やバラモンと同じような存在である」

悪魔は驚いて家に帰っていった。

その後、カチャは一千年間、師のもとにあって、そしてついに神々のところへ帰る時が来た。

カチャはウシャナスから帰宅する許しを得た。デーヴァヤーニーはカチャがまさに出発しようとするのを見て、彼に言った。

「どうか私の言うことを聞いてください。あなたがここでのあなたに対する私の想いを忘れないでいてください。今や時は来ました。どうかあなたの愛の水を、私の上に注ぎかけてください。そして、聖儀《せいぎ》にのっとって私の手をお取りください」

しかし、カチャは答えた。

「私はあなたのお父さまと同様、いやむしろ、それ以上にあなたを尊敬します。あなたは我が師の姫であって、自分の生命よりももっと親愛に思っています。けれども、あなたはそんな言葉を私にかけてはなりません」

彼女は、再び答えた。

「あなたは、また私の父（師）の息子です。ですから、私はあなたを尊敬しなければなりません。また阿修羅《アスラ》があなたを殺害した時の私の思いもお察しください。私はまったくあなたのものです。どうか咎《とが》や過ちのない私を棄てるようなことをしてくださらないで」

　カチャは言った。

「私に罪の誘惑をしないでください。ただおだやかであってください。あなたが聖人の体中にいれば、私もまたそこにいます。あなたは私の妹です。だからこのようなことは話してはなりません。私たち二人は幸せな月日を送りました。そして今はお別れしなければなりません。あなたは今、私が故郷へ帰ることを快く承認して、私の道中が無事であるように祈ってください。どうか私を罪を犯すことを望まないで、私のことを覚えいてください」

　これを聞いて、デヴァヤーニーはそれを聞き入れるどころか、かえって、

「**あなたは私の願いを拒絶なさいます。それならば、あなたの知識は無効になってしまうように**」

　と呪った。

　カチャは答えた。

「私はあなたを拒絶しました。が、それは単にあなたが私の師の娘であり、私の妹であるためで、あなたになんらの欠点、不足があるわけではありません。が、それでもしそう

する必要があるなら、いくらでも呪われるがよいでしょう。ただし、私はそれを受けはいたしません。あなたは一時の感情にかられて話をして、正しいことのためではありません。で、あなたの希望はすぐに失敗するでしょう。そして、いかなる仙人の子も、あなたとは結婚しないでしょう。あなたは『私の知識は効果がなくなった』と言われる。それは、そうかもしれません。けれども、私が伝え、それを必要とする人には効果をもたらすでしょうから」

こう言い終えて、カチャは神々の住処へと帰っていった。そして、インドラはじめ皆に大変な喜びをもって歓迎された。

そして、その時インドラは言った。

「カチャが私たちのために果たした賜りものは偉大なものである。カチャは、今後、聖饗《せいさん》を分配されるべき者である。カチャの名声は永久に消えないであろう」

440

विनादयन् अन्तर्हितानां भूतानां निस्वनस् तुमुलो ऽभवत् पुष्पवृष्टिं शुभा गन्धाः शङ्खदुन्दुभिनिस्वनाः आसन् परस्मै पार्थानां तद् अद्भुतम् इवाभवत् तत परीत्या चैव सर्वेषां

Nala,Damayanthi

नल,दमयन्ती

第21篇　ナラ王（ナラとダマヤンティー）物語

अध्याय ९
ナラとダマヤンティー

中インドのニシャダの王にナラという者がいた。

そして、その隣国ヴィダルバにはダマヤンティーという女性がいて、その美貌《びぼう》の噂は当時、全世界に知られていた。

ナラはまだ青年であったが、理想的な青年で、文武の道に通じ、いわゆる六十四種の技術も体得しているため、各国の王と懇親《こんしん》を結んでいた。とりわけ馬を御《ぎょ》することが得意であった。それと同時に、賭博《とばく》がこの上なく好きであった。

ある日、ナラが宮園《きゅうえん》を散歩している時、蓮池の中におしどりが戯《たわむ》れ遊んでいるのが目に留まった。ナラはこれを捕まえようとしたけど、聡明《そうめい》なおしどりたちは彼に向かってこう言った。

「王子！　どうかお許しを願います。もしお許し下さるなら、私たちはヴィダルバの宮園《きゅうえん》まで飛んでいって、あの美人のダマヤンティー姫の前で王子の徳をほめたたえましょう」

こうしておしどりは残らずヴィダルバ国へ行き、ダマヤンティーの足もとに集まった。

そして、その中の一羽が姫に語りはじめた。

「ほんとに姫は美しい方です。まったく婦人中の婦人とも申すべきでしょう。あのニシャダ国の王で、万人にすぐれた男らしい方と結婚されたなら、どんなにお似合いのご夫婦ができることでしょうか？」

ダマヤンティーはこれを聞いて、頬《ほお》をさっと紅くし、まるで男性から話しかけられたかのように、ベールで顔をおおい隠した。

しかし姫は「ナラがどんな人か」を知りたくてなって、そっとおしどりにささやいた。

「お前たちはナラさまに同じことをお知らせしてくれるといいわ」

こう言って、姫は庭の中で一人静かに、

「ナラが自分を愛してくれればいいのに」

と心に願っていた。

そして、父からかつて年頃になったなら、

「姫にふさわしい求婚者に嫁がせるから、自分でその配偶者を選んだらよいだろう」

と言われたことがあるので、自分が相手を選ぼうと思っていた。

ダマヤンティー姫はその日から病の床について、日一日と痩《や》せはじめた。夜となく昼となく一人もの思いに沈んで、何かしら夢見る心地であった。

侍女《じじょ》たちはいたくこれを心配して、心をつくして姫をいたわり慰《なぐさ》めたが、これを癒《いや》すこ

とはできなかった。するとついに父王のビーマが姫の状況を聞き、思い悩んだ末、

「これを治す方法は、結婚しかない」

と見抜き、さっそく婿選《むこえら》び（スワヤムヴァラ）の儀式を行うことにした。

そして王、自らが率先して、婿選《むこえら》びの準備に取りかかり、隣国の王や王子たちを招待して一大園遊会《えんゆうかい》を催すこととした。

अध्याय २
神々たちの参加

ちょうどその頃、しばらく地上で過ごしていたナーラダ仙が、天上界へ帰ってインドラの羅網《らもう》宮へ赴《おもむ》いていた。インドラはナーラダ仙の挨拶の後、

「さて近頃、地上の王たちが従来の習慣と違って、とんと挨拶してこないようだが、下界には何か事件でも起こっているのだろうか？」

と尋ねた。そこでナーラダ仙はダマヤンティーの一件を物語り、

「今やビーマの宮廷では、園遊会《えんゆうかい》の準備のために大混雑中である」

と付け加えた。これを聞いたインドラをはじめ多くの神々は、

「自分たちもその饗宴《きょうえん》に参加しよう」

と言って、各自、四輪車、馬車、その他の車などに乗って、インドラを先導にヴィダルバ宮をさして出発した。**そして道の途中、思いがけずナラに出会い、その威風堂々《いふうどうどう》としたたたずまいに心打たれてしまった。**が、神々は早速一計を案じ、ナラに、

「一つの頼みを聞いてくれないか?」

と願った。誠実なナラはせっかくの依頼を無下《むげ》にしりぞけることはできず、ただちに承諾《しょうだく》し、神々の頼みの条件を待った。すると、インドラは他の神々に代わって、

「おお、ナラよ。わしはアグニ(火神)、ヴァルナおよびヤマ(死神)の四人とともに、今ダマヤンティーの愛を得ようとして天上界から降ろうとしているところである。そこでお前は一足先に姫のもとに行き、この旨を姫に伝えて、そして『この四人のうちで誰か一人を夫として選ぶように』と伝えてきてくれ」

と、おごそかに言い渡した。

さすがのナラもこれには非常に驚き、

「このことばかりはどうか他人にご命令くださるように」

と願ったが、「一旦、承諾《しょうだく》した約束である」というので、ナラは無理にダマヤンティー

への使者の役をさせられることになった。

　そしてナラはダマヤンティーのもとに到着した。彼女はナラを見ただけで何んだか心がときめくように感じ、とくに彼の凛々《りり》しさに目を奪われた。侍女《じじょ》たちはひそかにその美男子ぶりをささやきあうほどであった。しかしナラは、自己のことはしばらく押しとどめ、ただ神々の使いとしての役割で陳述《ちんじゅつ》した。そして、

「あなたの御心《おこころ》のままにお決めください」

　と言い切った。その時、姫は言った。

「私はお使いのお言葉には、お答えすることはできません。私はとうの昔から、私も私のものも、ことごとく皆あなたのものと思い定めております。この度、皆様にお集まりを願ったのも、実はあなたにこのことをお耳に入れたかっただけなのです。**もしあなたが私の愛を受けてくださらないようであれば、私はもうほかの方々を選ぶより、むしろ死を選びます**」

　ナラは答えた。

「せっかく神々があなたを所望《しょもう》されるのに、どうして私のような者を選ばれるのです？それに神たちはその目的が達せられなければ、すぐにも私を殺戮《さつりく》してしまいます。ご覧なさい。神々の徳は非常に偉大なもので、自分は明日をも知れない身の上です。この偉大な

神々と結婚されたなら、姫の幸福はまた無限なものです」

ダマヤンティーは言った。

「なんとおっしゃられようとも、あなた以外の方とは結婚しないというのが私の誓いです」

「使者としての私は、自らの意志をここで表明するわけには参りません。ただしかし私が自分自身求婚者として、あなたの前に立った時に、私を忘れてくださらなければうれしく思います」

ナラの言葉に、ダマヤンティーは答えた。

「わかりました。たとえどんな神々が婿選《むこえら》び(スワヤムヴァラ)の式場に出席なさろうとも、あなたはあなたとして堂々とその席へご入場ください。私は私の夫として必ずあなたを選びます。そして、そのためにあなたにご迷惑をかけるようなことは決していたしません」

こう意外な約束が整って、ナラは心中大いに歓喜しながら、神々の前へと引き返し、ありのままの一部始終《いちぶしじゅう》を隠すところなく報告した。

अध्याय 3 スワヤムヴァラ（婿選び）

婿選《むこえら》びの日が来た。

ビーマの黄金宮は下界の諸王たちで満たされ、それぞれが着席した。その様子は天上界の星の輝きとそっくりで、山獅子の強さ、ナーガの美しさなど、ボガヴァチーの毒蛇のように数多くきらめていた。

その時、ダマヤンティーは花輪を持った侍女《じじょ》にともなわれ、サラスヴァティーを先導としてその場に入ってきた。そして姫は婿候補《むここうほ》の姓名と容姿《ようし》などが聞かされるごとにいちいちおとなしく謝絶《しゃぜつ》しつつ、求婚者がならんでいる前を通り過ぎた。

が、最後に姫は全員ナラの姿をした五人の貴公子に出くわした。**姫には「いずれが真のナラであるか」の判別ができなくなった。**

インドラと神々は皆、本当の姿を隠しているので、姫はその外観からそれを見分けることができなかったのである。それで、仕方がなく無言のまま、しばらく五人の前に立つことを余儀《よぎ》なくされたが、ついに、

「真心をこめた祈りならば、神々も拒絶することはできないでしょう」

と思い、五人のそばに行って祈りをはじめた。

「ああ、神々！　私はナラにこの身をまかせると約束しました。どうか、私の夫を知らせてください」

姫がこう祈っている間に、神々の姿も、持ちものもすっかり変わってしまって、影はなく目は見張り、いつまでもしぼまない花輪を手にしたまま、足は大地を離れて、姫の前に立った。一方、ナラは影に理もれ、花輪はしぼみ、額には汗していた。

その時、ダマヤンティー姫は身を低くしてナラの着物の裾《すそ》をつかまえ、肩のあたりに花輪の花片を散らしかけた。すると、さきに拒絶された求婚者からは落胆《らくたん》の声、神々や王たちからは喝采《かっさい》の声がいっせいに起こった。

こうしてダマヤンティーは夫の選択をうまいぐあいに終え、ナラは神々から多くの贈りものを受け、ここにめでたく新たな夫婦が誕生した。

そこに集まった王子たちは、悔しい気持ちをこらえて帰国し、ビーマは姫をナラに与えて盛大な結婚式を挙げさせた。そして、新郎新婦は手に手を携えてニシャダの家に帰ることとなった。

अध्याय ४
賭博

しかし、ここにこのスワヤムヴァラの式場に臨むべく、時間に遅れたカリという悪魔がいた。彼は遅くなりながら友のドュヴァーパラと駆けつけたが、途中でヴィダルバから帰る神たちに出会って、くだんの様子をくわしく聞き知った。

悪魔カリは、

「人間が神々より優位に立つことは、納得できない」

といきまいて怒り心頭で、手をつけられないほどになった。そして諸神の制止も耳に入らず、彼はついに、

「**ナラに復讐《ふくしゅう》しよう**」

と決心を固めた。

悪魔カリはいろいろ考えた結果、女のドュヴァーパラに「その身を王がもつサイコロの中にひそめること」を依頼した。

それから、早くも十二年が経過した。

かつては真面目であったナラも、わずかの怠慢《たいまん》から悪魔のつけこむところとなった。す

なわち友をサイコロの中にひそましたカリは、ナラの兄弟プシュカラと賭博《とばく》をさせることにした。

それで悪魔のせいと知らないナラ王は、兄弟がやって来ると、さっそく二人で座りこんで勝負をはじめたが、ナラは重ね重ね敗北するばかりだった。こうして日となく夜となく賭博《とばく》を続けて、ついに数か月を賭博《とばく》に消費するにいたった。

人々が王に謁見を願っても、王妃から「侍臣《じしん》に会うように」と勧めても、その声はいっさい耳に入らない。そのうちナラは、お手元の金から国庫の財宝にまで手を出すようになったが、なおも賭博《とばく》を止めようとしない。

ダマヤンティーは王の気に入りの御者《ぎょしゃ》を呼び、「不幸な日が目前に迫ってること」を告げて、自分の二子を母国のヴィダルバに送って、心やさしい友だちに世話してもらおうとした。

このようなあいだに、ナラ王は一切を賭けつくして、ほかに何も残すものはなくなった。そこで兄弟のプシュカラは、

「妃ダマヤンティーを賭けること」

を申し込んだ。ナラ王はそれだけは見あわせたものの、今や財宝、王位から領土までも失ってしまった。

अध्याय ५ ダマヤンティー姫の彷徨

王と姫はほんのぼろ一枚で都を立ち去り、六日間あちこちをさまよっていた。するると、ふと二、三羽の鳥を見つけ、ナラがそれを捕らえようとして、最後の一枚のぼろを脱いで網に代え、鳥たちの上へ投げかけた。

すると、鳥は飛び去りながら叫んだ。

「おろかなナラ！　私たちはナラが一枚のぼろさえ所持するのに満足せず、それを取りに来たサイコロだ」

そこでナラ王は、ダマヤンティーの方へ振りかえって、

「自分を捨てて、ヴィダルバへ帰るように」

と勧めた。しかし、姫は言った。

「**どうしてこの荒野の中にあなたを見捨てて一人去ることができましょう。**私はどこまでもあなたに奉仕《ほうし》し、あなたを見守らなければなりません。妻よりよい見とどけ人は世に存在しません。それなら、二人でいっしょに私の母国へ参りましょう。父は必ず私たちを喜んで迎えてくださることでしょう」

しかし、ナラはそれを拒絶した。

彼はその浅ましい身なりでヴィダルバに帰っていくことを欲しなかった。そこでは大王として町の端々《はしばし》までもナラのことが知られていたのである。

で、二人は不幸な運命を嘆きながら、なおもあてどなく流浪《るろう》しているうちに、とあるさびれた一帯の小さな家まで来ると、疲労し切ってる姫は、玄関で倒れてそのまま眠りに落ちた。

その時にカリはまたもやナラの心中に入り込んで、彼に姫を見捨てるよう細工した。

「今、眠っている姫をこのままにしておくのが、姫のためにも彼のためにも一番の上策《じょうさく》」と思われてきたので、ナラは静かに剣を抜いてダマヤンティーの着ているただ一枚の着物を二つに裂き、その半分を自分の身に着けて、そこを出発しようとした。

けれども、どうも妻をおきざりにすることが忍びなくて、二度も行ったり帰ったりしたが、最後に悪魔カリに引っ張られて、ついに遠くへ去ってしまった。

やがてダマヤンティーは目が醒めたが、あたりには夫の影が見えないので、とても驚いてしばらく泣き悲しんでいた。が、「こうしてはいられない」と考えてただちに気を取り直し、自分のことよりも夫の身の上を案じ、夫の苦痛を思い、

「夫に苦痛を加える者には、十倍の苦痛が加わるように」

と、一心に祈りはじめた。

しかしダマヤンティーはナラを探し求めることはできずにいて、森中を徘徊《はいかい》してる間に、ついに毒蛇に捕らわれの身となった。この時はちょうどよいことに一人の猟師に救われ、そのなりゆきを尋ねられた。

そこで姫は今までのことをくまなく物語ったが、猟師はこれを聞いてるうちに、**姫の美貌《びぼう》に見惚《みほ》れてしまって、「自分に身をまかすように」とせがんだ。**これを聞いた姫ははげしく怒り、ついには猟師を呪うにいたった。

「私がナラに誠実であるように、この邪悪の猟師はすぐに死んでしまうように」

姫がこのように祈ると、猟師は音も立てず大地に倒れた。

それから、なおもダマヤンティーは森中をさまよった。しかしどんな野獣も姫を害することをしなかった。

姫は夫のことを悲しみながら、はるかに山奥に入って、ついにさびしい隠者《いんじゃ》の草庵《そうあん》にやって来て、数人の聖者たちに会った。

彼らは姫を森もしくは山の精霊として敬愛し、一方、姫は自分の身の上のあらましを物語った。聖者たちはこれを聞いて、慰《なぐさ》めの言葉をかけ、王との再会の未来などを話して姫をいたわった。

けれども彼らが語り終わると、同時に人家《じんか》も消え去った。

このような不思議なことに遭遇《そうぐう》しながら、数日を過ごした後、姫は浅瀬を横切る隊商の一団に出会った。

彼らもまた、姫がその物語を話すまでは、彼女を森か河の美神として対応した。そして彼らはセディ王スバーフの都へ行こうとしているのであるから、「いっしょにそこへ行こう」と言った。

その夜、隊商が眠ってしまった頃、一群の大象が野営を襲って、旅人の半分以上を殺すという事件が起こった。この惨事《さんじ》を姫のせいにして、生存者は姫に、

「この仲間から別れて森に帰るように」

と言い渡した。

仕方なく姫は一行と離れて、数日間またもや森中を徘徊《はいかい》していたが、ついにセディの首都に到着し、垢《あか》だらけできれぎれの半衣を着た、まったくの宿なし、もの乞いの姿で宮城《きゅうじょう》の門外にたたずんでいた。

その様を見たセディ王妃は親切に姫を待遇し、いろいろその物語を聞いた後、一つの離宮《りきゅう》を姫の住処と定め、夫の安否を伝える聖者バラモン以外には何人《なにびと》にも会わないようにさせ、しばらくそこで生活できるようにした。

अध्याय ६
才能の交換

　ダマヤンティーがセディに落ち着くよりも先に、ナラは姫の身の上を案じはじめていた。ある日、姫をおきざりにした森のあたりで火炎が燃え立つのを見た。その中から声があって、

「ああ、ナラ、早く助けて！」

　と聞こえたので、その場所に駆けつけた。すると火に取り巻かれ、地上にとぐろを巻いている一匹のナーガ（蛇）がいて、

「私はナーラダ仙の呪いによって、ナラに救われるまでは、この火に取り巻かれねばならない身である。私は毒蛇の頭で、力もあり、諸種の学問に通じている。もし助けてもらえるなら、あなたのためにできることもあるでしょう」

　と求めるので、ナラはナーラダ仙によって、自分で体を動かすことのできないナーガを引き上げて、火のまわりから十歩ばかりのところへ離してやった。すると突然ナーガはナラを噛《か》み、今度はナラの姿を小人に変えてしまった。

「私は自分の毒で、あなたの外観を変えて、人々からわからないようにした。これはあな

たの抱える悪魔の苦しみのためでもある。あなたはリッパルナ王のいるアヨーディヤーに赴《おもむ》いて御者《ぎょしゃ》として仕えなさい。するとリッパルナ王はあなたの御馬に熟練するのと、自分のすごろくに巧みなのを交換する時が来るであろう。**悲嘆《ひたん》するのをやめよ。あなたのものであったものは、やがてあなたに与えられるであろう。**あなたの本来の姿に変わりたいなら、その時は私のことを思い出してこの衣を着なさい」

ナーガはこう言いながら、一枚の魔法の衣をナラに与えて姿を消してしまった。

言われるままに、ナラはリッパルナ王の御者《ぎょしゃ》となった。

一方、ダマヤンティーの父ビーマは、使者を派遣して、四方にナラとダマヤンティーを探し求めていた。すでにダマヤンティーはセディの首都で見つけ出したので、さっそく連れ帰ったが、ナラはいまだに発見されていなかった。そのため、姫はまたも一人のバラモンをナラの探索に遣わすことにした。そこで彼は全世界をくまなく尋ねて、

「半枚の着物だけで、妻を見捨てた賭博師《とばくし》よ！」

と呼びまわり、もしなんらか手がかりがあれば、すぐに報告しようと考えていた。

こうしてバラモンがアヨーディヤーに来た時に、ナラ（今は御者《ぎょしゃ》のヴァーフカ）は彼に答えた。

「夫は一旦妻をあざむいて捨て去ったのに、それを少しも悪意と思わず、どこまでも夫を

尋ね求める妻の真実と寛大！」

と讃えた。そこで、バラモンはこの報をヴィダルバにもたらした。これを聞いたダマヤンティーはすぐに母のもとに行って求めた。

「母上！　アヨーディヤーから帰ってきたあのバラモンを今一度、あそこに遣わして頂きたいのです。そして、ナラの生死がわからないダマヤンティーは、『この度、第二のスワヤムヴァラ（婿選《むこえら》び）を挙行すること』をお伝えください。（リッパルナ王を婿選《むこえら》びに呼ぶため）使いがこの報を伝えた日の翌晩、結婚する手はずとなっていることも」

ダマヤンティーは続けた。

「そしてアヨーディヤーからヴィダルバまで、一日のうちに馬車を駆って到着できる者は、ヴァーフカ（ナラ）のほかにはない。ということをリッパルナ王に言上《ごんじょう》させてください」

リッパルナ王はダマヤンティーの使いを受けて、さっそく御者《ぎょしゃ》のヴァーフカ（ナラ）に、

「翌日の日没までにヴィダルバへ到着するよう、馬車をひくように」

と命じた。ヴァーフカ（ナラ）はこの命にしたがいながら、その時、こう思った。

「これは真実のことか、それとも私のためのくわだてであろうか？　ここは一つリッパルナ王の思う通りにしながら、ことの真相を知らなければならない」

こうしてヴァーフカ（ナラ）は疾風《しっぷう》のようにリッパルナ王を乗せた馬を駆ったが、途中

で王は襟飾《えりかざ》りを落としたので、それを拾うべく「馬をとめてもらいたい」と命じた。するとナラは、

「いえ、いえ、時間は切迫しています。それに襟飾《えりかざ》りが落ちた場所は、もうここから五マイルほど離れています」

と答えるありさまなので、王は「この御者《ぎょしゃ》は何者であるか？」と怪しむほどであった。

このようにナラは迅速《じんそく》に、かつ正確に馬を駆った。一方、リッパルナ王もまた一つの天賦《てんぶ》の才能を持っていた。数を測定する技量に秀でていたのだった。

彼らがすみやかにマンゴー樹のそばを通過した際、

「落ちた果実が百個で、二本の枝には千九十五個、木の葉は五百万ある」

リッパルナ王は即座にこう言ったので、ナラは車を停めて数えてみると、その数は正確なものであった。

ナラは驚いてその知識の秘密を尋ねた。王はこれに答えて、

「私のこの熟技は、天性のものだ」

と言ったので、ナラは、

「王の数に対する知識と、自分の馬を御《ぎょ》する術を交換しよう」

と申し出でて、ただちに承諾《しょうだく》された。

こうして新たな能力を手にし、ナラはサイコロの目の測定がたくみになった。悪魔カリはナラから離れてその姿を現し、長く毒蛇の毒で苦しめたことを謝った。そしてナラの名が聞こえる場所では、カリの恐れはない（カリは今後、ナラを攻撃しない）ことを約束した。悪魔カリはナラに許されて、枯れた木の中に入って行って身を隠した。

ナラは仇敵《きゅうてき》から自由になったことを喜び、前通り車に乗って馬を走らせ、夕方にヴィダルバの都に到着した。

अध्याय ६
ヴィダルバ国での再会

四輪車の轟《とどろき》がダマヤンティーの耳に達し、姫はナラの到来を知った。

そして、

「これがナラでなかったら、明日、死んでしまおう」

と決心していた。

そんなことを知らないビーマは、アヨーディヤーの王リッパルナの突然の来賓《らいひん》を歓迎して、その来意を尋ねた。ビーマは姫のたくらみを知らず、「リッパルナが姫のために来た」とは夢にも知らなかったのである。

その時、スワヤムヴァラ（婿選び《むこえらび》）の様子を見ることができず、また宴の準備もしてないことを不審《ふしん》に思ったリッパルナは答えた。

「**大王ビーマ！　私はただ大王に季節の挨拶をしに来たまでである**」

ビーマは「アヨーディヤーの王ともあろう人が、そんな些細《ささい》なことで、このように遠く、このように急いで訪問するはずがない」と思いながら、微笑《びしょう》をもらし、侍臣《じしん》に命じて丁重に一室に案内し、疲れた客人を休養させた。一方、ヴァーフカ（ナラ）は馬を厩舎《きゅうしゃ》に連れていき、馬草をやり、また毛並みを撫でて、自分もそこに腰をおろした。

ダマヤンティーは馬車の到着した時、これをちらっと見ていたものの、ナラを見つけだすことができなかった。そのため、どうすればよいかがわからなかったが、ある考えを思いついた。

「ナラはたしかにここにいるに違いない。もしそうでないとしてもリッパルナは彼の技を認めているに違いない」

そこで姫は使いを送って、「ナラのことをなにか知ってるかどうか？」を質問した。すると、ヴァーフカ（ナラ）は答えた。

「ナラ自身だけがナラのことを知り、またナラは自分でなんらかの徴《しるし》を示すことをしないだろう」

その時、使いは再びあのバラモンの問いである、

「おお、賭博《とばく》師（ナラ）！　あなたはどこにいるのか？」

を、繰り返した。

ヴァーフカ（ナラ）は答えて、ダマヤンティーの変わらない心を称賛《しょうさん》し、ヴァーフカがナラであることを示した。

するとその様子に使者が激昂《げきこう》して、姫にこれを報告した。姫は、再び命じて御者《ぎょしゃ》ヴァーフカ（ナラ）を厳重に取り囲み、なにもとりつがず、水も火も与えないようにした。が、使者は「御者《ぎょしゃ》は神力を現わして自分の思う通りに火でも使える」と言ったので、姫は、

「この御者《ぎょしゃ》が扮装《ふんそう》したナラではないか？」

と思いはじめた。

そして今度は御者《ぎょしゃ》の調理した食べものを一口運ばせて、姫がこれを味わってみた。すると、これはナラ以外に料理法を知らないものであったので、ようやく御者《ぎょしゃ》ヴァーフカ（ナラ）がナラであることがわかった。

姫は二子インドラセナ、インドラセンを御者《ぎょしゃ》のもとに遣わせた。ナラはこの二子を見て、

自分が長く捨てていた子供と娘であるかのように、すすり泣きをはじめた。しかし、このような状況でも、なお御者《ぎょしゃ》ヴァーフカ（ナラ）は本来の姿に戻って、「自分はナラである」と名乗り出ることをしなかった。

そこでダマヤンティーは母のもとに赴《おもむ》いて、御者《ぎょしゃ》をおそばに召しかかえることを願い、その願いは許された。

この時、ナラは遠い昔、森の中に見捨てたダマヤンティー姫を見て、少なからず心を動かされた。そして姫の母が「ナラを知らないか？」と質問したのに対して、ついに、

「自分がナラである」

と表明した。そして賭博《とばく》に熱狂し、最愛の姫を放棄したことは悪魔カリの仕業であって、自らの心からでなかったことを説明した。そして、最後にダマヤンティーに尋ねた。

「姫！　あなたはどうして自分の夫を棄てて、他の配偶者を求めるのか？　第二のスワヤムヴァラ（婿選び《むこえらび》）が挙行されると聞いて、リッパルナも私もここに来たのだ」

その時、ダマヤンティーはその意図を説明し、自分は少しもやましくないことを証明してもらうため、神々に祈った。すると空中に言葉が響いて、

「ダマヤンティーの言葉は真実だ」

と証明された。やがて音楽が鳴り、美しい花が降ってきて、これを歓喜、讃嘆《さんたん》した。

そこで、ついにナラもあの魔衣を身につけ、本来の姿にかえった。姫はその腕に自らの体を寄せ、すがすがしい目をした姫は、再び夫ナラに抱擁《ほうよう》されることになった。非常な歓喜があたりを包み、都中でこれを祝賀しないものはないほどであった。

そしてリッパルナは他の御車とともにアヨーディヤーへ戻り、ナラは一か月間、ヴィダルバの宮殿にとどまった。

一か月の後、ナラはダマヤンティーをともなってニシャダに帰り、兄弟のプシュカラの前に立って、

「今、一度すごろくで勝負しよう」

と挑んだ。そして、

「今度はお互いの生命を賭けることにしよう」

と申し込んだ。すると兄弟は尊大《そんだい》にかまえて答えた。

「今度こそダマヤンティーは俺のものになるのだ」

ナラは怒って、プシュカラに殺気を覚えたが、これを我慢し、落ち着いてサイコロをとって、ついに勝利を手にした。そしてプシュカラはすべてを失うこととなった。

しかし、ナラはこの兄弟を許して、彼に一つの街を与え、ここで平和な余生《よせい》を送らせ、自分はダマヤンティーと、ニシャダを治め、万民はその泰平の世を謳歌《おうか》した。

第22篇 乳海の撹拌

Churning of the ocean of milk

अध्याय ९

ヴィシュヌ神の提案

大昔、諸天の主インドラが、シヴァ神の分身ドュルバサス大王の顔に閃光《せんこう》を浴びせかけたために、王から呪咀《じゅそ》された。

そのためインドラだけでなく世界のあらゆるものがことごとく力をなくして、次第に崩壊しはじめた。その時、阿修羅《アスラ》は手をもって、インドラの光をおおって日蝕《にっしょく》、月蝕《げっしょく》を生じさせた。

そこでインドラたちはブラフマーのもとに駆けつけて保護を求めた。するとブラフマーは、彼らにヴィシュヌを紹介して、助けを求めさせた。

ヴィシュヌは悪魔を教育する者で、不死の神である。が、また創造者、保持者、破壊者である。

それでブラフマーは自分が先頭に立って、乳海《にゅうかい》の南岸を通って、ヴィシュヌのもとまで案内し、かつ彼の助力を求めた。その時、ヴィシュヌ神は法螺貝《ほらがい》、輪宝、宝剣などの持ちものを手にし、身には金色の光明を輝かせて、彼らの前に姿を現わしたが、微笑《びしょう》をもらしながら言った。

「ではあなたがたにある力を与えよう。があなたがたは私の命の通りにしなくてはならない。まず牛乳の海には枯れ草を投げ、それから乳を混ぜるのにマンダラ山を、縄には蛇のヴァースキーを、生命の露のために大洋を攪拌《かくはん》しなさい。**このためにあなたがたは阿修羅《アスラ》の助けを必要とする。**だから彼らと同盟を締結《ていけつ》し、ともに働いて得た果実を分配し、神酒を飲んで彼らとともに不死となるように約束するように。しかし私は『彼らに生命の水の分け前だけは与えないこと』を注意しておこう。ただ彼らはある働きだけをするに過ぎない」

अध्याय २ 乳海を攪拌する神々

こうして神々は阿修羅《アスラ》と同盟して、乳海《にゅうかい》の攪拌《かくはん》を試みることになった。

彼らはその中に枯れ草を投げ入れ、攪拌棒《かくはんぼう》にマンダラ山を使い、縄の代わりに蛇のヴァースキーを取った。神々は蛇の尾のそばにいて、そして頭側には阿修羅《アスラ》がいた。

ヴィシュヌは亀の姿となって、山の中軸点に陣取った。彼は前後に蛇を引っ張って、神にも悪魔にも見えないようにして現れていた。そして大きな体で、マンダラ山の頂上に座っている。また他の分身で蛇王を支え、諸神の身体に力を注入する。

このように彼らが働いた時に、ヴァースキーの炎の息は悪魔の顔を焦がした。彼の尾のあたりに集まっていた雨雲は、諸神を再び元気にした。

最初、海から神々の目を喜ばせる希望をまく牝牛《めうし》スラビが上がり、次に酒の神でぐるぐるまわる目をもった女神バルニーが来たり、そして花びらで全世界を香らせる天のニンフの喜びを極楽のバリヤタ樹が撒布《さんぷ》する。次にアプサラー（天女）の一隊が可愛らしい顔をして来る。

その時、月が上がったが、ブラフマーはこれをつかんでその額においた。

次に一杯の強い毒が現れた。それをブラフマーは、世界を破壊することを恐れて自分から飲んでしまった。その毒は彼の喉《のど》を真っ青に変化させた。そうして彼はその後、ニーラカンタすなわち「青喉《あおのど》」と呼ばれるようになった。

次に来たのはダンヴァンタリで、手には生命の露を盛ったコップを持ち、阿修羅《アスラ》や諸王を喜ばせた。

次にはヴィシュヌの寵愛《ちょうあい》する女神シュリー・ラクシュミー（吉祥天《きちじょうてん》）が来た。ヴィシュヌは花開いた蓮華の中に座った。大きな空象がガンジス河から運んできた清水を、黄金の器からラクシュミーにそそいだ。

この間に歓喜していた聖者たちは女神の徳を讃嘆《さんたん》した。

乳海《にゅうかい》はしぼんで枯れることのない花の花輪でラクシュミーを飾り、ヴィシュヴァカルマは天の宝玉で飾った。ヴィシュヌの花嫁は、夫の胸に自分の体が投げかけ、神々を流し目に見た。

しかし、阿修羅《アスラ》は喜ばなかった。阿修羅《アスラ》は怒って、ダンヴァンタリからの神酒の杯を奪った。

ヴィシュヌは女の姿に身を化し、彼らを欺《あざむ》き迷わせた。そして、彼らは互いに不調和となって、ヴィシュヌは飲みものを奪ってこれを神々に渡し、神々は生命のコップで神酒を飲んだ。そのため強くなった神々は、悪魔と戦って彼らを倒して地獄へ送った。

太陽は再び輝きはじめた。三界はますます活力が盛んとなり、各生物の心中に信仰心が宿った。

インドラは彼の玉座に座り、ラクシュミーを賛美する歌をつくった。

ラクシュミーはこうして讃嘆《さんたん》せられ、二つの願いを許した。インドラの願いは、「再び三界を棄てないということ」、そして「インドラの歌の言葉で彼女の賛美をするものを保護するということ」であった。

乳海《にゅうかい》からラクシュミーの誕生を聞いた人は誰でも、またそれを聞いた人々も、幸運の女神は決してその家を捨て去ったりしない。**そして不幸の神は、ラクシュミーの歌の聞こえるところには入らないという。**

गंगा अवतरण
Ganga came to earth
第23篇　ガンガー（ガンジス河）の降下

अध्याय ९

サガラの苦行と王子の誕生

アヨーディヤーの王にサガラという者がいた。

この王は非常に子供をほしがっているにもかかわらず、長らく一人も子をもうけることができないでいた。

そこでついに意を決して、第一の妃ケシニーと第二の妃スマチー（ガルダの妹）をともなってヒマラヤに赴《おもむ》いた。そして、ひたすら「子孫を授かるように」という祈願《きがん》をするべく、厳しい苦行をすることとした。

このように苦行をしている間に、百年が過ぎたが、サガラたちの誠実は天に通じ、崇拝していたブリグ神によってその思いが満たされることになった。ブリグは王に向かって言った。

「王よ、あなたはまもなく世間で比類ない名声を博するであろう。そうして妃の一人は子孫を永久に存続させる一王子を生み、他の一人は一代限りの六万人の王子をもうけるであろう」

これを聞いた王妃たちは非常に歓喜し、ブリグ神を礼拝して、

「二人のうち、どちらが一人の王子を生み、どちらが多数の王子を生むべきか？」
を尋ねた。するとブリグ神は、妃たちのそれぞれの思いを問い返し、
「どちらが子孫の継続者を欲し、どちらが一代限りの六万人を生みたいか？」
と、尋ねた。

こうしてそれぞれの希望が明らかとなり、ケシニーは一王子のほうを選び、スマチー（ガルダの妹）が多数のほうを引き受けることとなった。そこでサガラ王は、聖者を礼拝して再び都に帰った。

このような次第でケシニーは一人の王子を生んだが、この王子にはアサマンジャという名をつけた。一方、スマチーは一個のひょうたんを生んだが、それが破れると中から六万人の子供が飛び出したので、彼らの成人するまで保母がバター油の瓶の中でこれを養育《よういく》した。

しかしケシニーの子（すなわち長兄）は弟たちを愛さないで、ついには彼らをサラユ河に投げこんで、その沈んでいく様子を楽しそうに眺めた。この邪悪な性格と、市民や正直な人々に対しての悪行から、サガラ王は長兄を放逐《ほうちく》した。

けれども、長兄にはすでにスマーンと名づける一子があって、父に似ないで人々に愛されていた。

अध्याय २

盗まれた大犠牲祭の馬

数年後、サガラ王は大犠牲祭を挙行することとなった。

その場所はヒマラヤとヴィンディヤ山脈との間に介在している土地と定められた。そして、そこに一頭の聖馬が放たれて、この世話には御者頭《ぎょしゃがしら》のアンシュマトにまかせられた。するとある時、一人の羅刹《らせつ》女に変形したヴァサヴァがこの馬を盗み去ったので、バラモン僧がすぐにその盗人を捕殺《ほさつ》し、「盗まれた馬を連れて帰るように」と命じた。大犠牲祭が無効となり、不幸が訪れることを恐れたためであった。

サガラはさきに水中に投げ入れられた六万人の子供を派遣して、馬を探索させた。

王子たちは最初、地上をくまなく探し求めたが、ついに見つけることはできず、今度は鋤《すき》の頭や矢の根石のような手で大地を掘りはじめた。

すると大地がその苦痛のあまりに大声をあげて叫び出し、またこの地中にいた悪魔と毒蛇たちの騒ぎはたいそうなものであった。けれども、そんなことは気にせず、彼らの発掘は六万マイルの深さに達して、大地の最底辺にまでおよんだ。

このため神たちは恐れを抱き、ブラフマーのもとに相談に赴《おもむ》いた。そして、

「ああ父なる神！　サガラの子供たちが大地を掘り返すために、おびただしい生きものが殺害されています。彼らは『サガラの馬が盗まれた』と叫びながら、生きものたちを荒らしまわっています」

　ブラフマーは言った。

「**すべての大地はヴァスデーヴァの伴侶《はんりょ》である。**そして彼はまったく大地の主である。それゆえにヴァスデーヴァはカピラの形をして大地を支えている。だからヴァスデーヴァが怒る時は、サガラの王子たちは一人残らず殺戮《さつりく》される。今、この地は掘り荒らされる運命にあるが、サガラの王子たちの殺されることもまた予知されている。そのためあなたがたが恐れるにはおよばない」

　大地は、泰然《たいぜん》としたものであった。

　一方、王子たちはサガラのもとへ帰ってきて、

「どうしても馬が発見されない」

　と言った。サガラは彼らに、

「大地に穴を穿《うが》って、再び馬を探すように」

　と命じた。そうして王子は再び掘りはじめると、やがて巨象のいるヴィルパクサのところまで来たのだった。この象は小山も森もいっしょごと世界を頭上で支え、ひとたび頭を

動かせば地震となるのであった。

　王子たちは巨象のもとを去って、南方へと進むと、今度は巨象マハーパドマーのところへ来た。大象は山のようで、やはり大地を頭上で支えている。次には西方へ行ってサウマナサー象に会い、北では額で大地を支えている雪のような巨象バドラに会った。

अध्याय 3
灰になった王子たち

　王子たちは巨象にことごとく敬意を払い、礼拝しながら、北から四分の一、東のところへやって来た。すると、そこにはカピラの姿をしたヴァスデーヴァがいて、彼のもとで飼育されている馬をようやく見つけることができた。

　そこで彼らはカピラ（ヴァスデーヴァ）のそばに走り寄り、怒り、罵りながら、木や小枝でカピラを打ち、つばをはき、叫び、カピラを「泥棒」と呼び、

「サガラの子のもとに降伏せよ」

と攻め寄った。けれどもカピラは少しも騒がず、かえって恐ろしく吠え、口から火を吹

いて彼らをことごとく灰にしてしまった。

そのため、この王子たちの状況は、ついにサガラにはいつまでもたっても届くことはなかった。そこでサガラは孫のスマーンを呼んで、今度はその叔父たち（王子たち）の行方を再び探すように命じた。

「地中には、恐ろしく大きな力強い生きものが住んでいるが、**もしお前に反抗するものがいたら、殺戮《さつりく》してもいいから、とにかくわしの望みを叶えて帰ってきてくれ**」

と、願った。

スマーンはサガラの命をうけて、東西南北の象王を順次《じゅんじ》に訪問し、各象王からその成功を保証されつつ、最後にひと盛りの焼き灰のところへやって来た。

そして「これが叔父たちの名残りだ」と知ったので、しばらく悲嘆《ひたん》にくれていた。

すると一頭の馬がどこからともなく、さまよい来たった。スマーンは叔父たちのために心ばかりの弔《とむら》いの清めをしようと考えたが、どこにも水が見当たらない。その時、ちょうどガルダが空中を飛びながら、スマーンに向かって叫んだ。

「悲嘆《ひたん》するな。ここにいい方法がある。この地で破壊されるのは、すべての善のため。大カピラが灰にしたのである。お前は、それに対して普通の水で供養《くよう》してはならない。ただヒマラヤの姫ガンガーの純潔《じゅんけつ》をもって、この灰を洗い流せ。そうすれば、サガラの王子六万人は立ちどころに昇天することができよう。お前もまたこの馬を連れて帰り、お前の祖父王の誓いである大犠牲祭を成功させることができるだろう」

そこでスマーンは、その言葉の通りにして、聖馬を連れて帰り、サガラの犠牲祭はとどこおりなく執行された。

しかし、彼は「一旦、昇天させたヒマラヤの姫をいかにして再び地上に降臨させるか」、その方法を知らなかった。そして、そのあいだにサガラは死んだので、スマーンが王に選ばれた。

अध्याय ४
バギーラタの苦行

スマーンは大統治者であった。そして、ついにその領土を自分の子に譲って、ヒマラヤの森の中にただ一人で隠居し、時が来て昇天してしまった。

その子のディリパはいつも瞑想《めいそう》にふけって、ガンガーの降下法を考えた。

「サガラの王子の灰を純潔《じゅんけつ》にし、天にいるガンガーをいかにして、この大地に降下させるか」

を考えたのだった。

こうして三万年経過の後、彼も死んで、その子バギーラタが彼を継いだ。

バギーラタは臣下に領土の政治を委ねて、自らヒマラヤの森中に赴《おもむ》き、

「ガンガーが空中から降下しますように」

と一千年間の苦行をした。

ブラフマーはこの献身《けんしん》に感じて、バギーラタの前に現れて一つの願いを許した。そこで彼は、

「サガラの王子の灰をガンガーの水で清め、自分に王子が生まれてくるように」

と求めた。ブラフマーは答えた。

「お前の目的は偉大である。では、ガンガーの降下を受けるようシヴァに祈願《きがん》するのがよかろう。そのほかには何者もこれを支えるものはないだろう」

そこでバギーラタは、一年間、シヴァをつつしみうやまい、礼拝した。

そうして、シヴァは自分の頭で、この川すなわちニンフの降す滝を受けることとした。

ガンガーは非常な勢いで、天からシヴァの美しい頭上にそそいだ。そして彼女は、

「私のこの水で、大神を地下の冥府《めいふ》まで押し流してしまってやろう」

と自負していた。

けれどもガンガーが、シヴァのもつれた髪の上に落下しても、大地に到達することができないのみならず、ただその中をさまよいながら、長年間、そこから出ることができなかった。

そこで、バギーラタは再びさまざまの苦行をした。

すると、ついにシヴァも自分の考えを押し通すことをやめて、川（ガンガー）を自由に流させた。

これが七つの支流となり、三つは東に、三つは西に、そして残りの一つはバギーラタの車を乗せて流れた。

そして、その流下する水はいずれも雷のような音を轟《とどろ》かせた。

その時、大地には不思議の光景が現れ、滝のように落ちる魚と、亀と、イルカでおおわれた。天界の者たちも、神たちも、ガンダルヴァも、ヤクシャも、その乗りものの象や、馬や、自動四輪車の上などからも、この大光景が目撃された。

まったくこのガンガーの降下は不思議なものだと思われた。天界の輝きや、玉飾りの輝きなどは、百の太陽を一時にかかげたようであり、また天は閃光《せんこう》のように進むイルカや魚介で満たされていた。青白い泡のかたまりは、中秋の雲間を渡る鶴のように見えた。

अध्याय ५
昇天

こうしてガンガーは降下し、ひとつは一方に、ひとつは一方に、時としてたくさんの細流となり、時に大きな流れとして合流し、ある時は小山を上り、また再び村落へ流れるなどした。

天からシャンカラの頭上に、シャンカラの頭から地上に落ちる水は、とても美しく見えた。天にあってはすべての光るもの、地にあってはすべての生きもの、これらはことごとくこの聖水に触れて、そしてすべての罪を流すために、「我先に」と急いでやって来た。

バギーラタも馬車で駆けると、ガンガーはこれについていった。その後ろにはデーヴァ（天）、神、阿修羅《アスラ》、羅刹《らせつ》、ガンダルヴァ、ガルダ、キンナラ、龍、ヤクシャ（天龍八部）と、水中に棲《す》む多くの生きものたちがしたがった。

しかし、ガンガーがバギーラタについて流れた時、その勢いあまってヤーナの聖地に水を溢《あふ》れさせた。すると、彼は非常に怒って、その水を飲んでしまった。

その時、天は、

「彼女（ガンガー）を自由に流れさせるように」

と、彼に願った。そこでヤーナはこれを許し、再びガンガーの流れがバギーラタの馬車にしたがうこととなった。

そして、ついにこの川は大洋にそそぎ、下へ下へと流入して、そこでサガラの王子たちの灰を洗い浄めた。こうして六万人のサガラの王子たちの、あらゆる罪業は消滅されて昇天していった。

その時、ブラフマーはバギーラタに話した。

「おお、人中でもっとも強い力をもつ人よ。サガラの王子たちは今、昇天してしまった。そして大洋の水が地にある間は、(王子たちは) 天上界に留まるであろう。ガンガーはあなたの娘と呼ばれ、あなたの名を受けるであろう。あなたはこの聖水をまた祖先サガラ、スマーンそしてディリパたちのために捧げよ。**またガンガーの水で沐浴《もくよく》せよ。そしてあらゆる罪を消して天に昇れ**」

ヴィシュヴァーミトラが言った。

「そして、おお、ラーマよ。私は今、あなたにガンガーの話をしました。そして、これはあなたのための善行となるでしょう。この話を口にする人は、光明ある長寿と昇天を得ることができるでしょう。この話を聞く人もまた長寿を得、望みを叶え、もろもろの罪過《ざいか》をまぬがれることができるでしょう」

नारायणं नमस्कृत्य नरं चैव नरोत्तमम देवीं सरस्वतीं चैव ततो जयम उदीरयेत
लोमहर्षणपुत्र उग्रश्रवाः सूतः पौराणिको नैमिषारण्ये शौनकस्य कुलपतेर
दवादशवार्षिके सत्रे समासीनान अभ्यगच्छद बरह्मर्षीन संशितव्रतान
विनयावनतो भूत्वा कदा चित सूतनन्दनः तम आश्रमम अनुप्राप्तं
नैमिषारण्यवासिनः चित्राः शरोतुं कथास तत्र परिवव्रुस तपस्विनः अभिवाद्य
मुनींस तांस तु सर्वान एव कृताञ्जलिः अपृच्छत स तपोवृद्धिं सद्भिश
चैवाभिनन्दितः अथ तेषूपविष्टेषु सर्वेष्व एव तपस्विषु निर्दिष्टम आसनं भेजे
विनयाल लोमहर्षणिः सुखासीनं ततस तं तु विश्रान्तम उपलक्ष्य च अथापृच्छद
ऋषिस तत्र कश चित परस्तावयन कथाः कृत आगम्यते सौते कव चायं
विहृतस तवया कालः कमलपत्राक्ष शंसैतत पृच्छतो मम [सूत] जनमेजयस्य
राजर्षेः सर्पसत्रे महात्मनः समीपे पार्थिवेन्द्रस्य सम्यक पारिक्षितस्य च
कृष्णद्वैपायन परोक्ताः सुपुण्या विविधाः कथाः कथिताश चापि विधिवद या
वैशम्पायनेन वै शरुत्वाहं ता विचित्रार्था महाभारत संश्रिताः बहूनि संपरिक्रम्य
तीर्थान्य आयतनानि च समन्तपञ्चकं नाम पुण्यं दविजनिषेवितम गतवान
अस्मि तं देशं युद्धं यत्राभवत पुरा पाण्डवानां कुरूणां च सर्वेषां च महीक्षितां

ॐ

インド神話譚

あとがき

姑射若氷
Hakoya JYAKUHYO

まちごとパブリッシング

インドの土地は広い、またその年を閲《けみ》することも長い。で、ここに生起した天然現象、自然現象、また人文現象の、数は多く量は大きく、質、様《さま》またとても多趣多様であるのは、けだし数《すう》の当然である。この多趣多様にして、数限りのない諸現象に対し、古き昔からこの土地に生滅去来《しょうめつきょらい》した多くの個人ないし民族らは、いかにこれを眺め、いかにこれを解釈し、またいかなることを物語っているであろうか。その驚き、その喜び、はた賛美し呪詛《じゅそ》したその声、その物語、伝説等は、吾人の顔を聞かんと欲するところのものである。

がしかし、この物語等がその多趣多様であるがために、その数量がより多きがために（また各国、各民族が有する神話、伝説が、その土地、その民族のあるものを物語っているがように）、インドのあるものをサジェストしているがためにのみ、これを聞かんとねがうのではない。すべての神話、伝説は己がじじその価値はあるものながら、これはまた、近世にいたって吾人がはじめて知り得たような科学的解釈法を、すでに四千年の昔に一種の物語の形式を取って難なくかたっていることや、その人種のしからしむるところから関係諸国の広いことや、ないしは我が国の物語、伝説等に（たとえ仏教東漸《とうぜん》の媒介《ばいかい》によって生じたにもしろ）、意外に密接かつ夥多《かた》の影響を有していること等は、とくに吾人《ごじん》の興味をそそるところのものである。

ただしかし、この『インド神話』はかの地の神話を物語として、すなわちインド神話物語として叙述《じょじゅつ》したものではあるが、インドの神話がことごとく網羅《もうら》されてるという訳のものでもなく、また統一や組織を充分ならしめたものでもない。それらのことは神話学としての部門等にこれを譲ることとして、これには Sister Ninedita Ananda, K.Coodmaraswamy 両氏 Myths of the Hindus and Buddhists を唯一つの本拠とし、E.O.Martin 氏の The Gods of India,W.J.Wilkins 氏の Hindus Mythology および邦書の二、三を参考として、有名な代表的のしかも面白いものをなるべく多く収集し、選択し、これをその物語の内容になるべく近く叙述《じょじゅつ》したもので、無論臆断《おくだん》を加えたものではないが、必ずしも一書によらないで他の書からもこれを補綴《ほてつ》し、またぜひ知りたいと思う事柄でも、あまり断片的にしか物語られていないもの等は割愛し、したがって時の移り行くままに変化したもの等はあながちその前後によらないで、まとまった形の方をとって、一々その時代や、典拠《てんきょ》等はこれを省き、全体としてのこの叢書《そうしょ》の目標とする通り、これを知の対象と志さず、情的、通俗的の物語式のものとなしたのである。なお日本文化とは最も直接の関係ある仏教神話、伝説は、いささか思うところあって釈迦伝以外は多くはこれを後日に譲ることとしたのである。

一九一七年二月仏涅槃の日、東京市外大久保の寓居にて

若氷識

編訳者紹介

姑射若氷（1873-1955）

本名、戸沢正保（とざわまさやす）。茨城県出身、東京帝国大学卒の英文学者。明治から昭和にかけて、イギリス文学研究、翻訳、小説などの分野で活躍。『シェイクスピア全集』の翻訳を浅野和三郎とともに手がけた。東京外国語学校第7代校長。

参考文献
『20世紀日本人名事典』（日外アソシエーツ）

●初版本『印度神話』は1917年、群書堂書店より発行された。今回の新版にあたって、旧字体を現代仮名遣いに改めたほか、文語的語彙や言い回しを現代的表現に修正し、翻案を行った。

・本書はオンデマンド印刷で作成されています。
・本書の内容に関するご意見、お問い合わせは、発行元のまちごとパブリッシング info@machigotopub.com までお願いします。

Classics&Academia
インド神話譚-いんどしんわものがたり-

Digital Publishing

2019年 1月30日　発行

編　訳　　姑射若氷（はこやじゃくひょう）
編集・翻案　「アジア城市（まち）案内」制作委員会

発行者　赤松　耕次
発行所　まちごとパブリッシング株式会社
〒181-0013　東京都三鷹市下連雀4-4-36
URL　http://www.machigotopub.com/
発売元　株式会社デジタルパブリッシングサービス
〒162-0812　東京都新宿区西五軒町11-13
清水ビル3F

印刷・製本　株式会社デジタルパブリッシングサービス
URL　http://www.d-pub.co.jp/

MP206

ISBN978-4-86143-353-5 C0098　Printed in Japan